Gaea

# Gaea

陰陽路
陰陽なる途
林綠——著
04

# 陰陽路

陰陽なる途

目錄

「敢問白派宗義？」

「是爲『無心』。」

「既然無心，那麼死生之事又有什麼好難過的？」

年輕的風水師問著站在七座新墳前的白袍道士。白袍道士煢然而立，天地之大，他卻困守在這隅墓園，哪兒也不去。

「弟子學道不精。」

「既然學得不好，你就哭吧，盡情哭吧！」

「不能，師父說不可以爲他哭墳。」

「阿七，你永遠成不了神的，因爲你就是個大傻瓜。」

# 楔子

北方，多事之秋。

老人悲嘆一聲，他就快死了，耳邊卻是長城的戰蹄與江南的烽火，不得安寧。

然而，天下混亂的局勢也比不上身邊人令他心煩，他的獨生子也是他的大弟子，和皇室勾結作亂，以妄言迷惑君上，操弄詭術愚弄百姓。原本位在深山之中，寧靜悠然的道觀大興土木，成了輝煌宮宇，夜夜笙歌。

沒有人質疑堂上那個穿著白衣、卻抓著美酒美人的傢伙求的是什麼大道，人們只需要一份可以讓他們心安的信仰，便被邪魅逮個正著。而那個把門派領向毀滅之途的妖孽，就是他的不肖子。

老人常在病榻上悔恨，要是當時孩子出生的時候一把掐死就得了。想到兒子小時候多麼聰慧可愛，他就順著自己的私心，把所有最好的都捧到他面前，也以為他會為門派開創出新的局面。

後來果然讓他大吃一驚，在每天親手端給他的飯菜裡摻慢性毒，讓他好好一個門派掌門人不得善終。

愛之反而害之，老人已經想見得到愛子的悲涼下場。

但他唯獨不願讓他奉獻大半人生的信仰毀在賊子和戰亂之中，皇帝和天下人都在逃避，寧可斬殺邊關守將，也不想承認這個國家就要破得徹底。屆時，儒者的仁義禮智和道家的上善世界都會被殺得片甲不留。

老人心頭只有一個人，幸好還有這麼一個能夠將門派傳承下去。

「皓雪，你過來。」老人朝門外微聲喚道，他門下弟子三千，僅有一人隨侍在老人左右。

「弟子在。」

名叫「皓雪」的青年拄著拐杖進房，從頭到腳無不是傷，前些日子才從王爺府被人抬回白派道觀，好治歹治，勉強救回一條命。

老人看著他早年所收的俗家弟子，一直都只是個純樸的農家之子，前年還喜孜孜要他爲即將出世的寶寶取名字，眉宇間全是笑意，可現在青年眼中只有一灘死水，槁木死灰似地，那顆心傷得比他傷痕累累的身子還要來得重。

「你還恨著金盞嗎？」老人問，青年才抬起沒有表情的臉。

「那個愛慕虛榮的女人，把我們的孩子……」青年咬緊牙，臉龐因強烈的憎恨而扭曲。

青年曾經的愛妻，在他尋去王爺府要人的時候，穿著綾羅綢緞，把他們兩人的孩子活生生從樓上拋下，摔成一灘肉泥。

老人再嘆口氣，「金盞」是一名太過美麗的女子，那樣的絕世容顏卻生在民間，註定不會和青年夫唱婦隨一輩子。

可是老人也還記得他們共結連理的那天，夫妻行禮對拜，眼中只有彼此，是多麼地恩愛纏綿。

「你也別太難過，要是生一個像白霜的混蛋還不如別生。」老人勸了又勸。

青年只是無盡悲傷，他的雙手還有寶寶軟嫩的觸感，最後卻得親手埋葬那團肉泥。

老人在心頭連聲咒罵正在外頭享樂的孽子，王爺會認識金盞，也是他兒子從中牽線。壞人姻緣，不得好死！

「你不能讓心被情傷擭住，心傷久了就傷身。爲師可是去求白霜那混蛋去王爺府把你救出來，你不能讓我的委屈白費。」

「恕徒兒愚昧，無法像師父一般豁達。」青年叩首以對。

老人覺得青年是傻的，妻子負了他，農田荒蕪了，他的世界瓦解了，卻還是念著他的恩情，不離不棄照顧一個將死的老頭子。

他的門派主旨是中和，但總忍不住憐愛善良的一方。

如果他這麼做，能讓他繼續活下去也好。活著，總會再遇到好的事情、好的人。

「阿雪，師父有件事交代給你。」

老人的語氣一改輕佻，嚴肅起來，讓青年不由得正坐傾聽。

「從今以後，你就是下一任白派掌門。我令你即刻帶著我派神器往南疾行，渡水而東，你可明白？」

青年著實一怔。老人好久沒看他露出呆傻的模樣，很好，嚇到他了。

「弟、弟子不懂，我並非入室弟子，而白霜不是您最疼愛的……」

「爲師說是你，你就是你，你就照自己的方法把白派傳下去。」老人勉強伸出枯瘦的十指，拍拍青年的手背。「雖然我派沒有張氏天師的威名，也沒有像陸家的傳奇色彩，但白派是會孕育出神祇的道，我一直深信著，絕不會有錯！」

老人指向窗外灰濛的天，當意念專一，天和人的距離可以近在咫尺；只要心不死，信念就不會消去。

青年伸手握住老人顫抖的手骨，老人身上的毒素已經深入筋絡，頭髮和牙齒幾乎落光，夜夜受毒發的痛楚折磨。但老人卻強撐精神，在他一心求死的時候，開解他、鼓舞他；他又怎能不顧從小教導他的先生，只在乎自己的傷痛？

「師父，要是我走了，您老人家該如何是好？」

青年紅著眼，老人撫著他的耳畔，真希望這一個是他的親生孩子，或許再怎麼多疼寵也不會變成那個孽障。

「吶，會死吧？霜兒要是發現一向寵愛他的父親把神器和掌門之位交給他從小瞧不起的呆子阿雪，鐵定會剁了我的頭。」

青年聽了更是放不開手，老人卻狠心把手抽開，抓著床杆硬是撐起破敗的身子，掀開竹編的床板，把長形布包交給青年。

「皓雪，世道就要亂了，能夠躬逢其時的我們也真夠倒楣。但身爲求道之士，不論盛世亂世，都不會動搖我們的本心。信仰，應該是如此純粹的東西才對……」

老人低頭咳了幾聲，青年用衣袖擦去老人嘴邊的唾沫，唾沫中還帶著斑斑血絲，青年幾乎不忍看。

「師父，我帶您走吧！」

「你這個傷者，我這個病號，再加上白霜那個豺狼，走得了，師父的頭給你！」

「師父……」青年哀求似地喚著。

老人忍不住去揉青年的腦袋，即使青年已三十多，卻仍像初識的那場紛飛白雪一樣潔白無瑕。要是連這團雪白也融成泥水，老人心裡那點冀望就再也無法成眞。

「走吧，阿雪，走吧！」

「師父……師父……」青年額際伏在老人手背，眷戀不捨。

就在此時，外頭傳來大匹人馬逼近的嘈雜聲，其中號令者便是老人的獨子。若白霜發現神器在此，青年再也沒有帶走白派薪火的機會。

青年雙膝重重一跪，將布包放在身前，朝老師連叩三個響頭。

「恕徒兒不肖！」

青年哭著，老人闔上的眼角也淌下一滴清淚。

破門之際，青年推開窗子，朝外頭的深林一躍，疾疾奔跑，再也不回頭。

他聽見父子爭吵的聲響、氣急敗壞的大吼，以及那聲瘋狂的「追」字。他是山下的農家之子，幼年喪父喪母，老人是他啓蒙之師，教會他怎麼用心去看世間；白霜和金盞是他的玩伴，他們曾約好要一起去見遠在九天之上的永恆樂園。

金盞變了心，白霜矇蔽雙眼，師父的頭顱被拋在他的腳後跟，他沒有停下腳步，拚了命地逃離從小生長的土地，同時間，也失去了一切。

但，大道，還是得繼續下去。

# 第一章

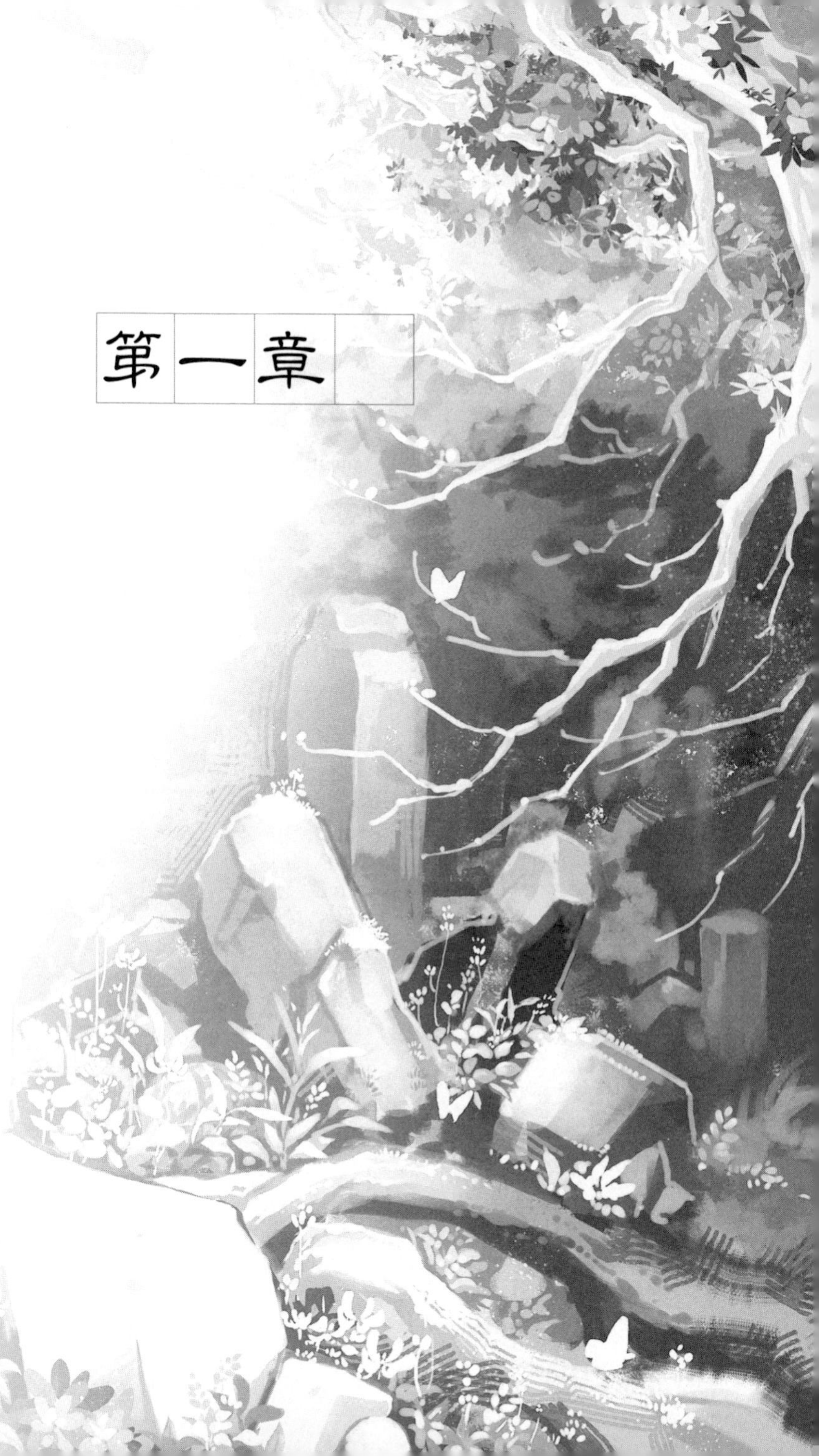

青年連夜奔逃，只要一見到系出同門白衣人的蹤跡，他立刻往山林躲去。深林的幽暗總會讓人怯步，不敢貿然搜索，而他分辨得出林子的好壞，這一路常有林子庇護他，冒著被火燒的風險，指引他逃亡的方向。

他自小便能隱約「聽見」花草林木的聲音，同它們比常人親近。拜這項才能所賜，他的莊稼總是比鄰家好上一些。鬱鬱的麥苗會朝他齊唱「渴了渴了」，他便去引水灌溉；秋末掛著飽滿穗粒的麥子則是老氣橫秋嚷嚷：「阿雪，今年又是好收成啊，冬天甭去當雜差了。」

樹上哪顆果子甜？玩伴躲在哪株柏樹後？哪朵花兒是女子最喜愛的？他都憑藉自然的聲音猜個正著。

白霜曾邀他經商，因為他不用查貨便可知道穀糧、茶葉的好壞，加以利用，一定可以發筆小財。但他只想守著家裡留下的一畝地，只想用竹梢葉給金盞編一個翠玉髮飾。

但自從妻子走了，他就再也聽不見那些聲音。

師父說，這是因爲他的心偏去一邊，離了萬物所依的中庸，只要再矯正回來，自然還是他的朋友。但他非常明白，他的心不是偏了，而是在女子從高樓拋下布包的那一刻，和他襁褓中的孩子一起碎成不會跳動的肉。

他枕著老黃楊的樹根入睡，夢境與現實糾纏不清，睡得極不安穩，一會是巧笑的妻子，一會又是絕情的妻子，他弄不清楚他最恨她的一點是不是因爲她不愛他了？

一夜過去，他被溫潤的鼻息弄醒，睜開眼，一頭鹿蹭著他的臉，黑亮的眼珠子直盯著他瞧，一旁還有野豬和松鼠、地鼠，幾隻文鳥繞著他飛。

不是人的聲音，不停合聲嚷嚷：一個大男人，怎麼哭成這樣！

青年摸摸自己的眼眶，默默擦乾殘留的淚痕。

「妖怪？」青年爬起身，從容地把布包綁在背後，對於自然再度向「開口」這件事並無太大詫異。

「你這副不屑的樣子是什麼意思！」

「我沒有瞧不起你們。」青年待人處事一向認眞，是什麼，回什麼。「反倒是你們求人的態度有問題，要是你們是人類早就被人拖到街上打，即使是市井小民，基本的禮節還是要遵守。」

「明明剛才還在夢裡哭著叫『金金不要丟下我』，這種傢伙有什麼資格教訓我們！」

青年撐著樹幹站直身體，閉眼吐納一陣後，再張開眼，抖擻精神，往樹冠特意露出光芒的林徑走去，對無理取鬧之徒置之不理。

林子裡的動物追上去咬住青年的衣角，每一隻都淚眼汪汪看著他，青年才呼出一口長息，叫他們說清楚來龍去脈。

妖怪們耳聞到風聲，中原的人類要打仗了，每次打仗不管天上飛的還是地上爬的，葷的素的生物總會受到牽連，傷亡慘重。於是妖界幾個長老痛定思痛，乾脆立一個空間，把人世隔開來。可是就像人類有權有錢的能建塢堡保護自己，那個新生的保護所也只有強大的妖怪才能進入。

如果青年出手替他們打通通道，只要一個很小的洞就行了，他們就可避開接下來的十年戰火。

「我會種田、武術和認得一些字，沒有學過『開路』這檔事。」青年不曉得這群小精怪爲何對自己抱持如此大的期望。

他們說，他背上的刀就做得到！

原來如此，在森林裡蹦蹦跳跳的動物們比他還要了解他所繼承的神器。

青年把布包解下，恭敬地打開層層繩結，才露出一抹刀尖，小精怪們就興奮得叫個不停。他捧起通體銀白的古刀，認不出這是銅還是鐵之類的金屬，也沒有經過煅造的痕跡。而當銀刀完全現身的當下，林子跟著也完全靜下。

他沉澱所有心思，試著感應刀與自己之間的連結，但他只感覺到非常細微的鳴叫。這把刀本來就是逢難才會落到他手上，並不屬於他。

「把路指給我瞧。」青年握起刀柄，細細撫過上頭的紋路，銀刀亮起白光。

精怪們形容不來，只是一股腦想著他們的桃花源，青年的刀勢就順著他們的意念劈落，兩個空間的障壁被削去，連結出一條新路。

這群小動物在身邊歡呼著，青年握著異常沉重的銀刀，額間淌下冷汗，咬牙切齒地請他們快點上路，他的體力就快要透支了。失去孩子妻子，師父又被殺，也讓他溫和的脾性不再。

「閉嘴，快滾！」

把他蹭醒的小鹿怯生生望著他，其他同伴趕緊東奔西跑奔回自己的老窩，把私藏的草藥給叨來，要給青年治傷。

「大師，你能不能把這座林子也移到那裡去？不然我們會想家的。」

「你們這些妖怪，不要太得寸進尺！」

「可是人類一圈了地，就在裡頭種吃的，還不准我們去享用，不公平！」

青年咬緊牙，偏偏白派的宗旨和公平性脫離不了干係，且對上門的問題絕不漠然視之。

「我再和這片林子商量看看。」

好不容易他們終於一個個踩著小跳步出發，還不忘回眸多看青年幾眼。

「白大仙，我們有些同伴是地域型的，從不出門，你看到了就提醒一聲，叫他們快逃。」

青年很生氣地答應下來這種沒報酬的麻煩事。

「還有什麼？」鼻血從青年鼻尖淌下，刀的重量與肩頭極大的壓迫感，把他的骨頭弄得格格作響。

「還有，天涯何處無芳草？金金待你不好，你就娶銀銀吧？總會遇到好女人。」

等到鹿尾巴和豬尾巴消失在腦海裡，青年才收了刀，癱坐下來。抓著身旁那一塊果實和藥草就往嘴裡塞，沒想到連畜生都忍不住安慰他。

他環視周遭搖曳的樹影，那些有腳的走了，沒腳的該怎麼辦？

如果想去的話，他也會想法子帶他們走。

全心全意正視這個世間，一箇契機是一箇緣。青年順著林子的外緣，舉刀祝禱，讓萬物有所歸。當心念不為利，只一心為他者想，愛已無盡。

他在這裡睡了一夜，施了兩日的法，到最後完成法陣，不支倒地，醒來時已荒蕪一片。他身上堆滿層層落葉保暖，衣袍底下那些傷雖然還痛著，但全都結了疤，沒有大礙了。

他裹好刀，揹起，繼續趕路。

到了寬闊的江水岸，沒有待命的白衣人，漁夫網子撈起的全是屍首。

「小哥，你運氣好，要是早來幾天，一定被流寇殺了餵魚。」

青年以為已死去的心，原來還是會感到痛楚，當他見到江面流離失所的亡魂，不禁無助地對上天哭嚎。

世間之大，卻容不下無辜的性命。

青年啞聲唱了牽魂文，他背後的刀震了下，把他的祈求傳至很深的底下，不久，水面浮起一艘艘魂船，載著亡魂而下。

他渡了江，走過衰敗的江南園林，看過各個被劫掠的村莊和城池。他一直在送行，不論是妖怪還是鬼魂，人世都不停地被拋了下來。

他不會為了感慨停留，只是不斷走著，一路上竟沒有遇見令人聞之喪膽的盜匪團。唯有一次在城廓外，染血的馬匹和賊寇與他擦身而過，似乎已經吃飽喝足，對他一個道者興趣缺缺，看也不看便放過他。

青年與流寇反向而行，走進了城門，不知這個月來是第幾次見到屍橫遍野的景象。他依舊檢查每一具屍身，希望能找到生者，但總是落空，賊寇連有孕的婦人也不放過。

就當他闔上婦人的雙眼時，依稀聽見微弱的呻吟。青年趕緊尋找聲音的源頭，在前方的屍堆中，兩名少年瘦弱得只剩皮包骨，幾乎要嚥下最後一口氣了，卻死勒著對方的脖子，殺紅了眼。

青年立刻制止瘋狂的兩人，才十來歲，都還是孩子，卻為了半塊沾血的糕餅刀刃相向。

而且那兩個孩子有張一模一樣的臉孔，不難臆想兩人的關係。

「給我住手！骨肉相殘，成何體統！」

兩個少年著實一怔，呆傻望著悲痛欲絕的青年。

「血濃於水啊，你們也狠得下心！」青年一手抓起兩人，各賞一大巴掌。

等他們哭泣起來，青年才遞過水和討來的乾糧給兩個孩子。

他到城外等著，攔下經過的官兵，告知城裡的狀況。官人召來男丁，合力把屍身埋入土地，給了棲身的墳。

青年雖然沒有命令那兩個孩子，他們卻跟在他身後，幫忙他覆土，安靜聽他誦經。

直到所有死者入土為安，青年才領著兩人到鄰近的河水洗淨身子。那兩張臉蛋一擦乾淨，還真像中間搭著鏡子，一左一右對襯著。

「你們兄弟……」

「我們不是兄弟，只是剛好長得像。」他們異口同聲地說，又互瞪一眼。

青年心裡頭著實訝異，這不是長得像，而是像極了，外表和嗓音幾無二異，連靈魂的律動也極為相似。

「叫什麼名字？」

「蒼穹／碧海。」兩人又同時回答，聲音重疊在一塊。「你要去哪？」

「問這做啥？」青年總不免盯著他們滿布傷痕的四肢。父母呢？還在不在？

「求你帶我走。」

兩個孩子突然一起跪了下來，青年不發一語。

他很明白，他一個人照顧不了兩名稚子，出海關一定會遇上難題。

但白派不會遺棄任何人，當心不願意的時候，就不會放手。

於是他帶著兩名稚子，繼續向南，迢迢而行。

沿路，兩個孩子話多了起來，應該說是非常吵雜，即使天冷要入冬了，他們凍得嘴唇打顫，還是要三不五時吵上一頓才甘心。

他的腳步慢下，也不再露宿野外，蒼穹和碧海一前一後緊偎著他，入睡前總抖個不停，即使已向尋常人家借得一處棲身的倉庫，還是抵不住夜晚的寒冷。

小孩子不像他皮粗肉厚，身子單薄。他去和主人要了乾草，在屋外拍打一陣，去除會讓人發癢的屑末，才把這些補給的草料鋪在孩子身上。

他問：「還會冷嗎？」

「不會！」他們總把對方當成敵人，彼此都不甘示弱。

「你們別把我抓得那麼緊，昨天不知道是哪個勒著我脖子，差點害我下去見閻王。」青年鑽入兩個孩子中間，省得他們又哪根筋不對勁，打了起來。

「是他！」兩人異口同聲地說，他聽了就頭痛。

「好了，別鬧了，快睡。」青年兩隻手各拍一顆腦袋，他們就順勢擠進他的臂彎，不是抓著他的袖子，就是攢住他的褲襠，似乎怕他半夜逃了。

帶著兩個孩子，他一天走不上十里路，加以找上門的妖怪與日俱增，蒼穹和碧海原本見了只會逃得遠遠的，近來也肯和它們攀談兩句，主要是為了討食物——我們師父不做白工，把吃的喝的全交出來！

只有這種時候會團結同心，兩個小流氓。青年想，一定要小心看著兩人，免得他們大了以後去殺人放火。

「師父……」睡得流口水，卻連夢話也一模一樣。

雖然日子不由得慢下來，青年卻感覺自己身上死寂的時間又往前走了一步。

隔天，主人端來豐盛的早飯，他覺得不對勁，但兩個死小孩已經扒掉半碗白米飯，塞得兩邊臉頰鼓脹起來，被青年一頓罵，吃沒吃相，像乞丐。

他們還一起頂嘴說：「本來就是乞丐。」理所當然地，又被師父大人教訓一頓。

等那對雙面鏡各搗半邊紅腫的臉頰，跪在一旁懺悔，青年才整了儀容，與等在門外的主人會談。

「他們喚你『師父』而不是『父親』，您是道長吧？」主人誠惶誠恐問道。

「有什麼事？」青年沒有否認，直接進入正題。

「我們莊主千金近日出閣，本是喜事，小姐卻夜夜啼哭，直到昨日才安靜下來。莊主問底下昨夜有無外人夜宿，唯有你們一大兩小。如果您是修道之人，請爲我們家小姐袪邪。」

「我午後至莊家拜訪。」

「謝道長。」主人行禮道謝。

主人走遠之後，兩個小子笑咪咪湊來他身邊，沒注意到青年深鎖眉頭。

「師父，又有好菜可以吃了！……你不要學我說話！誰學你說話，明明是你跟在我屁股後，學人精！」

兩個少年變聲期的合聲眞不是普通地煩人。

「吵死了！」青年各敲一記腦袋，用暴力換取耳根子安寧。「等下要見人家閨女，你們就給我規矩點。」

「我也能去嗎？」兩個孩子興奮起來，還以爲會被扔在倉庫，沒想到可以去湊熱鬧。

「這是辦事不是兒戲，弄得不好可是會出人命，皮繃緊一些，否則我就把你們兩個倒吊在外邊那棵柳樹上。」青年事先聲明，說到做到。

「爲什麼會是『你們』，一定是他闖禍又不是我！」又是一次合音。

「你們根本一模一樣！」青年照料了兩人半個多月，從來沒見過有人能夠像同一個模子印出來，分毫不差。

這是蒼穹和碧海最討厭聽到的話，但不好和師父回嘴，悶著氣直到青年在門外朝他們招手，他們才鬱悶地各抓住青年左右手臂。

一個早上他們都在庄頭閒晃，青年問兩人有無觀察到異象，兩人咬著糖糕直搖頭。

「只會吃！」青年啐罵一聲，後悔剛才不該給他們買甜食。

南方相對北方富庶，他們又來到較為和平的嶺南，日子過得總算比較不像逃難。白衣服的追兵也幾無所見，他大概已經出了白霜的勢力。

「師父，你說那小姐怎麼每個晚上都哭，她要嫁豬公嗎？」

「給福王當妾。」

「又是王爺！」兩個孩子從小長在市井裡，對作威作福的皇家從未有過好感。「以為全天下的女子都是朱姓所有，太霸道了！」

青年一時間回應不了這切身而犀利的問題。

「師父，不知道人家小姐漂不漂亮吶？」

兩個孩子一起涎著臉笑，立刻遭到兩記重頭槌。

「你們，說說這庄頭有什麼問題？」登門造訪前，青年重提。平和的表面下，總有蛛絲馬跡。

兩張小臉皺成一團，他們又沒上過學堂，怎麼老愛向他們問東問西？

「他們好像不太開心。」

「而且知道千金被妖怪纏上，不是嚇都快嚇死了，他們卻只是哀嘆？」

「是吧，師父？」合音。

「嗯。」青年曾試著辨認到底是誰說了前句、後句，但成效不彰。他要是有餘裕就給一個掛鈴鐺、一個綁梆子，這樣誰先出拳打人就可以聽聲音知曉。

對整個環境有了基本的感知之後，青年就領著兩個孩子到莊主宅邸。

莊主是名和藹的老人，年輕時常爲莊裡的農民和外地的大戶、官人周旋，受妖怪迷惑的少女是他的掌上明珠，最小的女兒，生得如花似玉，嬌美如畫。

青年對千金的美貌沒有興趣，他必須親身了解實際情況，得莊主首肯後，由一個姥姥領著，來到莊主小姐休養的房間。

一進門，就是撲鼻香氣，兩個孩子連打三個噴嚏。

千金正睡著，纖白的手臂從大紅被褥裡露出，兩個少年看得目不轉睛。青年呼喚千金的名字：「玉葉、玉葉姑娘」，少女才慵懶起身，胸前只有繡著桃花的肚兜。

姥姥大驚失色，直嚷嚷「小姐」、「名節」，然後血氣一往腦子衝，急昏過去。

「這位道長，有勞您爲小女子除去那可怕的邪物。」

床上那位二八年華的少女，長睫垂下，嬌滴滴的嗓音直擊男人心扉，未經人事的少年都紅了兩張臉，青年卻始終板著五官。

「人呢？」青年逼問。

「什麼？」少女裝傻。

「張家莊的小千金到哪去了？」

「嘖！」少女的笑容垮下，變得猙獰。

意識到少女的身分，兩個孩子趕緊溜到青年身後，抓住他們師父的衣襬。

「倒楣，怎麼來了個眞材實料的道士？」少女攬起大紅被褥，眨眼間紅被子便穿到她的身上，成了紅紗衣袍。

「人呢？」青年再問，即便少女顯示了她的力量，也面不改色。

「送到桃源去了。」少女彈彈手指，門扉隨即緊閉，單憑人力打不開。「她不會有事，你也別來打擾我，識相點就快走，天下就要大亂了。」

「爲什麼？」

「不用你管。他們就算知道這裡不是正主，也會用大紅花轎把我送走，反正只要一名貌美的女子就足夠了。」

「妖怪，妳明白妳在做什麼嗎？」

「清楚得很！」

青年和少女用眼神互視一會，意在言外，兩個孩子完全不明白雙方爲何臉色凝重。

道士和妖怪碰在一塊，照理說不都該斬妖除魔？可青年卻會說上很多話，要妖怪說清楚，也表明自己的立場，一點也不嫌煩，害他們誤以爲師父修的那個道是「大道理」的道，才會那麼多話。

這個很花時間，師父老嫌他們腿短走得慢，但明明是他工作太多，每件事都想做到皆大歡喜才會耽擱日子。他們曾聽跑船的人在說，如果冬天過了，西風停了，往台灣的船就不開了。

可他們也知道，要不是青年冷淡又兇惡的表面下有顆好管閒事的慈悲心腸，早就把他們兩人扔下來了。想到這，兩人忍不住對望一眼，尋得對方認同，隨即想到這個偷我臉皮的傢伙是敵人，又瞪了過去。

「玉葉出生的時候，我的枝枒剛好被帶來庄頭種下，我們有緣，她見得到我。她沒有同齡的玩伴，便央求我陪她玩，我會化作和她同樣年歲的孩子。她每日爲我澆水，我冬天結果給她。玉葉是莊主的孩子，也是我的。」

少女撥弄烏黑的長髮，花香又溢了出來。

「妳的原身已有百年，經此一難，形魂俱毀，再無重生可能。」青年必須明說利弊，省得人與妖各作著天眞的夢，把刹那當作永恆。

「我知道，要是能夠，我想陪著她一輩子。」少女雍容一笑，眼神溫柔。「可是玉葉她不肯走啊，我怎麼勸她都不聽。」

面對摯友的請求，小千金只能夜半無人的時候，痛苦哭泣著。

「她害怕那些掌權的人類會傷害她父親和從小看顧她長大的莊民，她寧可用那條命換上庄頭短暫的時間。這裡遲早會被戰火毀去，可是她不肯讓庄頭冒上任何風險！這就是你們人類以爲柔弱的女子！」

青年沒來由地想到另一個美人，但現在的他不願去想那個可能。

「你走吧，這件事你無能爲力。」

「近來，蜀地和關中饑民起義，盜匪猖獗，難保路上不被搶了花轎，相信福王會諒解，因爲他們到時大概也沒餘力追查下去。」青年說道，少女睜大桃花一般的水眸。

「看你這個人挺正直的，沒想到會出這般餿主意。」少女嗤嗤笑道。

青年單槍匹馬去闖王爺府，要救回妻子和被挾持的孩子之前，曾想了千百個脫逃的對策，只是到頭來都是空想。

「你會告訴別人嗎？」

「他們遲早會發現。」青年尊重她的意思。

「那麼，桃花就在此謝過了。」少女併攏雙膝，恭恭敬敬朝青年一叩首。「您要是找到一處安身立命的地方，那裡定會桃李長春。」

「師父，什麼意思？」兩個孩子總會聽到妖怪在最後附加一句話給青年。和人們隨便說說的那種不一樣，「他們」是用靈魄去立誓。

「她會送桃子給你們吃。」青年輕嘆口氣，兩個都不聰明。

「哇，謝謝姊姊！」

少女掩嘴笑道，眼波似水，煞是好看。兩個孩子對妖怪的體會又更深一層，有的長得實在比人漂亮，但再漂亮，他們師父還是眼也不眨，只想著替人解決難題。

青年辭過莊主，編了些讓人心安的漂亮話，三人又往東邊海濱趕路。

經過青年一路諄諄教誨，唸到兩個小孩耳朵都快長繭，他們才學會吃飯不搶食、平心交談。至於什麼兄友弟恭，青年不抱任何期望。

但就在抵達港口前一晚，青年順手把竹葉包的飯糰丟給蒼穹還是碧海其中一個，叫他分成兩半。然後拿著飯糰不知道是蒼穹還是碧海的那個孩子，先把一半給了碧海還是蒼穹。

兩人漸漸接受彼此，青年摸著兩個小屁孩的腦袋，感到一絲欣慰。孩子果然要教才會有德行。

「師父，是不是學了道之後，就會變成像你一樣的木頭？」這一問，換來扭耳根的處罰。

「美麗只是表相，看破便能心無旁騖。」青年嚼著番薯皮，心裡頭再不高興，還是有問必答。

「可是你似乎特別不喜歡美人吶？」

「對呀，你看桃花姊姊的時候，總像在和誰比較。」

「正事不做卻來找我的碴。」青年給火堆加樹枝，不讓他們發現心裡藏了又藏的身影。

「哪有？那是因爲我們和你最親呀！」左右夾攻，兩個孩子抱緊青年的腰。這個人是世上僅有眞心待他們好的恩人。

「諂媚。」青年動手拔開這兩個小黏皮糖。

「師父——」

「既然知道要叫師父，你們就給我跪好，來冥思！」

「冥思」對兩個孩子而言，就是閉上眼呆坐著，很無聊、腳又痠，亂動還會被打的麻煩事，兩張小臉頓時難看起來。

「阿雪哥哥——」改口再叫。

愛耍小聰明但聰敏有限，無心向學，好吃好睡，難成大器。青年對這兩個徒弟實在不滿意，但撿了又不能丟掉，只好一直教下去，直到他再也張不了口，動不了手。

誰教一日爲師，終生爲父。

□

看著一片蔚藍，他們總算來到出海港了。

港口聚集許多像他們一般衣袍破舊的難民，行乞的回憶又浮上兩個少年腦海，讓他們緊抓著青年的五指不放。

青年赫然發現白衣人的蹤跡，那群人盤問每艘漁船、商船，不放過任何一人。

憑白霜的天分，要猜中他們從哪個海港出海，並非難事。

他緩下心頭那片慌亂，拉過兩個孩子，低下身，和他們冷靜地解釋情況。

「蒼、碧，你們兩個拿這些錢向船家買三張最近一班往澎湖或鹿耳門的船票，一個時辰後，我會回頭找你們，我一定會回來，知道嗎？」

「師父，你要去哪裡？」兩人急急拉住青年的衣服，青年想要瞧出他們有什麼不同，但這次依然徒勞無功。

「白皓雪，找到你了。」

青年身子一僵，回過頭，竟然是那張孩子氣的笑臉，和他師父年輕時七分像的俊臉，眞眞實實是白霜本人。

「跑！」青年大吼，兩個孩子一怔，隨即往人群裡頭鑽，一下子不見蹤影。

「唉呀，那是你新收的小徒弟嗎？」白衣男子勾起詭魅的笑容。

「白霜，不關孩子的事。」青年胸膛一陣起伏，在心裡唸了祝禱兩個孩子平安無事的法咒。

白霜只是又笑了笑。

「金盞妹妹很想你呢，阿雪。就在丈夫逃難期間內，她被升爲王爺的正妻，眞是不簡單。」

青年咬咬牙：「你對師父做了什麼？至今還不知道悔改！」

「我就討厭你這副聖人口氣，你憑什麼教訓我？傻阿雪。」聽到關於父親的責難，白霜只是漫不經心笑著。

「憑我是白派新一任的掌門。」青年抽下包覆銀刀的布，亮出白派的鎮門神器。「你這個敗壞門風的不肖弟子，還不快點跪下！」

包圍兩人的白衣人頓時停下動作，望向領頭的白霜。

「我可以給你們榮華富貴，他不行。」白霜只是淡淡地說，只一句便拉攏住人心。

「我派的道義從來和權力無關，白派是依循本心的道！」青年大吼，瞪視這群違背師父教導的同門弟子。

「把妻兒搞丟的你，還對世間不死心啊？」白霜忍不住大笑。「事實上，人最在乎的就是擺在眼前的利益，白派捨己爲人的精神根本是悖逆人性，是天大的笑話！」

「『要用己身的力量讓世間更美好』，霜，我不聰明，這些都是你教給我的，我一直都銘記在心，你是什麼時候變得連我也認不得了？」

白霜收起笑容，冷冷望著無法不念舊情的青年。

「阿雪，把刀交出來，饒你一命。」

「這是師父給我的刀，他老人家給了我，而捨棄你了，你明白嗎！」

白霜的臉色變得猙獰，抽出腰上的劍，傾身便刺過一劍，招招鎖定要害。

青年提刀回擋，即使對方犯了無數過錯，他還是不忍心傷他。

「包圍他！死活不論！拿下他！」自知不敵，白霜叫來所有白派弟子助陣，十多人對一人，就不信他打得過。

青年武術造詣一向比白霜好，爲了保護金蠶免受地痞流氓欺負，他可是全心學習前任掌門各種絕學。能夠隻身闖入深似海的侯門，直殺到王爺本人面前，青年那身武勇連十來個白派弟子也無法匹敵。

但白霜知道他的弱點，一直都知道。

「阿雪，金盞在等你回去救她，你難道要把她一個人拋下來嗎！」

青年甫一遲疑，白霜的劍就穿過他腹部，鮮血直流。

白霜咧開扭曲的笑容，深情撫摸著青年手上的銀刀。

「有了它，我會是世間的王，號令所有術者，建立一個全新的朝代……」

「狗屁！」

不等他說完，青年就抓著腰上的劍，往前全力揍了白霜一拳，人橫飛了三尺遠。

「白霜，從今以後，你再也不是白派弟子，即刻革除！」

青年抽出腹部的劍扔在地上，看了白霜最後一眼，便轉身往海的方向走去，其他的白衣人都不敢攔。

「抓住他！那是我的刀，是我的！」

白霜那嘶啞的叫聲還在耳邊繞著，青年只是摀著腹部，四處尋找走失的雙生子。

他喚了將近百餘聲，急得像熱鍋螞蟻，聽說常有人口販子把抓來的孩子運去南洋作奴隸，一世受盡折磨。突然，腰間同時被兩個東西撞上，兩個哭得滿臉鼻涕眼淚的孩子，環住他的身體，怎麼也不敢放開。青年鬆口氣，幾乎要癱坐下來，但他還是站得挺直。

「師父，錢不夠，只買得到兩張船票。」

青年打聽過船錢了，想必是船家欺他們是孩子故意哄抬價格。

「師父，你還有銀兩嗎？」他們同時問道，打從心底感到惶恐不安。

青年搖搖頭，眼下也籌不到另外的船資，白霜不會放過他。

「師父，你要丟掉誰？」他們顫抖的手指幾乎要嵌過他的皮肉，開船前的炮竹響了。

「兩個都不要，我要另外選個乖巧的徒弟。」青年說，低身反抱緊他們，然後把外衣脫下，內衣也脫下。

「師父，血……」

「少囉嗦。」青年隨便抓了一個小的，叫他從胸前抱緊。再穿上裡衣，套上外衣，最後還披上他們行囊帶著的被單，把小孩藏在他的懷中。「另一個，抓牢我的手，別被人潮沖散了。」

船家驗票，小眼睛直盯著青年胸口那一團隆起，平時不苟言笑的青年陪著笑臉，一邊說他有隱疾，一邊把僅剩的銅錢往船家手上塞。

到了船艙的隱蔽處，青年才放開懷裡的孩子和手上另一個，血已經流得其中一個滿身都是。

「蒼穹，把行囊裡的止血膏拿過來。」

染血的那個孩子急忙解開布包，另一個淚眼婆娑望著他。青年想，至少這一路他終於能認出哪一隻是哪一隻了。

在海上沒法弄到乾淨的水，他的傷口染上了病，腦子昏昏沉沉，所幸兩個小子還算懂事，沒再吵架給他找麻煩。

「師父，你餓不餓？」雙面鏡掛著同樣憂愁的面容，他看了於心不忍。大人怎能讓小孩擔心？

他們的儲糧帶得不多，偏偏天公不作美，連著三日無風，船在海上動彈不得，眼下只剩半顆饅頭了。

「我不餓，你們吃，吃慢點，別把髒東西吃進嘴裡……」

這種便宜的客船，船上龍蛇混雜，有的船客甚至是逃犯，青年倒下前把孩子招去尾端的貨艙，和貨物待在一塊，雖然窄，但好歹能確保小孩安全。

「蒼、碧，別亂跑……」

「師父，你已經說了十來次了。我這種無以爲家的乞兒，吃過的苦、見過的壞人多得很，你不要擔心……討厭，別學我說話！」

一模一樣，老天爺是在惡整他們還是惡整他？青年半垂著眼想著，大概沒多久又會打成一團。

「匡噹！」成堆的貨物中突然響起清脆的聲響，兩名少年立刻停止爭鬥，一同呆怔望向聲音的源頭。

「師、師父，又是妖怪嗎？」他們一溜煙縮到保護者身後。

「哪那麼多妖怪……」青年勉強睜開模糊的雙眼。「靜下心，你們本身是人的氣，那邊的氣息是不是和你們類似？」

蒼穹和碧海照著青年的吩咐，似乎眞有一點感覺，這些日子的坐著發呆練習小有成效。

「有銀子的氣息，師父，是錢！」他們興奮地告訴師父這個大發現。

青年一口氣上不來，險些吐血。

「算了。你們把中間那個最大的木箱搬出來，他的氣很微弱，大概快被悶死了……」

「沒想到還有人用這種方式偷搭船。」兩個少年佩服一陣，著手撬開木箱的蓋子，弄了好一會都不見成效。

青年只好捣著傷處，過來察看情況。原來箱子被下了咒，難怪他在這裡第二天了才發覺有生氣，差點錯失一條人命。

他拿起布圍著的寶刀，連著刀鞘輕敲木箱四個角，再叫兩個孩子用力，便輕鬆扳開箱蓋。打開來，三人都怔住了，箱子裡塡滿翠玉珠寶、黃金銀條，還有一名穿著朱紅錦衣的稚齡孩子，烏黑長髮散落在金銀財寶上，襯得那張瓜子小臉更加白皙如玉。

「師父，這是妖怪吧？」見過桃花精之後，兩人對於漂亮的東西總先以爲不是人類。

美麗的孩子突然深吸一口氣，眼睫動了動，睜開眼，疑惑地望著青年和少年們。

「你們是誰？」他一開口，艙室像飛進幾隻春日的黃鶯，海浪也動聽起來。

「碧海，拿水來。」青年下令，少年立刻捧來水袋。「先喝口水，潤過喉再和我們說明白。」

「你不是壞人吧？」小美人黑溜溜的眼望著青年，旁邊兩少年敢打賭，對方絕對不比他們大，約莫小個一、兩歲。「看到這麼多寶物卻不動心，素昧平生卻關心我的身子，我可以信任你吧？」

「但是我不相信你，你是何人？爲何做此打扮？」青年眉頭又鎖了一層，這孩子有股他厭惡的味道，但本身卻沒問題。

「我是橙朱，福王府逃出來的優伶，今個十又有一，謝道長相救。」孩子兩片水袖相貼，給青年作個揖。

「原來是戲子，難怪說話那麼像唱戲的……你不要又學我說話！」

「這兩位哥哥生得眞俊，還是雙生子呢！」小美人咯咯笑著，媚眼輕拋。

「我們不是兄弟！」兩人激動澄清，但人家顯然不信，兀自笑個不停。

「其他人呢？」青年繼續質問孩子的身分，但他卻歪著頭，裝傻過去。

「橙朱既然是脫逃的伶人，當然是隻身一人。我當初只是找了一個大箱子藏身，賭賭運氣看能否逃出生天。看來，我是賭對了。」

雖然樣子纖弱可愛，但他說話卻難掩英氣。

「我們要往哪兒呢？」

「台灣島。」青年答。

「是嗎？」綿密的睫款款垂下，配著他唱戲般的語調，就像是舞台上苦命的花旦。「那不就離中原很遠了？」

「你這身衣裳太招搖，換一件。」青年記得行李還有供小孩替換的薄衫。

「好的，但我不習慣這件戲服，能不能爲我脫去？」

蒼穹和碧海聽了立刻漲紅臉，但對方卻大方站在他們面前，沒打算找個好一些的地方更衣。

「你是哪裡來的大少爺？」青年埋怨著，手卻沒停，把那件華服一層層解下。

橙朱只摀住他的胸口，那裡吊著一塊很大的方玉，把他的脖子勒出一條紅痕。當青年想把他那不成比例的玉墜子挪一挪，他卻嚇得攢住玉石，連說不必了。

「這是王給我的賞賜，很珍貴。」橙朱小心翼翼守著他的寶藏。

「再珍貴，難道有你的命珍貴嗎？」青年想著自己負傷，卻還得給另一個小屁孩脫褲子。

橙朱怔怔盯著青年，抿起唇，不住悲傷。

「師父，他怎麼有雞巴？」蒼穹和碧海看到後來，腦子空白一片。

「呵呵，因爲我是男的啊！」橙朱翹小指抵在自己臉頰，故作淘氣。「先皇有制不許女子拋頭露面，我們處子常得扮女裝上場，供大官娛樂。」

「蒼、碧，嘴巴閤起來，別丟人現眼，就教你們別被美色迷惑。」青年撫起橙朱的劉海，硬是把那頭秀髮綁成一般百姓的髮髻。

「會痛，輕點。」橙朱嬌嗔一聲，青年的臉黑了大半。

「師父，你怎麼不打他？快像平常對付我們一樣，打他！」蒼穹、碧海在一旁搧風點火，沒多久就被擰眼皮，痛痛痛。

青年想，這又不是他家的孩子，如果是的話，早叫他倒立，好好深思什麼是男人女人。

「諸位大哥，能否分給橙朱一點吃食？」橙朱按著自己乾癟的肚皮，低吟幾聲，天見猶憐。

「不能！」雙面鏡異口同聲否絕，他們都快餓死了，哪養得起一個不男不女的小鬼。

果不其然，兩個相貌神似的少年又被他們師父打了。

「像個男子漢！」青年這番話同時說給在場三個孩子聽。他把半顆饅頭再撕成一半，放在碗裡，倒水下去，讓饅頭吸水脹大，再遞給橙朱。

「這是人吃的東西嗎？」橙朱看著吸水饅頭，咬了一口，沒有滋味。「不如拿著這些錢去和其他人買點吃食。」

「然後你就會被扔下船，錢財被大伙分贓。」青年耐著性子勸橙朱不要幹蠢事。

「那你爲什麼沒有這麼做？」橙朱直視青年，青年沒有迴避，給他看個夠本。

「白某乃修道之人，錢財乃身外之物。」

「師父，咱們不能拿點感謝金走嗎？」蒼穹和碧海已經往口袋塞了幾塊金子。

「孽徒！」青年揪住他們倆後頸，把金子搜出來，全扔回箱子裡。

橙朱繼續咬著無味的泡水饅頭，開口：「原來如此，即使你認爲可以拿一份份內的酬庸，但你必須以身作則，做他們學習的典範。」

青年沒有回應，屈身按著又出血的腹部，雙面鏡看了，再也不敢吵鬧。

「不義之財只會招來災厄。」

「這些能讓我下半輩子不愁吃穿，我何必捨棄將至的富貴生活？」橙朱端起下頷，瞇起細眸笑笑。

「等你有命花再說。」青年對於這名花也似的孩子，不知該怎麼摔，他的腦袋才會清醒一些。這也是橙朱煩惱的地方，上岸後無人接應，憑他自己實在護不住這箱財寶。

「壯士，請你幫幫我。」

能在眨眼間編出長篇謊話，找出最有利於他的位子，但聰明有餘，歷練不足，這漂亮孩子到現在還是抱持著優渥生活的天眞。青年大感頭痛，怎麼這一路老是遇上死小孩？

「這些財寶一半給你們，相信這足夠讓你們師徒衣食無虞。」橙朱大方說道。

「怎麼有一種被施捨、討人厭的感覺？」雙面鏡撇撇嘴角，抬頭望向青年。「師父，怎麼辦？把他扔下去祭海神？」

橙朱不敢置信地摀著粉唇，他都放下身段，這廝竟敢這般無禮？

「別亂說話。」青年把連退三步、大驚失色的橙朱拉回來，教他省點力氣，少演幾段戲。

這時，猛然一陣大浪，把船頭掀了起來，若非青年及時抓牢三隻小毛頭，他們恐怕早就撞得滿頭包。

「要沉船啦！」貨艙外傳來驚叫，船身搖擺不定，增添不安的氛圍。

「師父！」蒼穹和碧海齊聲喊完，青年早猜到他們要說什麼，直接摀住兩張小嘴，奈何人只有兩隻手，還有一條漂亮的漏網之魚。

「我不會泅水……」橙朱咬緊下唇說，淚像串珠般落下。「必死無疑……」

他一哭，另外兩個小的也哭了起來。青年強瞪著自己的拳頭——該不該打昏，再全塞到箱子裡去？

突然，貨艙的隔間木板被拆成兩半，一群大漢殺氣騰騰來到他們面前，後頭貌似船東的男子指著三個尚未成年的少男，指示眾人把孩子帶上船。

「等等，這是怎麼回事？」青年橫在三顆白蘿蔔前，不許對方越雷池一步。

「海神怒了，要童子獻祭。」男子理所當然說道，無所謂三條人命。

「放屁！」蒼穹和碧海憤怒吼著，他們師父卻叫他們閉嘴。

「各位兄台，請等會，我有不傷人的法子，不如就讓我試試。」

青年轉身走去，掀開木箱，展現橙朱帶來的財寶，全場的人立刻看直了眼。

「白某與徒弟苦苦追尋才查到海龍王的寶藏，海神會發怒全是因爲它的緣故，就請諸位兄弟幫我將它物歸原主。」

船東上前摸了摸琉璃翡翠，萬般不捨，青年卻在人家爲寶物發呆的時候，刻意闔上箱蓋，把人夾得唉唉叫。

青年扛起寶箱，穿過人牆，走上船板，即便橙朱在後頭急急喚了那聲「慢」，也沒有理會。

蒼穹和碧海跟上去看熱鬧，只見所有人撲上去要搶救寶箱那一刻，他們師父毫不留戀地把整箱珠寶丟入洶湧海面。說也神奇，不一會，海面的風浪停了下來，轉爲徐徐的西北風，船帆安穩推動船身前行。

等青年領著兩個娃兒回來躲藏，橙朱呆立在寶箱原本的位子，就算箱子已經落了海，還有另一個無形的框把他關在裡頭。

「那是我的東西……」橙朱哽咽說道。

「帶著那些，只會害了你。」青年不會說好聽話，只做該做的事。

「你這個賤民！」橙朱就像剛才要捉他們祭海神的男子，把禍錯全推到他人身上，可在他的拳頭碰上青年衣袍前，蒼穹和碧海就一左一右把他的手臂反制在後背。

「我師父救了你，你還不知好歹！」

青年火上加油，再添一句：「你現在也是賤民了。你再好好想想日後該怎麼過日子。」

「我的命，還有什麼好在乎的！」橙朱掙脫兩人挾持，推開青年又往船上跑去。

「師父，戲子都是這般纖細嗎？」兩個只要有得吃就能活下去的孩子，不解地感慨。

這時，外面嚷嚷著：「有人跳海啦！」

青年臉色大變追了上去，越過船邊看著海中那片白色水花，不作多想，飛身躍下黑漆的海水。

良久，他才抱著小伶人從水面探出頭，兩人在冬日的海水中直打哆嗦。

「好冷……好冷……」橙朱整個人縮在青年懷裡。

「知道冷就好！」青年氣都快氣死了。他終於體會到他被人從王爺府抬回來，老掌門爲什麼一直扎錯他穴道，就是故意要他痛，讓他知道旁人有多痛心。

「那是我要招募軍隊的資金，現在都沒有了，我什麼都沒有了……」橙朱不住向上蒼哭喊，那片朱華王朝再也無重振的可能。

「你這條命不是還在嗎！」青年吼道。在白派眼中，這世上，沒有比生命還要珍貴的事物。

橙朱大哭不止，到蒼穹和碧海划著小船來撈起他們倆，淚水都沒有停下。

青年的傷口泡到海水，又著了風寒。到岸之前，都倒在船艙裡，不省人事。之間有小手撐起他的腦袋，餵水給他喝。妻子離開後，他以爲自己已經不在乎生死了，現在卻怎麼也不能死，他的肩上有太多東西。

等他清醒那天，船也順利進了沙灣。聽說同天起航的十艘舢舨只有他們這船平安抵達，其他全成了黑水溝的水下亡魂。

而那個寶箱裡的漂亮孩子往他面前跪下，恭恭敬敬磕了三個響頭。

「請收我爲徒。」

青年其實沒有那個意思，這孩子心裡那一端牽掛太大，不適合修行，但他還是拍拍那顆腦袋，決定把他留在身邊。

「嘿，老三，你可以叫我大師兄。」蒼穹和碧海同時說道，隨後互相瞪過一眼。「我才是大師兄，你算什麼屁！」

橙朱咯咯笑著，清靈動聽。

「我承認的是師父，你們這兩個卑下的市井之徒哪有資格在我頭上？」

「你長得那麼可愛，說話怎麼那麼狠毒！」雙面鏡想像中的乖巧師弟終究夢碎，以後還會連碎好幾個，慘不忍睹。

青年撐著額頭，似乎又因爲一時心軟而從此後悔終生。

進港後，大船擱在淺灘，要到岸上還得撩起褲管，涉水而過。

想必他們一大三小、四個白色的傢伙十分顯眼，四周的目光都聚集過來。有漢人，也有管理的洋人，讓少年們的腳步都不太踏實。

都已經這麼彆扭了，他們的師父卻嫌不夠，眾目睽睽之下，四肢和頭顱，總共五體，密密實實地匍匐在沙地上。

「師父？」

「過來，跟著我做。」

「不要啦，大家都在看！」蒼穹和碧海同聲抗議。

「而且好髒。」橙朱不想讓膝上沾滿沙子。

奈何青年霸道地把三個孩子抓過來，牢實壓著他們的頸子跪下去。

「是這塊土地收留我們這些外來者，要誠心感謝。」青年又往地面跪去。

三個孩子沒辦法，只得照做，不然等下又會挨頭槌。他們初來異地，無法像青年深切明白，這裡將會是他們成長以及歿骨之所。

日頭由中偏西，青年才仰起頭，收回雙手，斂好儀容，叫身後三個打呼的徒弟起身。

剛好，這頭熱鬧結束了，另一邊的好戲正要上場。人們在港口圍了一圈又一圈，青年聞到血腥味，詢問旁人才知道洋人官員抓了在黑水溝猖獗已久的海盜，要在海港就地處決。

洋人火槍一射，海盜頭子的胸口便多了一個血洞，鮮血噴出，人們鼓譟。

青年瞥見繩子捆綁的海盜團裡有小孩子，他把三個徒弟留在人群外，到前頭確認，的確有個才

八、九歲的孩童，毫無生氣地坐在刑場角落等死。

他又排開人潮，找上主事官員，比手畫腳，告訴他們裡頭有個年幼的孩子。

「那麼小的孩子能犯事嗎？休要濫殺無辜。」

「他活下來也必會成爲盜匪，還不如在造成損失前，永絕後患。」洋人官員卻用純正的漢語回答他。

青年想，一定有什麼辦法才對。正巧這時候，刑場那個死氣沉沉的男孩對上他的眼，漠然的臉龐突然流下淚來。

「幫幫我，我不想死！」

那孩子發出求救，隨即挨了身旁的匪徒幾記拳頭，嘴角滲出血絲。

「我是無辜的，他們殺了我卡桑，抓了我，不放我走！」男孩枯瘦的手臂朝青年揮舞著，想要抓住他唯一的救命稻草。

人群跟著騷動起來，這種不意外的轉變最能帶來高潮。槍決還在進行，死亡持續不斷，一個個，終於輪到男孩頭上。

青年絞盡腦汁想著，他帶著三個孩子來到異地，必須在最小的風險下冒險。

他猛然大喝一聲，氣下丹田，數步之內的人皆震耳欲聾。等行刑者放下火槍，他才跪下，半爬行著來到男孩身邊，用那身白衣遮掩圍繞在他四周的殘酷。

「沒事了，別怕。」他不忍，輕聲哄著。

男孩眼一閉，哆嗦昏厥在青年懷裡。

青年依然跪著，讓槍手不知該如何處置，適才和青年交談過的洋人主事者踱到青年面前，沉默好一陣子。

「我會照顧他。」青年叩首保證。

「Dwaas（傻子）。」官員說，然後吩咐下屬處理屍體，清理場地。

人潮散了，最後只剩下青年和他懷中的孩子，另外三個白衣徒弟好不容易才從人來人往的港灣裡擠出一條路和他們師父會合。

「師父，不是我在拍馬屁，但你真的讓大家吃了一驚。」蒼穹和碧海興奮說道，剛才所有人都安靜下來，只盯著刑場上的白衣男子。有人還臆測這會不會是救苦救難的神仙來凡間渡人？

「超乎常理的言行總能吸引人的目光、爭取到時間，當對方認為你與眾不同，就會另眼相待。」青年說，但沒說這是妻子教給他的方法。

白派十分重視協議，主張和平，盡量動口，不要動手。而且，青年相信，不論是哪種人，心裡頭其實都不忍心殺害孩子。聖賢道：惻隱之心，人皆有之。

青年揹起小孩，領著三個少年，打聽到漢人的聚落，要先找個歇腳的地方。他們離開喧鬧的港口，要步行過一片竹林。橙朱問起青年接下來的打算，總不會走一步算一步。

「東南沿海都聽說台灣的富饒，要據地為王，絕不會放過此地。荷人苛徵雜稅，無法長治久安，都城之後定會亂上一陣。我想再往東邊過去一些，找一處人煙稀少的山林，但也別離人們太遠，也看看幽靜的環境能不能定住你們這些小鬼的心性。」

「那不就是要我們出家當和尚？」蒼穹和碧海垮下臉。

青年正要教訓什麼，脖子突然一涼，最靠近他的橙朱驚聲叫道，一把亮晃晃的匕首正架在他的頸子上，劃開血痕。

「誰要跟你去當和尚？」被青年救下的男孩笑了笑，沒了刑場上失魂落魄的德性，俊朗的臉上反倒漾起一絲邪氣。

青年眉頭倒豎，目光暗沉。最早跟著他的雙面鏡知道師父疲累時就是這模樣，氣到極點的時候也是這模樣。

「你是他們的頭，殺了你，他們就是我的手下了。」男孩得意洋洋，說話的口氣完全不像是個九歲多的孩童。

「對你來說，人命是什麼？」青年眼也不眨，出乎男孩預料。但本來會挺身而出救他這麼一個盜賊之子，就不會是個尋常人。

「我算算，我殺過多少個……哎呀，指頭數不完，反正也不怎麼重要。」男孩天真笑道，由衷殘酷。

青年反肘撞下背後的孩子，眼前刀光一現，他側身閃過，肩頭被刺出血孔，男孩再拔出小刀，往青年受過傷的腹部刺去，動作俐落非常，絕非生手。

將要得逞，青年卻早一步攢住男孩的髮，用力把人倒栽在地，讓他吃了滿口土，牙齒落了兩顆。

青年瞪著出師未捷的男孩，男孩卻還是揚起倒勾的眼角，挑釁望著他，毫無反省之心，不覺得恩將仇報、奪人性命有何不可。

「本以爲戲子夠可惡了，沒想到人下有人！」蒼穹和碧海不禁感嘆，又氣憤對方偷話。

「討厭。」橙朱低嗔一聲，他不喜歡沒事被牽連。

青年壓著男孩不放，他什麼也沒做，反而讓男孩無所適從。

「我說，要殺要剮隨你，大聖人！」

「別吵，我還在想！」

那個男孩子還以爲青年是顆螞蟻也捨不得踩的軟柿子，像蒼穹和碧海就很明白他們師父有多少整治小孩的手段。

「肉那麼少，怎麼夠吃？」橙朱嘆口氣，這讓他頭上兩個師兄再次明白三師弟的心有多黑。

「小妞，妳有過男人了嗎？」男孩下流地看向橙朱的漂亮臉蛋。「我下面還沒能硬起來，要是我能取代這個聖人，一定讓妳做我第一個女人！」

橙朱委屈地癟起粉唇：「師父，快宰了這大逆不道的東西！」

青年大吼一聲，三個小徒弟乖乖閉起嘴巴。

「我會照顧你十年，到你成人。到時候，你還是死性不改的話，我會親手殺了你。」青年撫著男孩的髮，他從孩子身上只感覺到一片泥濘的渾濁，而他才這麼小而已。

男孩別過臉，不去看青年痛心的眼。

「把我這種雜碎放在身邊，你一定會後悔！」

「什麼雜碎！你姓雜名碎嗎！好好一個人，難道會沒有名字！」青年揪住男孩兩片耳朵。蒼穹和碧海在一旁看了不禁佩服起來，他們師父擰耳朵可是很痛的，眞虧男孩能忍著不叫。

眼看不說不放人，男孩在青年的威嚇之下，才說了許久未有的眞話。

「我叫阿紫，卡桑家鄉在九州，本姓青定。」

「阿紫，從現在開始，我是你的師父。」青年搶過男孩緊握的匕首，把它扔進草叢裡，把象徵殺戮的過去也一起扔得老遠。

男孩的眼眶頓時有些酸澀，已經好久沒有人喚過他的名字。他其實已經非常虛弱，好幾天不吃不喝，體力早就到了極限。剛才是憑著意志放手一搏，因爲他壓根不相信青年對他別無所圖。

「好，敗者爲寇，從現在開始十年內，我當你是師父。」男孩舉起掌心，朝向天，又放回胸前，再也沒有氣力動作。

青年再次揹起男孩，像是他從未試圖刺殺過他，繼續趕路前行。約莫走了兩里路，男孩緊繃的身子才放鬆下來，眞正在他身上熟睡過去。

「師父，你看我們這一路，有了乞丐、戲子和海盜，接下來還會有什麼？」雙面鏡只是無意間合聲問起，卻觸及青年的傷心處。

「吵死了！」有一就有二，有二就有三，一上岸又來了第四個，青年正深深地反省自我。

「師父，我走不動了。」

這句話是橙朱說的，當他看見新來的、又沒斷腳的弟子光明正大賴在青年背上，愉快地晃動雙腿，他的腳就更瘦了。

「走不動就用爬的。」青年冷然回應，也不管橙朱拉長音做哭腔，馬不停蹄地往前走。

「用爬的，聽到了嗎？」蒼穹和碧海趁機狐假虎威，端起師兄的威嚴。

橙朱卻照常無視他們，小跑步到青年身旁，抓著青年空著的左手，被青年兇惡地盯著好一會也不理會，就是要人牽著走，好省力。

這讓什麼也得不到的兩名大弟子非常不是滋味，雖然他們師父勞心勞力的對象變成四個，比起逃難那時候少打了他們好多頓，但好位子全被一種叫「師弟」的傢伙霸佔去了，心裡總有點不甘。

「蒼、碧，跟緊點。」青年偶一回頭，兩人推擠一陣後，又趕緊追上腳步。

自從來到這座島上，他們沒再餓過肚子。這裡，冬日像是春天，林子的枝梢都還是綠色的，青年只消腳下一撥就有筍子，頭上一摘就有果子。他們還遇上一大片野生的稻禾，青年收割幾捆稻穗，去了穀殼。有菜又有飯，晚上吃個大飽。

但就是蟲多了點，嬌生慣養的橙朱被咬得悽慘，青年和夜宿的土地商量一陣，才保住孩子們的臉蛋手腳。

爲了避免他們染上瘴癘，青年決定，一定要再往高一些的山丘走去。

「這塊土地願意養活我們，要心存感激。」青年本著農家看天吃飯的精神，飯後誠心祝禱。

「謝謝土地神明，也謝謝師父。」蒼穹和碧海只要吃飽喝足，一切好商量。

「謝謝替我抓癢癢的師父。」橙朱喜歡那種趴在人家大腿上，給青年扒背的感覺。

「謝謝煮飯的大聖人。」靛紫用指甲剔牙。

「混蛋東西……」青年想起儒家先賢曾說過，枯朽的木頭任憑再好的匠師也無法成材。

「你會保護我們對吧？要是狼來了，你可要先用聖人的肉餵飽牠們。」靛紫找了個好位子，在青年的右手邊側臥下來。耳朵被揪了下他也沒在怕的，但青年順手抓了抓他的後頸，倒讓這廝小賊安靜好一陣子。

「師父，你不睡呀？」

青年坐得像根筆直竹桿。他不是不累，而是擔心眼一闔，遠處就會冒出不知好歹的狼把這些兔崽子叼走。

「少囉嗦，再吵，虎姑婆就來捉你們，一個個燉大骨湯。」青年威嚇道。他們四個只要一人閒扯一句，就吵得他招架不住，小孩子真夠麻煩。

「虎姑婆？」四雙原本下垂的小眼突然齊地睜開。

完了，他竟然不幸做了起頭人。

「那個惡婆娘四處為惡，你們爹娘難道沒有告誡過你們小心半夜敲門的邪惡道姑？」

橙朱不作聲，雙面鏡倒是坦誠他們不記得父母的樣子，而靛紫發出「嗯啊」的不明聲響。總之，反正啊，就是沒聽過。

青年撓著頭，眞是一發不可收拾。

「我父母死得早，這是我師父，也就是你們師祖說給我聽的。他絕對是故意的，明知我一個人住，偏偏老愛在我下山前講些有的沒的，想把我留下來給他老人家按摩，半夜還把我搖醒，問說要不要陪我去外頭尿尿。」

老掌門的獨生子聰慧過人，所以總把歪腦筋動到憨直的弟子上頭。

「那虎姑婆到底是誰？」蒼穹還是碧海其中一人好奇追問。

青年皺著眉頭，遙想童年記憶。

「我妻子說是假的，但那應該是眞的。我見過一回，是個披著虎皮的大嬸，在某個下著大雪的夜晚，發神經來敲我家的門板。叩、叩，雪夜總是特別地靜，她敲了好一會我才醒來，我喊著：『是哪家的夜叉？』她回說：『咱家是外地人惹，不小心迷了路，想借府上避個風雪！』我細想，實在奇怪，沒人會在這種日子趕路到我住的村子，但要是眞是無辜的旅人，把她鎖在門外鐵定凍死。正拿不住主意，我卻聽見門外還有一種詭異的聲音，像是布袋裂了，嘶嘶作響，再仔細一聽，哪是什麼布袋，擺明是利爪磨著那片木板門，頓時，我的背涼成一片。」

四個徒弟露出不一的驚恐神情，有的是裝的，有的眞的快要嚇死。青年停下，眞想不通他說這些做什麼，但他閉上嘴沒多久，四個小毛頭又吵著要他說下去。

「我那時候還小，感覺不出那是什麼，只能請她離開。她卻說她有一包炒豆子，很好吃，可我自己種的豆子堆滿糧倉，沒有興趣。她還不死心，又說她有鈴鐺鼓，搖給我聽，剛好那旋律舒服，我就爬回床上睡覺。她大概是搖到手痠，開始遊說要帶我到南方過著錦衣玉食的生活，可南方沒有師父，也沒有白霜和金盞，我不想離開。最後似乎惹惱了她，她破門而入，想強行把我裝進她帶來的麻布袋裡。就在這時候，我師父提著大刀出現了，大喝：『妖道，納命來！』那婆娘大驚失色，化作一隻白虎，破窗而出，直到再也見不到她的身影，都還聽得到遠方的虎嘯聲。」

徒弟們呼了口氣，好在千鈞一髮之際，大道士來了，不然他們師父不知道會發生什麼事。

「你們師祖是因爲他兒子吵著要跟我睡才下山來接我，早在外頭觀察好一會了，就只是想看我哭喊的樣子才那麼晚出手，我眞不知道該謝謝他老人家還是搥他一頓。他說那妖婆子是人口販子，用術法拐騙有資質的孩子給邪道煉人骨丹。南方人家大多知道他們的把戲，曉得該如何提防，他們便到北方來爲惡。」

「師父，這裡也會有虎姑婆嗎？」

「今天沒有，以後也會有，邪魔歪道總是無孔不入，但只要有道之士願意庇佑土地上的孩子，虎姑婆便不足爲懼。」

「意思是，你希望我們長大以後保護當世的百姓？」靛紫率先出聲。待青年承認，他便嗤了一聲。

「師父，可是我們什麼也不會。」蒼穹和碧海不想讓青年失望，但深感自身無力。

「憑我一個人能做什麼？」橙朱定定望著青年，希望他能給個明確的答案。

「我會把自身所學的傾囊授出，至少，讓你們有自保的能力，還有保護好重視的人。」

青年的話有些偏頗，把親友看得比世人重，太自私了，不甚符合白派的宗旨，應要達到無愛以大愛。但愛著世人的道者又怎麼可能不去愛身邊的親愛之人，一旦愛上，失去的痛會讓眼盲心閉，再也走不出大道。

「對了對了，你剛才提了妻子對吧？你有老婆囉！」

靛紫這一起鬨，另外三個也來了精神，他們年紀還輕，沒有再去深思既然是個有家室的丈夫，青年又爲什麼會帶著他們拋開故土來到陌生的土地。

「曾經有，還有一個未足齡的孩子。」青年黯然地說，沒有再說下去。話鋒一轉，又是一個嚴肅的導師。「快睡覺，你們這群小兔崽子！」

他們四個剛好圍著青年東西南北，不敢多問，閉上眼就直奔夢鄉。青年在他們的心目中始終堅毅強大，唯有這一刻，悲傷得就像個無助的凡人。

# 第二章

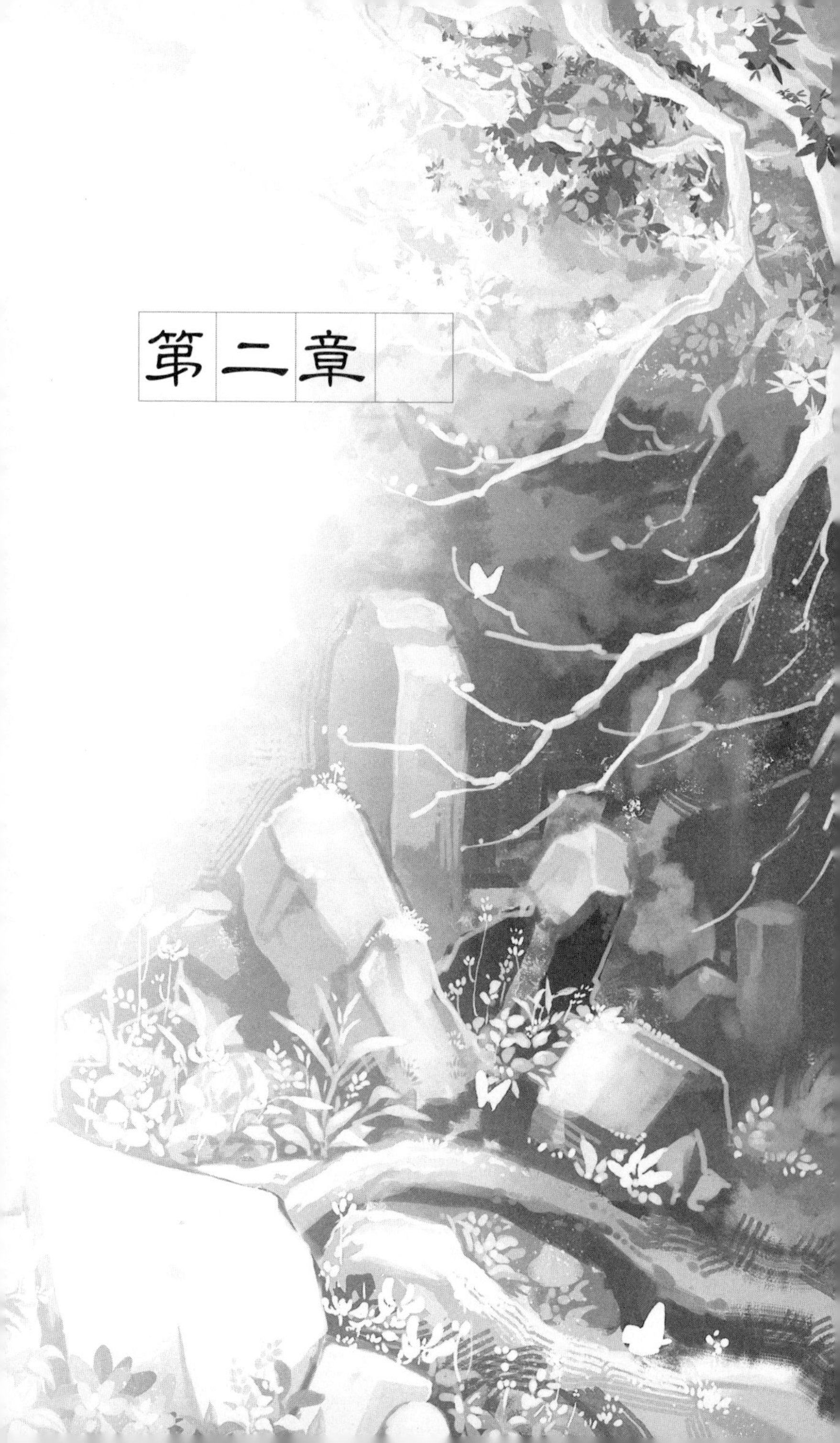

他們一路上經過幾處聚落，青年都只是借住，打理衣食，沒有停留的意思。一直走到最偏遠的山腳庄，從村子外幾百尺處就堆滿木頭。小孩子玩心大起，蒼穹和碧海跳過零散在土地上的圓木，你追我跑，到頭來又談不攏輸贏，大打出手，讓師弟們看足笑話。

青年便一手拎一隻耳朵，把兩個大的拖著進村，就算他們叫得像殺豬也不手軟，到了村口才鬆手，放他們倆逃到身後去揉耳朵。

他環視這片不算大的村莊，木造的平房比起其他庄頭特別雅致。青年打聽過，福州來的木匠幾乎在這裡，稱這裡叫「新庄仔」。

「師父，小心。」

青年來不及回神，被一顆竹編的彩球砸個正著。

他撿起球，彈性甚好，原來球裡有球，總共有十二層，做出這等作品的童玩師傅實在不簡單，手工一定很巧，讓他想起鬼工球之類的傑作。

青年張望一陣，每戶人家都非常忙碌。移民越來越多，需要各種器具，沒有半個人有空閒拿球丟他這個外地人。

他叫四個小鬼依照長幼次序在他背後排排站好，還在蒼穹和碧海打起來前，隨便抓了一個在前頭一個往後，兇了一頓脾氣，兩個小少年都委屈地繃著臉。

村人就看著他們一大四小，五個白衣道士和道僮浩浩蕩蕩拜訪新庄仔的村長。

「師父，這樣好像母雞領小雞。」橙朱笑出聲，靛紫在後頭學雞叫，青年沉下臉色。

「再鬧，今晚就把你們烤成鳥仔巴！」青年要去商量要事，四個徒弟卻以爲是來遊賞，看到木頭做的便池也要大驚小叫，丟足他白派的面子。

他們順利見到村長，青年表明來意，就是爲了一棟宅子。

村長說，他們庄頭接的訂單已經滿了，短期之內沒有辦法給新戶人家建房。不過可以暫時提供他們食宿，只要他們替村子辦妥一件怪事。

「什麼怪事？」蒼穹和碧海一起伸長脖子。

「近來，村子產的貨無端壞了，明明出貨前都有驗過，那些進貨的商家直說我們沒信用，要從福州買過海貨，把我們的單給抽了。請道長明察。」

「師父，他們不給我們房子，又指使我們做事。」橙朱小聲耳語，青年拍了下他的手背，他只好癟嘴退下。

「我明白了。」青年沒有異議，在背後揮舞拳頭來壓下小娃們的不滿。「另外，我在路上撿了這顆竹球，想還給失主。」

村長一看到十二層竹簍球，就知道是哪個人的手筆。

「又是黃穗那痴兒，他們一家被海盜殺死，每有外地人來村子，他就會出來找麻煩。」

「阿紫，還不以死謝罪？」雙面鏡推了推前任倭寇，靛紫滿不在乎地笑了。

村長嘆道：「黃家曾經是我們新庄手藝最好的人家，現在就剩一個傻小子，也是可憐，道長就別和一個傻子計較了。」

青年捧著竹彩球，若有所思。

結束會談，村長領他們到歇腳的地方，在村子外緣，也是木造房子，那房子偏矮，但非常新，用了上好的木材，在門外便可聞見一股天然香氣。如果再多點金漆、石雕，幾乎就是戶小康人家的宅院。

「你們師徒就先住這兒，我會派人再送飯過來。」

青年喚住村長：「這是空屋？」

「算是吧。」村長含糊其詞，把人帶到門口便推說有急事，先回頭忙了。

蒼穹和碧海興奮地繞了屋子一圈，他們幾乎沒住過像樣的房舍，兩人正要爭奪第一個進屋的寶座，卻被他們師父從後領硬生生勒住。

「你們仔細看，這屋子有什麼古怪？」青年問著四個小徒弟，總希望他們能對眼前所見的事物多想想。

「和其他屋子一樣，都是坐西朝東。」橙朱先說了相同之處。

「不錯，但它的位置有些微妙。東邊的山勢太峻，這兒整個上午都照不到日光；它又背著西方，下午也不會透光。一天下來，屋子全是暗的。新庄仔盡是起厝的老手，怎麼可能會建一棟不見天日的新宅？」

「好人師父，你以前真的是莊稼漢嗎？」靛紫每多認識青年一天，就對他多一分玩味。正常的男人不應該像這樣想著天地、想著徒弟、想著所謂的大道，但他們師父即使帶了一群小白雞在屁股後，也還是相當有男子氣概。

「只要多看多聽，心就會寬闊。」青年自知駑鈍，之於學習也就不敢懈怠，而且以前身邊的人都是好教師，他很喜歡那些人溫柔教導他的模樣。「小子們，後退些！」

青年抓著刀柄，飛身入屋。

風聲響起，右方飛來一根圓木椿子，青年翻滾下身，躲開第一波襲擊。當他碰上內廳的牆面，「咻咻」，兩道疾響，飛箭前後包夾，被包著布的刀早一步擊落。青年現在已經到了屋子的中心，環視四周。有的機關是觸發性的，有的則是須人手啓動。

他不知道是前者後者，只是瞎猜，大喝一聲：「抓到你了！」

前方斗室傳來急促的呼吸聲，青年立刻拔腿向前，在黑影鑽進地窖前，給他逮個正著。

青年不得不埋怨上天的旨意——又是小孩子。

眼前的小鬼不到十歲，披頭散髮，臉和手腳滿是污垢，這都還好，不會再比碧海青天那時落魄。但有問題的是眼神。他在瞪人，又不像看著眼前的景物。

靛紫最先趕到，再來是橙朱。橙朱看似纖弱，但應該有些武術底子，只是他裝傻不表現。作爲比較的雙面鏡兩人就被機關弄得唉唉叫，青年想了想，決定不理會那兩個丟人現眼的大徒弟。

「噁，好臭……」橙朱捏著鼻子，躲到青年身後。

「哇，你是豬？住豬圈？泥巴坑才是你該待的地方，別佔著我們的房子……痛痛痛，臭師父！」靛紫那張爛嘴被徹底教訓一番。

小孩沒有反應，只是轉動生鏽似的眼珠子，盯向橙朱幫青年拿的竹彩球。

「把球還來！」他一開口，別人就能從語調和表情得知他腦子有問題，是個瘋子。

「你是『黃穗』？」青年詢問道，小孩不回答，只是上前蠻橫搶走橙朱的竹球。

偏偏靛紫早他一步，把球往上扔，等球落下又把球踢遠，看白痴追得四處跑而樂不可支。但靛紫得意沒多久，青年就抓著他的腳踝倒吊起來，把他當鹹魚甩動一番。

「幹得好，師父！」遲來的蒼穹、碧海看到這副景象，忍不住拍手叫好。

「我知道錯了，放我下來！」靛紫沒想到除了折脖子，青年還有不少私家酷刑在等著他。處理好家務事，青年就回過頭來，面對這名叫「黃穗」的童子。

「這球是你做的？做得眞漂亮。」青年比平時放柔了一絲語氣，對方卻不領情。

「這裡是黃家，滾出去！」

青年有耐心地說明情況：「但我們沒有著落，可否到府上借住幾宿？」

「滾出去！」那孩子只是不停厲聲咆哮，沒有辦法用尋常的方式溝通。

他們無法，只好退出屋外。徒弟們是不想退，但他們師父都撤了，也只能跟著青年到戶外紮營。

「師父，村長又誆我們。」大弟子和二弟子好不沮喪，本來還以爲今天有床可睡了呢！

「好了。你們照我之前教的法子，去找吃的過來。」青年拍拍手，覓食的時間到了，得在太陽下山前塡飽肚子。

「他們不是要送飯給咱們？」橙朱沒想要大魚大肉，但有點小魚小肉也不爲過吧？

「八成也只是說說而已。」靛紫比他頭上的小子們了解人性太多。「大聖人，你就把那瘋子捆起來，至少我們還有個屋簷可以避雨。」

青年卻說：「白派絕不欺壓弱者。」

他看著烏雲密布的天，只能祈禱天公作美。

可惜，半夜還是下起冷冽的夜雨。

青年叫醒兩個大的，揹著靛紫，抱起橙朱，急急到黃府敲門。

好一會，大門才開了半扇，黃穗端著燭火，神色漠然。

「我的孩子淋了雨，可能受了涼，請你讓我們借住一晚，明早雨停了就會離開。」青年微低下身，虔誠請求。

雙面鏡抖著身子，不明白爲什麼他們師父平時兇孩子小菜一碟，卻對一個小瘋子這麼客氣？

黃穗沒應聲，只是拿著火燭往內室走去，而那扇門還開著。

青年獲得首肯，半拉半抱把所有小蘿蔔頭帶進溫暖的室內。本想先找個房間放置睡得太沉的兩個徒弟，卻被黃穗阻止。

「這是我爹娘的臥房，那間是我妹妹的，別吵到他們，你們只能睡客房。」說完，便頭也不回繼續前行。

「師父，他家的人不是都死了嗎？」雙面鏡同時問道，青年叫他們惦惦。

好在客房夠寬敞，一張床放得下四個孩子。青年動手剝了兩個小徒弟的濕衣服，擦乾後把他們塞進被子裡；另外兩個大的也在他的號令下照做，一起鑽入被窩。

「抱歉，可否借個柴房燒熱水？」青年央求，黃穗只是比了個方向，把燭火留在客房，人便隱沒在黑漆的屋子裡。

青年煮了鍋熱呼呼的水來，把厚布條泡進熱水裡，再擰乾，然後到床上抓一隻是一隻，把他們的身子擦暖。

橙朱醒了，笑咪咪讓青年照顧；靛紫倒是從頭到尾沒說半個字，乖巧得像是吃壞肚子。蒼穹和碧海兩人在青年努力的同時，也一起拿布巾擦乾青年濕透的髮絲，樂在其中。

「師父，你剛才說『我的孩子』耶！」雙面鏡在乎的小地方也一模一樣。

「不然咧？難道是『我的蘿蔔』還是『我的兔子』嗎？」白派的衣袍就是這點糟糕，但前任掌門很喜歡在下雪天穿袍服出門，混淆視聽。

「沒有啦！」蒼穹和碧海身子扭來扭去，實在不好意思表明他們那一點感動的幸福。

蘿蔔都洗完了，青年摸著不知道是蒼穹還是碧海熟睡的腦袋，想著熱水還剩半桶，不要浪費才好。

經過黃穗剛才那一番「介紹」，青年輕易推斷出他的房間是哪一間。推開門，沒有暗箭，便把燭火往茶几一放，再次挽起衣袖。

青年沒見到人影，往地板踩了踩，聽到有回音就把板子掀開，成功逮住一名快要睡著的小孩子。

「你要做什……」黃穗還沒叫完，就被摀住口鼻消音。

「別吵，那些小鬼睡熟了。」青年大手一按，連衣帶人把黃穗壓下水盆，順道在他嘴裡塞了塊布條，便強押著他洗澡。「也不小了，怎麼不會把自己弄乾淨？你看看，下面都是垢。」

那孩子的指甲都掐進他的手腕裡，但青年還是沒停下手。

青年喃喃著：「我來村子只是想學點技術，聽說島上土地不穩，常有震災，便無法拿華北的那一套來蓋房子。但看樣子，村人應該不會教我才是，傷腦筋。」

「你拜我爲師我就考慮看看。」黃穗把口中的布條拿下來，不再掙扎。

青年猛然抬起頭，一時間，那孩子的眼神清明得可怕。

「臭小子！」青年敲他一記腦袋，既然正常了就該打。這一路，怎麼總遇上不怎麼可愛的小鬼頭？遙想自己八、九歲的時候，還在和金盞玩繩花。

他處理過四個，第五個已經得心應手，擦身子、擰頭髮都能一氣呵成。

「我娘都給我綁辮子。」黃穗垂著頭說道。

於是青年編起辮子，很快地，一條垂至腰身的麻花辮完成了。

「不一樣。」黃穗拈起髮辮，不甚滿意。

「廢話，我又不是你老母！」

「我娘很疼我，不過老爹卻很兇，比你對他們還兇。老叫我繼承家業，四歲就逼我學工夫，煩都煩死了。秧兒是我妹妹，她的手藝比我還好呢，繡花做得一絕，以後說媒的人一定會踏破我家門檻，我才把門檻做得特別牢固。」

青年望著自說自話的男孩子，難掩心中的悲慟。

那孩子還比出噤聲的手勢，恍惚地笑了笑：

「別吵到我家人，我們剛搬來，還不習慣呢！」

他想起傷重瀕死那時候，任憑老掌門如何在他耳邊叫喚，他都不願意清醒，無法接受妻兒已經不在的事實。

那種痛不像外傷，有藥膏可以抹平，就算往左胸劃下一刀，拉開皮肉，使勁摀住，心還是一突一突地撞擊著傷口，痛不欲生。

青年哄著黃穗睡上床鋪，陪著這個無法從夢中醒來的孩子一整個晚上。

□

清晨，外頭一點小聲響便讓青年睜開假寐的眼皮。他無聲離開床邊，給門板推開一道縫，探看外頭的情況。

靛紫正揹著他們所有家當，包括那把布包的刀，躡手躡腳地往大門移動。

青年抓了抓後腦勺。死小鬼改不了吃屎，他之前果然太手下留情了。

再過半個時辰，小蘿蔔們都被灶房的香氣給誘醒，他們正當怎麼吃都不太會飽的年紀，便立刻把衣袍穿戴整齊，小的跟著大的，一起到灶腳湊熱鬧，沒想到見到傳說中番人的食人景象。

靛紫被綁手綁腳，橫吊在木梁上，下面是滾著熱氣的米粥。

「師父，這個是？」蒼穹和碧海搶先發問，總覺得自己哪天也會有同樣的下場，如果再惹他們師父發火的話。

「別吵，我在蒸臘肉。」青年一直在爐火旁看著，省得有什麼萬一，今天的早飯就沒了。

另一個奇怪的地方是，旁邊的方桌上還坐了一個不認識的孩子，綁著長辮子，模樣聰明伶俐，不時把玩手中的削刀。

「師父，那又是？」雙面鏡又同時提問。

「我在等臘肉。」黃穗一臉認眞，身爲臘肉的靛紫狠狠瞪過來。

「臘肉啊臘肉，要是你是眞的臘肉就好了。」橙朱好不遺憾，他已經很久沒嚐過肉味了。

「小美人啊小美人，要是你眞想吃我也不是不行……師父，不要燙我屁股！」還沒行刑，已經把天地不怕的靛紫嚇得大叫。

「沒一個正經！」青年端起鍋子，給火口蓋了鐵板，又放了一層蒸籠墊著，靛紫緊繃的皮毛才放鬆下來。

大伙都注意到，青年最先把米粥舀給辮子小子，再來才是他門下的弟子，然後是自己，沒有靛紫的份。

「初春就能播種了。」這是青年一早的教誨，他的徒弟忙著把粥喝得咕嚕響。「黃穗，你們庄頭也有二十來戶，二十多棟宅子的木頭是由哪來的？」

黃穗撈起一口米粥就不吃了，歪頭看著青年，像是笑著又像在哭。他這副德性立刻讓旁人認出這是昨天那個不給他們進門的小瘋子。

「越過這座山頭，有一處谷地，那裡有條溪水流經村外。他們沒有祭祀便砍了谷地所有的百年樹，再藉水流把木頭運到山下。」

光聽黃穗說話不會覺得有什麼不對勁，但他的表情很不協調，像是做壞的娃娃。

「祭祀？」

「我們木匠和樵夫總是不同，在福州總是拿到現成的木材，不用親自去砍，他們不曉得這般規矩，鋸大樹之前，要先求得神靈同意。」

「你既然知道，爲什麼不說？」

青年審問，黃穗微微笑了。

「我想看鄉親們什麼時候遭報應。」黃穗撥弄辮子的髮尾，青年皺起眉頭。

「他們沒送飯過來，的確該死……唉喲，師父！」蒼穹、碧海緊搗著快被敲破的腦袋，也不過說說兩句發洩，他們師父就是不准徒弟妄言。

青年叫小子們收拾碗筷，起身把懸掛著的靛紫放下來，把自己只扒兩口的稀飯推到他面前，然後扛起大刀。

「蒼、碧，看緊底下的小娃，我到山裡察看情況。」

「哦！」雙面鏡同時應下，這可是難得可以展示師兄氣概的機會。

青年出門前再三回頭，他實在放心不下那幾個和他奮力揮手道別的小蘿蔔頭，但此行不安全，不適合帶小孩子上路。

台灣的山和中原的山不同，氣味全然陌生，依稀殘存海的感覺。他走著陡峭的山徑，找不到認識的林木，兩三步就會撞上相當高大的樹木，他幾乎要以為這些樹是專門來攔住他，不讓他再往前走。

最先和新土地打交道的往往是植物，老掌門說樹尤為其中霸者，它們的剋星大概只有天雷和人了。看世間改朝換代，人來人往，山間的深林卻還一直活著，見證滄海與桑田。

青年試著與周遭林木交談，但都被拒絕，直到他到了山林的最深處。

百尺之內不見草木，唯有一株森然巨木，從谷底聳立出雲端。

青年不知道要長得如此巨大需要多少時間。妖怪百年成精，千年便成了神靈，光是看著，他就不由得生起一股敬畏之情。

「人類，汝為何而來？」

青年仰望著巨木：「在下白皓雪，白派掌門。受人所託，試問是不是您對新庄的木器動手腳？」

樹冠搖曳一陣，青年不知道神木是否在笑。

「我的同伴被小蟲子殺了，很難受，身體腐壞了。」

神木傳達給青年的感覺還是如此平和。

「土地不是我們的，你們可以來，但蟲子太多了，要掐死幾隻。」

「請您明白，移民會有中原的道士，他們和我對於殺害人類的妖怪絕對不會留情。」青年不難發現，這裡的樹非常不了解漢人，但漢人已經用木頭建了千餘年的宮城。

「蟲子的大話。」神木輕蔑，不聽忠告。

「請不要小瞧人類，否則到時候您不僅會失去原有的領地，困守在深險山中，甚至連命也保不住。」青年必須把話說明，在事情還沒發展到無法收拾的地步之前，曲突徙薪。

「吾有三千載光陰，人類不過百年，何懼之有？」

自大是毀滅的前兆，青年不住憂心。

「您大概三百年內就會失去主宰的地位，再無您立足之處。」

青年剛說完，腳下一空，落入陷下的土坑。神木錯綜的根系緊纏著他，又化爲深棕色的青絲，他的手腳被有生命的長髮拉開，一雙翡翠般的綠眸覆在他臉上，強大而美麗而純粹，綠葉的香氣拂在他耳畔，他知道，他正被神木的精魂挾持住，隨時都會被吞噬下去。

雖然性命垂危，但有些話他還是必須說。

「請別把化為人形嘴唇的部位貼在我耳畔，人樹授受不親。」青年掙扎著，可惜徒勞無功。

「我好奇。」神木精靈說，長睫搧動，都不明白自己多麼地美。

「白某奉勸您一句，有生之年千萬別再幻化出同個模樣，尤其在人們面前。」

對方卻有聽沒有懂，逕自把他抱得牢靠，安詳地把他當床墊。

「你好乾淨。」碧眼的精靈又湊近一些，嗅著自找上門的小獸。

「保持清潔也是白派的教義之一。」

他的師母死得早，老掌門總愛把小孩捉來陪睡，即使在乾冷的華北，還是每天給白霜和他搓澡，香噴噴的才好抱。

「留下來做我的養料。」

「不行，我還有一群小屁孩要養。」青年毫不猶疑地回絕。

「那麼，這樣子呢？」精靈纖長的五指遮起青年的臉龐，等他拿開手，精靈已經化作一頭黑髮、桃花水眸的綺麗女子。

「金盞……」青年從胸口開始抽搐，他以為自己已經淡忘，但事實上，她的影子從未在他身體消失過。

「夫君。」「她」嬌柔喚道。

他聽得好痛，卻無法摀起雙耳，閉不上雙眼。

精靈會賜給獻祭的牲畜美夢，讓牠們在心目中的樂園死去，但人類比祂想像中複雜得多，最愛的人也是最恨的人。

白刀貫穿精靈的身軀，這個動作，青年已經在夢中演練千百回，做起來毫不拖泥帶水。精靈怔怔看著身上的神器，祂以爲世上沒有刀斧能傷得了祂，但祂已經體會到這個天大的錯誤。

「你討厭我？」

「對不起，我無意冒犯，非常抱歉……」青年抽回白刀時，連帶抽出神木的體液。雖然沒有血的鮮紅，但他看得出這絕對不是小傷，一個神靈對自己鬆下戒備時卻刺傷祂，實在錯得離譜。

「如果你當我的養分，我會好得很快。」精靈變回原樣，神情有一絲沮喪，像個要不到糖吃的小孩。

「我徒弟們只有蘿蔔一般大，請恕在下無法答應您的要求。」青年跪在精靈身前，深深一叩首。

同時間，新庄仔黃府亂成一團。

「老三，去煮飯！」蒼穹和碧海扠腰大喊，這就是師兄的威嚴。

橙朱看著手指甲，有聽見裝作沒聽到。

「雙胞胎師兄，師父可是叫你們照顧我們。」靛紫蹺著二郎腿，小小年紀就有街頭地痞的風範。

「誰是雙胞胎啊！」比雙生子還要相像的兩人厲聲抗議。

「你們安靜點，我小妹在午睡。」黃穗以主人的姿態出來喝斥，然後又歪著身子，拖著手邊像木槌般的東西，轉身回去房間。

靛紫想起白痴早上嘲笑過他，不懷好意地出聲：「妹妹？你家的人不是全死光了，一個都不剩？」

黃穗停下腳步，用奇怪的姿勢轉過身。

「你說什麼？」

「我說，你家的人早就被海盜殺得稀巴爛了，白痴！」

黃穗瞪大雙眼，拖著大木槌疾步走向靛紫，舉起來便朝他頭部揮去，靛紫早一步閃躲開來。

黃穗拍下桌角，四個牆角發射出尖銳的木箭，這下不僅靛紫一人，另外三個同門師兄也受到波及。

「別打了，師父回來會生氣！」蒼穹和碧海躲在木桌下，看兩個瘋子抽出木頭做的匕首和短劍，把年紀相仿的對方當仇人砍來砍去。這和他們平時吵架根本不是同一個等級。

靛紫身手靈活，而黃穗的力氣比成人還大，兩人打到後來，一個滿布輕傷，一個受了幾處重擊，牙齒都掉了，卻還是扭打不停。

靛紫抓狂叫著：「膽小鬼，只敢躲在這個暗無天日的房子，有種就去報仇啊！親眼看著仇人哭喊死去，就像他們當初殺害你親人一樣！」

黃穗淒厲咆哮：「他們才沒有死！沒有盜匪，什麼都沒有！我家的人都活著，他們都還活著，我們要到新的土地重新生活！」

橙朱在旁邊觀察好一會，總算讓他抓到空隙，給兩人各劈一記手刀，讓他們好好睡上一覺。

蒼穹和碧海發傻地看著他們底下打人像打老鼠一樣順手的師弟，橙朱只是翩然一笑。

「師兄，現在該誰去張羅午飯？」

「我們去。」雙面鏡深切感到自身的渺小。

當青年回來，看到一團亂的灶房、顫抖端著水杯的雙面鏡、嫌棄飯菜難吃的橙朱、掉牙的靛紫，還有又變得劍拔弩張的黃穗，深深地，嘆了一口氣。

「兩個大的，去燒水，我要拔雞毛。」

青年放下肩上的山雞，幾個小徒弟立刻圍上來看。山雞已經兩腳朝天，嗝屁了，卻沒有什麼外傷。

「師父，這個是？」

「晚飯，山神的賞賜。」青年不願多談，他以為年紀大了就不會遇上，沒想到差一點就失身了。

他從小就常被妖精相中，長根長葉子的那種特別喜愛他，要帶回去做孩子還是小白臉之類的，最後都是被他師父救回來。

後來靠按摩、編頭髮（根）服侍一個下午作爲代價才逃過一劫，可惜任憑他說破嘴，神木對人類的觀感還是沒有改變。

青年拔毛剖雞，取出內臟，跟小孩子說血腥別過來，他們卻還是黏在他背後，一點也不害怕。

「肉、肉！」橙朱轉了一個欣喜的圈。

等整隻雞下鍋煮了，青年才洗淨雙手，低身蹲在黃穗面前。

「我告訴村人伐木前要準備祭禮，避免山川神靈降禍。」

「隨便你。」黃穗歪著半顆頭看他，面無表情。青年想碰他，他卻跳下木椅，歪著腦袋搖搖晃晃回到房間。

青年半撐著腰，凝望黃穗的背影一會，再轉過頭來，沉聲喚道：「阿紫。」

「在、在。」靛紫低著頭，擺出反省的樣子。「下次不會了。」

「你明知道他有多痛，爲什麼卻存心去踩？」青年不給靛紫隨意敷衍過去。

假話不聽，靛紫只好說實話了。

「因爲我要別人和我一般痛苦。」他一直都是個殘酷的人，只是大聖人不相信。

青年伸出手，靛紫等著他甩下那巴掌，卻等到那張粗糙而溫暖的掌心輕撫他的右臉，這麼做比把他吊起來當臘肉還要卑鄙無恥。

「阿紫，我看到他便想起自己被殺害的孩子，你呢？你想起你的母親了嗎？」

靛紫緊咬著下唇，不去看青年關懷的眼。

「那麼現在你來傷害我吧，如果你執意要破壞。我至少是個大人，可以承受比這屋子裡任何人都來得多。」

「你的小孩死掉了？你口中那個不滿一歲的小娃娃？」靛紫微睜雙眼，深吸口氣，既然知道弱點，那就好下手了。

「對。」青年輕聲應道。

「你是因爲自己小孩死了，心裡遺憾，才對我們好，是不是！」但他不知怎麼了，只說得出這般孩子氣的酸話。

「我整天教訓你這個鬼靈精，哪裡對你好？」青年給靛紫的右耳掐了一記，感覺得到這孩子正拚了命地壓抑住顫抖的身子。「快啊，我就在這裡給你宰割。」

靛紫往後退開一步，轉身想逃，卻又被青年逮個正著。

「你不敢說，是怕我不喜愛你，你不敢開口是因爲在乎我的感受。」

「閉嘴，你給我住口！」靛紫使勁推開環在他頸子上、暖得發燙的臂彎，卻怎麼也使不出力。

「我會想，要是你是我兒子，成天討厭別人也厭惡自己，那我一定會非常難過。」青年想得不多，但他總是眞心爲身邊的人想著。「阿紫，別再這麼做了，答應師父好嗎？」

過了好久好久，日暮西斜，雞湯都從鍋裡滿出來了，靛紫才微微頷首。

青年又攬著靛紫好一會，才起身去處理都快滾成乾的雞湯。

「我跟一個說話，怎麼你們三個跟著哭？」旁邊竟然多了好幾個抽抽噎噎的淚人兒。

「阿雪爹爹！」黏皮糖黏上來了。

「少來，再鬧就不給你們晚飯吃！」青年喝斥道，他才沒那麼歹命，四個兒子都不像樣。

青年留了一支雞腿給黃穗，親自捧著碗到房門深鎖的木工房叩門。

等了許久都沒人應門，青年也不是吃草長大的，便用力把門板踢開，連續兩個跳步，閃過頭上落下的獸網。

「小子，今天是我徒弟不對，向你道個歉。」

黃穗背對著青年，刻著手中的刀，不停喃喃自語。

「海盜來了。」青年一說，黃穗立刻回過神。「開玩笑的。我和村人打探過你的事，實在讓人遺憾。」

移民多半是男性隻身渡海，但黃家不僅帶了妻子，還把兩個未成年的幼子也抱上船。埋伏的海盜趁著民船登陸、幾乎沒有防備的時候展開突襲，黃家的夫妻就是被孩子給拖累，丈夫扛著大兒子，妻子攢著小女兒，行囊全扔下了，還是跑得比別人慢。妻女被捉住，丈夫還是沒命地跑，直到氣力耗盡，才放下僅存的兒子，把他往前推。

「穗兒，快跑，敢停下來老子就抽你棍子！」

等他想起什麼，回過頭，已經連父親也沒有了。他咬緊牙追上村人的腳步，請求他們幫幫他。他們卻說：海盜捉了人也不過想要換點贖金，要是運氣好，興許他家的人還活著。

村人趁機討了黃家的技藝，要黃穗交出所有獨門絕活才要湊錢給他買人質。他把知道的全說了，村人才告訴這個傻小子，他的親人早在當初就全死了，一個都不留。

「他們騙我，我被騙了……」黃穗盯著雞湯裡的腿骨。「我總有一天會殺了他們，再騙他們的孩子所有人都沒死，村人將會和我父母、妹妹一樣，和我一起住在新房子裡。」

「黃穗，海盜殺你親人不對，你想屠殺村人也不對。」青年認真看待對方神志不清似的言論，好聲好氣地向他勸解。

「但是我好痛，他們不死的話，我胸口的痛沒有辦法停下來。」

「喝點湯吧，肚子飽了就會好受一些。」青年把碗又挪近一些，黃穗卻動也不動。「好吧，你說說看，你想怎麼殺光整村的人？」

「你會說出去。」黃穗瞥來懷疑的目光。

「我發誓，白某人不會說出去。」青年朝天立起雙指。

黃穗歪斜的瞳仁打量著青年，良久才認可他做同伴，湊到他耳邊說悄悄話。

「我要燒死他們，我給村子所有房子全塗了漆，火一燒就滅不了。」

「但他們一發覺著火了，馬上就會逃出屋子。」

「他們的房子全用黃家的門釦，我知道怎麼從外邊鎖死，半夜火一點，他們肯定跑不了，呵呵。這不也是報應的一種？」

黃穗分享完他天衣無縫的計謀，青年卻發現其中有個天大漏洞。

「好，人都死光了，然後呢？」

「什麼？」黃穗不明白。

「你接下來要做什麼？你燒過房子，還有辦法爲別人蓋房子嗎？」

「我不想爲別人蓋房子，我要爲家人蓋一棟最好的大屋，冬暖夏涼，不管日頭在哪邊，屋裡都是亮的，微風透得進來，大風擋在外頭。還要建水道，引水進屋。不怕火不怕雨。」

「聽起來眞不錯。」和青年想的蘿蔔園差不多。

「是吧？」黃穗半仰起頭，笑臉迎人。青年雖然獨子早逝，但房外有四個呆瓜徒弟，一看就知道這是小孩子討賞的動作，天曉得這天縱奇才的孩子有多久沒有人來誇誇他。

青年又給黃穗編了髮辮，這次綁得特別牢靠，希望能多撐一些時候。

「穗兒，村長叫我們明天離開。」村人覺得來歷不明的道士長住下去會破壞村子的聲名，直言要青年和他的徒弟到其他地方討飯。

黃穗咬的那口雞肉頓時含在嘴邊，不上不下。

「谷地的樹被伐光了，禿了一塊，山神願意把那塊地給我們借住。你知道地方，要是哪天不想報仇，就來找我，或者……」

黃穗揮落碗筷，把青年往門外推去，神情忿然。

「你也是個騙子！」

青年被趕出房間，一回頭就發現有四隻兔崽子圍在外邊看笑話，他扠起腰、板起臉，徒弟們見師父生氣了，趕緊陪笑。

「師父，你對瘋子眞有耐性。」雙面鏡慨嘆一聲，哪像待他們兇得很。

「你們師祖說，瘋是一種心病，要像病人一般細心照料。哪天你們被我打斷腿骨，說不定我也會對你們笑笑。」

「聽起來眞可怕。」橙朱不想搏得青年的邪佞笑容。

青年呼出一口長息，有件事他必須請教旗下眾弟子。

「我到底騙了他什麼？莫名其妙。」他向來句句實言，沒有摻水的嫌疑。

「感情啊，師父。」

稍晚一些，青年在客房給四個小徒弟講述白派先祖的故事，一半講課，一半在罵人，身爲蘿蔔卻像菜蟲一樣亂動，成何體統！

正當青年氣沖沖捕捉亂竄的小蘿蔔頭，有人敲了大門。他只好先向眾徒弟撂下一記兇狠的眼神，才去代主人應門。這間屋子有人從裡頭接應的話，那些機關就不會發動。

青年打開門，是村長。來者咧開一口黃牙，異常親切地問著黃穗那孩子的近況。

「不太好。你來做什麼？」

「我從十年前就是新庄仔的村長，看著黃家小子出生，他父母不在的這些日子，都是我在照顧他。」

不得不說，照顧得很差啊。青年毫不客氣地皺起眉頭。

「多虧道長相勸，我們才知道那孩子需要多多關照。今晚就是來把他帶回我家過夜的。」村長說完，便略過青年，直向黃穗房間走去。

青年尾隨在後，看村長葫蘆裡賣什麼藥。

村長到了房門口，明智地不碰門板，只在外面喊著溫情的話語。

「穗兒，是伯伯啊，你伯嬸煮了甜湯，咱們一起去吃。」村長從拎著的布包裡翻出一件舊棉襖。「你姨婆做了冬衣給你，她眼睛不好，改了好些日子。好在還會冷上一些時候，你還用得上。」

村長才鬧上一會，房門便開了一角，那個口口聲聲要村人陪葬的孩子怯生生探出頭來，村長立刻把衣服罩上黃穗單薄的身子。

「給伯伯抱抱，嘿咻，胖了呢！你以前才一丁點大，現在已經是個小大人了，再不久就會長得比你爹還壯，一定會成為咱們新庄新一代的大匠師。」

村長抱了就不給孩子下來，經驗老到，知道黃穗一發作就又會躲得不見蹤影，就這樣把小孩帶出黃府。

青年雖然覺得村長總是虛情假意，笑容沒三分真情，但新庄仔好歹住的都是黃穗以前的鄰居和遠親，讓熟人照料總是比較好。

晚上青年在客房打地鋪，小徒弟們還問他小瘋子去哪兒了，看青年對傻子悉心呵護，他們還真擔心一個不慎，他們師父又會心軟地認了新的義子。

「哪來的『又』？誰跟你們是父子？」青年歷經三次教訓，痛定思痛，收徒弟是爲了傳承而不是給自己找碴。他可是揹負著老掌門的遺願，要延續白派的血脈，眼下這幾個就算他退一百萬步來看，全都是沒熟的蘿蔔，哪稱得上人才？

「師父，你好過分。」橙朱嬌滴滴地埋怨道。

「對嘛，老師和父親，你明明都在做後面那件事……不要和我說同樣的話啊，混蛋。」蒼穹和碧海沒有拜過師，也記不得父親的容貌，但他們就是覺得人家的師父不會像自己師父做得面面俱到，就差沒給他們把屎把尿。

「等有了道觀，我就會好好教你們什麼是徒弟的本分！」青年瞪著這群不長進的東西，和他熟了就沒有規矩。

「可是村裡不給蓋又趕人。」靛紫冷眼指出他們面臨的窘境。

「只好自己建了，你們都好手好腳，能做的事可多得很，不要以爲能打混度日。」青年爲新屋打了一張底稿，打算湊出幾個小棚子，有的當道場，有的當飯廳，然後給蘿蔔們的舖子要蓋得大一些，他們大概不消幾年就會竄得比竹筍還快。

「師父，你眞的沒把我丟下來。」雙面鏡那兩雙一模一樣的眼垂得老低。「算一算，我們都快有個新家了。」

「我怎麼會把你們扔著？」青年不住納悶，眞不知道他們腦袋裡裝了什麼，蒼穹和碧海卻雙雙撲了上來，環住他的腰身。「這是幹嘛？以為我做了保證你們就能亂來了嗎？放手！」

「師父……師父……」

青年僵直了一會，最後還是放任他們撒嬌。他也是過來人，大概再過個五年，小孩子長成男人，就再也不會這般倚賴他了。

「你們師兄的威嚴到哪兒去了？」青年望向兩個坐在床邊晃腳的三弟子和四弟子，那邊是小的，這邊卻是大的。難怪老掌門總是告訴他不要以年紀見長，有些人多活幾年卻比不上年幼的懂事。

「師父……師父……」完全講不聽。

「好了啦，都給你們抱了還叫。」青年忍不住咕噥，他生了兩隻手，剛好夠一人一邊，摸了摸兩人的頭。

隔天一早，師徒們揹著行囊就要動身前往新天地，沒想到村長領著兩個壯丁來替他們送行。

「道長，這些臘肉和米穀就請您收下。」村長指示其中一個漢子把背後的布袋放下。

「臘肉耶，師父，是臘肉！」自從靛紫扮演過臘肉，他們對這種年節必備的醃製肉品一直滿心期待。

「安靜，給我少丟點臉！」青年該打的時候絕不手軟，蒼穹和碧海揉著被拔毛的頭皮。「所謂無功不受祿，村長的好意，白某心領了。」

更正確的說法是黃鼠狼給雞拜年，不安好心。青年不覺得村人眞認爲他去和山神談判有什麼值得感激的。

村長依然笑著，打了記響指。另一個漢子也把背後的布袋也放到地面展示，東西露了出來，是昏迷的黃穗，辮子散了一半。

「這是什麼意思？」青年沉下臉，眼中含著點點怒火。

「我想你們也是有緣，咱們村子窮，實在養不活一個不會幹活的傻子。道長，你就行行好，這孩子給你做徒弟，這些就當入你師門的束脩。」村長面不改色說道，急切想把黃穗這個燙手山芋給脫手。

「巴格耶魯。」靛紫低啐一聲，比其他人都早明白村人存的是什麼心思。

「那些東西拿回去，我們門派用不著！」青年從咬緊的牙關裡用力擠出每個字詞。「你們對這麼小的孩子下藥，如果有個萬一，躺在這裡的就會是具屍首，你們良心何在！」

「道長，這孩子腦子壞了，很可憐吶！」村長試著動之以情。「要是你也不要他，那他沒親沒故，說不定哪天就活活餓死，你於心何忍？」

「不會有那麼一天。」青年低身，拉開布袋，把面朝下的黃穗挪到背上。

黃穗的十指指尖都是傷痕，光看他昨天編的辮子散了就知道這孩子有多拚命掙扎過，卻絕望地昏迷過去。

「從今以後，他就是我白派的弟子，無論他成了多優秀的匠師，再也和你們新庄沒有任何瓜葛！」

四個小徒弟在一旁不作聲，看來他們師父氣炸了，什麼利害權衡都不顧，就只想帶黃家的傻子離開。村人的心夠狠毒，但他們師父從來就看不得人受苦，尤其是他們這種世人看來一無用處的稚子，沒有辦法再讓黃穗待在這個狠心的村莊。

一直到走出村子立的樁界，青年背後才響起泣音。剛才的騷動太大，黃穗很早就被驚醒了，親耳聽見村人是怎麼出賣他，又再一次狠狠把他騙得徹底。

「我不是到伯伯家喝甜湯，爹爹怎麼還沒來接我？」他一邊哭，一邊疑惑地問。

「穗兒，你爹爹不會來接你了。」青年說，但黃穗不相信。

青年揹著受傷的孩子，即使休息也沒放下。他們越過山，跋涉數條溪水，才來到山神所賜的土地。

有不少砍伐下來卻廢棄堆放的現成木材，地勢很平，青年扒了一手土，嚐了一口新土的味道，肥沃的味道，山外的寒風進不來，夏天也不會太燥，適合人居。

「穗兒，新家就蓋在這邊吧？」青年特別問了黃穗的意見。

「好呀！」

「師父，要是他一輩子都病著，該怎麼辦？」蒼穹還是碧海其中一個，把水遞給黃穗。「黃小弟，要是阿紫欺負你，要跟我和師父說吶，別一直笑。」

「好。」

不論誰和他說話，黃穗都呆呆傻笑著，對橙朱叫娘，朝靛紫親暱喚著「妹妹」，成天作著一家團聚的夢，不再從夢中醒來。

房子蓋好前，他們一干師徒都睡在臨時搭建的竹棚子下，冷意總會從竹牆間的縫隙中透來，睡不暖但擠一擠也還湊合得過去。

青年在房子外圍犁出一塊地，把路上採來曬乾的稻穀撒下去，當他一回首，就會有五雙閃亮的眼睛盯著他，反正不論做什麼，徒弟們總有興趣，跟著他屁股後跑來跑去——除了學習任何有關白派的心法。

「發芽了，師父！」

「蒼、碧，你們要顧好這畝稻苗，別讓它們給吃了。」青年本是農人，喜好和長處都是種田，當他在田中揮灑汗水，旁邊的孩子把青苗揀出一道道筆直分明的溝，方便引水灌溉。

這一刻，青年心裡欣慰非常。

但他出了田園，便想起白派掌門的身分。把弟子們叫來棚裡說課，他們立刻睡成一團，身後還傳來砰、砰、砰的聲響，讓青年不得不轉身面對那片不給面子的雜音。

「穗兒，你在做什麼？」

「打地基，不然地一搖，房子會垮下來。」黃穗貼心說道，傻笑不止。

「我是你爹還是你師父？」

「……師父。」黃穗至今爲止，沒認錯過青年的身分。

「那就對了，有你一份。」於是青年拎起這名也記在白派名下的弟子，把他壓在棚子的草席上跪好，其他的則是賞以連環巴掌拍，每個人不是腫右頰就是腫左頰。

蘿蔔們振作一會，當青年又講起「有與無的相對」、「美醜非天生，是爲人定」之類的官腔，底下人又連打哈欠，眼油都流出來。

「你們今個兒不聽，以後更是聽不懂，起來！」

「師父，我們又不是自願進白派，這種平時用不上，也叫不出火的東西，您能不能就把它略去，快來教我們武術！」

「你們這些孽徒，只喜好形外之物，本末倒置！」

「我都耐住性子跟著你出家做和尚，你還在囉嗦什麼！」會說這種話的，也只有老四靛紫。他倔強地昂起下巴，和青年森冷的目光對上。「聽不懂就是聽不懂，人最重要的明明是錢和女人，你說的心和道我都不明白！」

「也就是太笨的意思。」橙朱撐著下頷，咯咯笑著。「錢和女人算什麼，是男人就應該逐鹿中原，爭奪天下大權，哈哈哈！」

「小朱妹子，你這皇帝演得可眞好！」碧海蒼天不由得讚歎，生活沒什麼樂趣，都得靠橙朱扮戲給他們看。

「過獎了。」橙朱謙遜一揖，不忘拋給靛紫一記媚眼。

「自古以來，有永久的富人和從不傾覆的王朝嗎？更何況是女人那麼可怕的東西，日後我會再和你們說清楚白派的規矩。」青年掃視棚下的小毛頭。

「犯規又會如何？」憑他們的資質，絕不可能不作孽。

青年說：「你們有沒有看到那邊有個和你們一般大的陶甕？我在山裡掘到一處鹽礦，放了幾塊鹽晶在裡頭，就等著醃蘿蔔，明白嗎？」

「明白了，師父！」白派眾弟子立刻坐得筆直。

有時候，有些與漢人長得不盡相同的人會到山裡來，青年就會託他們帶來一些生活物資，回給自製的藥草作爲謝禮。每次靛紫想嘲笑那些不穿衣服的傢伙作「土番」，其他人就會立即反擊「倭寇」，久了，靛紫也沒再討人罵。

「我們是後來的人，生活在同一塊土地上要謙卑共處。」他們師父總是這麼諄諄教誨。

那些愛露乳的人甚至還會邀他們師父去喝酒，他們身爲乖巧的白蘿蔔，只好乖乖待在棚子裡，等他們師父拿點禮物回來。

聽說人家族長中意師父，但卻落花有意流水無情（橙朱說的），就算是另一個長髮綠眼的美麗妖精半夜來幫他們蓋房子，他們師父大人從來都只會板著一張臭臉，老是在他們耳邊唸著「紅顏禍水」，似乎在感情上吃過很大的悶虧。

「聽到沒，紅顏禍水？」雙面鏡故意調侃他們漂亮的三師弟，橙朱只是得意地笑了笑。

有天，他們的小美人吃得特別少。這很稀奇，平常看橙朱纖纖弱弱，其實食量特大，可以獨自啃完半隻烤豬。

當時天氣晴朗，鳥語花香，他們趁師父忙去，拱著當家花旦唱曲子，橙朱才哼完一個調子，就倒了嗓，低頭猛咳，發不出聲。

師父和他們隔了半座山，不一會便趕了回來。青年光聽聲音就知道不對勁，摸著橙朱白淨的額頭，燒得不低。

青年雖然知曉一些藥理，但畢竟不是大夫，把事情匆匆交代給蒼穹、碧海，他便揹著橙朱下山求醫。

「我果然太過嬌生慣養，別人都沒事呢……」話裡隱約有責怪自己的意味，橙朱嘆息道。

「我睡中間，整群娃娃都想往我身上擠，就你躺在外邊。好幾次我醒來，你身上的被子都到了靛紫那邊。憑你這身子骨，還想逞強？」

青年一直都注意著弟子們的日常，橙朱略微紅了臉，把腮幫子挨在師父的髮鬢旁。

「我想幫你們擋風。」橙朱微聲說道，不過想也知道沒多大用處。「小紫會在夢裡叫母親，他其實不壞，就嘴巴硬。」

除了唱戲給雙面鏡逗樂，橙朱也會陪黃穗打樁，才十餘歲的孩子，這般待人處事實屬難得。

「老三，你心思慧敏，以後就靠你照顧他們了。」青年想著十幾二十多年後，總要找個能把白派撐下去的支柱。

「師父，對不起，我的心裝得太滿，沒辦法再容下你的大道。」橙朱是由衷感謝青年的厚愛，即使他總是裝傻度日，不下田也不下廚，師父還是待他極好。

橙朱伸手攢住胸口那塊方玉，因爲青年緊揹著他，所以什麼都知道。

他們走了將近百里的路，才打聽到安平城裡有家醫館。青年從北方穿來的布靴早就走破了，赤腳帶著橙朱連夜趕路，絕不提半個「累」字。

「寶寶，撐著點。」青年哄著，聲音不住焦急。

橙朱強睜著模糊的雙眼，點點頭。

好不容易見著了大夫，開了藥方。連日高燒，橙朱顯得相當虛弱，青年在城裡找了一處歇息的地方，給屋主打雜換得借住幾宿。

「師父，城裡好亂，出了什麼事……」

「你給我吃藥，其他的別胡思亂想！」青年在外幹了整天活，回來又要照顧橙朱整夜。

「我離京那時，城裡也是滿布躁動的氣息，我好不安……」

青年握緊橙朱的手，白霜教過他看命相，可知一人始於富貴貧賤。

當橙朱夜半哭著叫「父王」的時候，青年也沒有鬆開他的手。

消息從海的另一端帶過來：皇城被流寇破了，皇帝殺盡宮妃，上山自盡。

橙朱知曉國喪已是三天後的事，本來好轉的身子突然蒼白得不見血色，只定定望著前頭，青年喚他好幾聲，他都沒有回應。

沒想到過了一會，橙朱卻自個兒笑了起來。

「唉，師父，皇帝死了呢，他死得那麼淒慘，後世一定會給他多唱幾齣戲……」

「你打算演一輩子的戲嗎？」青年動手扯開橙朱強顏歡笑的嘴角。

「師父，會痛！」橙朱忍不住擠出淚花。

「知道痛就好！」青年用衣袖擦拭從漂亮娃娃眼眶不停淌下的水珠。「既然你喚我師父，我也認你作徒弟，無論世局更迭，你就是白派三弟子，沒別的角色！」

橙朱放開胸前的玉，雙手攢住青年的衣襟，深深窩進他的懷抱。

# 第三章

回山上後，大伙自動自發給橙朱讓了個吹不到風的位子，蒼穹和碧海噓寒問暖，打從心底關懷他，一口氣就是雙倍分量，逗得橙朱嗤嗤笑。

黃穗也學著青年，從早到晚來探橙朱的體溫。

「娘，生產完，妳可要保重身體。」

「乖孩子，娘知道。」橙朱怡然自得收下孝子的問候。

最後幾天不見人影，一回來就被青年揪著耳朵痛罵的靛紫。被教訓完，靛紫才偷偷摸摸溜到橙朱旁邊，從腰包拿出幾顆怪果子。

「那些番人說這可以治喉嚨，小美人，快點唱曲子給本大爺聽。」

「憑你要點我的名牌還久得很，至少要眼界比天還高，胸懷比海還深，掌心很暖很暖……」

靛紫驚恐指向忙著生火炊飯的青年，橙朱點點頭，給記鼓勵的笑容。

而後，木造的大屋在秋收前完工，集結許多人與山裡妖精的力量。日子一久，原本以爲青年是在自言自語的蘿蔔們，開始看得見那些漂亮的小東西。

大屋建得實在寬敞，青年一間臥房，徒弟們分得一間大通鋪，他們氣憤地詢問這是誰幹的好事，黃穗舉起手。

「那麼大了還想和師父擠著睡，多丟人。」黃穗輕哼一聲。

「黃老五，你傻病好了？」蒼穹和碧海驚愕瞪著目前排行最末的師弟，但只一會他又叫他們倆

「搥子」和「刨刀」。

但遺憾的是，即使在溫暖的屋內講課，不肖弟子還是睡得東倒西歪，令青年痛心疾首，一群孽徒。

日子平靜了好一陣子，直到冬至那晚，天暗得特別早，青年下了湯圓到鍋裡，門外傳來規律的敲門聲，咚、咚、咚！

平時青年都支使蒼穹還是碧海其中一個當接門童子，但這次他卻擦了手，親自去應門。

青年開了門，視線往下挪，是個才六歲大的孩子，長髮四散，穿著奇怪的黑絨袍、黑褲子，只有腳下的布鞋一抹白。

他想不到這孩子是從哪來的，方圓十里，附近沒有任何聚落。

「我就在那裡牧羊，好不容易快睡了，你們吵得我不得安眠，必須賠償我的損失。」黑衣的孩子童聲童氣抱怨著，那雙純黑的眼珠子相當地亮。

「怎麼賠？」青年再仔細一看，心裡便有個譜了。

「把你手中的神器交出來。」那孩子蹦蹦跳跳說道。

「抱歉，那是白派的鎮門法器，非本派弟子，不得外傳。」青年不顧外頭風冷，依然耐著性子說明。

「我只好當你的徒弟了。」黑衣童子勉爲其難說道。「我是彩衣，將是下一代白派的掌門人。」

青年乾瞪著小童，要是黑衣小娃在門檻內而不是門檻外，他早就把這個大逆不道的東西吊起來打。

收徒弟應該有一套程序，之前因爲危難當前，他也只能略去那套禮俗。但今非昔比，他有足夠的時間和精神來審核弟子。

青年回想一下過去老掌門怎麼收他爲徒，已經是二十多年前的事了……

年幼的他到山上的道觀兜售雪白的大蘿蔔，和他同年卻人小鬼大的白霜說他的蘿蔔是偷來的，一個小娃不可能種出和自己一樣大的蘿蔔。但那眞的是他播的種子，在父母留下來的田地親手挖出來的自家蘿蔔。

「小偷！」

「是我種的！」

兩個小孩在寧靜深遠的白派大門前吵鬧不休，終於引來老掌門的注意。

年輕的老掌門穿著寬鬆的白色袍子，英姿颯爽，又帶了一點看好戲的狡黠笑容來處理蘿蔔的紛爭。

老掌門問：「小娃娃，這蘿蔔怎麼賣？」

他回：「半升麥，這蘿蔔很甜的。」

老掌門笑道：「哟哟，貧道看得出來。霜霜，去糧倉撈一把麥過來。」

等他接過麥子，正要道謝，老掌門就把他整個人拎進門裡，白霜在後頭關上大門。

「霜霜，這蘿蔔不錯吧？」

「爹，哪裡好？怎麼看都是個笨蛋吧！」

青年安靜好一會，他眞不該回想起那段把自己賣進白派，陰暗又沉重的過去。

「修行之路沒你想的簡單。」青年決定來想想鍋裡冒出頭的小湯圓，他沒有多少時間耗下去，湯圓要糊了。

「那麼，什麼又是難事？當心神合一，只念著心底那個唯一，即便狂風暴雨也是晴空萬里。」

黑衣小童咧嘴一笑，顯得討喜可愛，這番話使得青年不得不再重新打量他。

「師父，你整天都說著同一套道理，聽得我都會背了呢！」彩衣親暱喚了青年，一點也沒有初次見面的陌生，揪著青年的衣襬，不時跳動著。「我合格了吧？合格了吧？」

青年把那雙小手從衣服上拉下，卻因此觸摸到被凍得冰冷的十指，他怔了怔，最後還是沒放開，順勢牽著黑衣小娃進屋。

「以後再說，先進來吃湯圓吧。」

青年怎麼也沒想到，有的人就像大佛一樣，一旦請進門就再也趕不出去了。

彩衣一個小娃娃，卻一口氣吃掉半鍋的圓仔。身爲白派弟子的其他人，端著自己的空碗，目瞪口呆望著這個冬夜的小客人。

原本可以分到的湯圓子頓時少了五成，新弟子一來，便和頭上所有師兄結下梁子。

吃飽了，今天沒晚課，也差不多該睡了。彩衣二話不說往大屋子唯一的臥房跑去，大字型攤在青年的床上，一副很享受的模樣。

「師父，這是哪來的野孩子啊？」蒼穹和碧海有著同樣的疑問，青年壓著太陽穴，難得過節，他不想隨便發火，明天就會把這尊大神拎走。

青年好不容易把沒吃飽而同仇敵愾的徒弟一個個押上鋪子，梳洗一番後，回到自己床前。彩衣見了他，睜開半雙水靈的眼睛，立刻讓出半邊位子，還把黑色毛衣脫下、摺成一塊小睡枕。

青年無視，平常心上床就寢，旁邊的小毛頭卻眼明手快扒住他的胸膛，直說「好冷、快冷死了」。

「少來，這把刀絕不會給你，你死心吧。」

彩衣只是把手貼在青年的左胸，感受人類沉穩的心跳。

「你勉強把神器藏在心中，可是會折壽喔，還不如送給我，我一定會好好用它的。」彩衣笑咪咪地說，臉上一派天真無邪。

「你配不上它，想也別想，明天送你回該去的地方。」

「我家就在這兒，就在你們所霸佔的居所上呀，你要負全責，我不管。」彩衣把手腳全巴在青年身上，自認青年不敢對他動手。

「我再找一處新家給你。」青年試著協調，沒有去辯解林子不是他們伐的，也沒有說明山神同意的經過。

「不要，我要當你的弟子，你不是還欠一個可以繼承意志的門徒嗎？我很聰明，比所有人都還聰明，長大了會更聰明，你一定會滿意的！」

「然後把刀給你？」

「沒錯！」彩衣不覺得入教到奪得神器之間有任何不妥之處，理所當然。

青年自然沒和一個外表才六歲的娃娃計較，但有些事，他必須明說。那些在大通鋪睡大覺的孩子，幾乎和世俗的緣分盡了，不過假使有一天，他們執意要走，也只要把心投回塵世中就一了百了。

「但你不行。明天早上，就給我離開這個地方。」

彩衣只是摀起雙耳：「不聽不聽，呸呸呸！」

隔天一早，橙朱發現他的道服不見了，原來是被某個小小孩給穿去，對方堂而皇之地坐在道場上，等著青年到來。

「師父，你看橙朱這樣光溜溜的，大伙不就全知道他是男子了嗎？」蒼穹和碧海兩個爭著給三師弟出頭，讓青年一時沒明白他們說了什麼，明白之後就立刻賞了兩記頭槌。

「小美人，給你穿。」靛紫給橙朱遞去自己的白袍，換得一記倩笑。「這樣我們也算是坦裎相見了……哎喲，師父，別扭耳朵！」

黃穗從倉庫拖來打樁子的大木槌，對彩衣喃喃唸著「我要打老鼠」，也被青年拖到牆邊去省思。

「彩衣，把衣服還給人家，換回你的衣物。」

「不要！」彩衣緊摟住白色衣裳，搶了就是他的。

青年不能打，他只打妖孽、惡人和徒弟，打了就會變他徒弟。

「那你滾，用你的絨衣換那身白袍。」

「不要，我要住在這裡。你趕我走就是嫌棄我，我要告訴山神大人你嫌棄我！」彩衣又是哭又是威脅，在道場上打起滾來。

「阿紫，這世上竟然有人比你還要可惡。」雙面鏡異口同聲揶揄聳肩的靛紫，又厭倦般補上一句：「拜託，不要再一起出聲，輪流啊輪流，有點默契好嗎？」

青年撐著額頭，天人交戰一番。白派教義確實秉持有教無類的精神，於情於理，他都不應該拒絕。

「我就收你當六弟子，暫時。」青年咬牙切齒地說，可以動手了。

彩衣還來不及得意，頭和雙腳就被抓起來，整個人被捉到青年大腿上打屁股，沒有任何善心人士要來救他。

「你還鬧？還敢在我的道觀鬧事，找死！」

「你這個壞人，壞師父，嗚嗚嗚！」

彩衣這才認清，昨晚那個拍著他的背入睡的男人，只是鏡花水月的假象。

經過一番轟轟烈烈的入門儀式，他們道觀又多了新成員。

彩衣因爲個子小，武打比不過別人，但像堪比天書的心法和玄之又玄的道術，卻是眾弟子裡最快理解的。

可是每當雙面鏡想去捏捏他的小臉，彩衣就會一臉不屑掉頭走人，和溫婉的橙朱、惡劣的靛紫也不親，更別提整天把他當成糧倉害鼠的黃穗。

彩衣只愛黏著青年，每晚總是有辦法溜進青年的房間，挨著師父大人舒舒服服睡上一覺，就像沒斷奶的幼獸。

他偶爾還會自鳴得意發表像青年說理的言論：「每個人啊，不管多會僞裝，心裡總有空隙，我會等到那麼一天。」

他和青年相處的時間不長，但比這些自以爲是的人類小娃要了解青年更深。他們都不知道，青年半夜常會因心絞痛痛醒，睡得不好，白髮一天比一天還多。他的心是偏的，容不下那把刀，要是再找不到繼承人，過個十年，不，五年就夠了，神器就會自個兒穿心而出。

眞是愛找罪受，把刀給他就好了嘛！

每次等青年的症狀緩和過來，回到床上，彩衣就會故意去壓他的胸口，而青年以爲自己吵醒他，總會摸著他的腦袋，哄他入睡。對他，比對白天痛罵那些不長進的笨蛋還要溫柔好幾百倍。

彩衣今晚也一夜好夢。

而青年睡得很差，他以爲時間一久，那些可怕的回憶就不會再與他糾纏，但心口的痛處明白告訴他錯得離譜。

金盞和他的孩子出生了，初爲人父的喜悅讓他樂上好一陣子，就連冷淡的白霜也忍不住對孩子笑了笑。

白霜就像他們的親人，金盞不做梳理，散著髮絲從床上起身。

白霜無所顧忌地去扶金盞，這般近十年難得的親暱讓金盞受寵若驚。

「霜哥，你起個名字吧？」

「不必了。」白霜抱起娃娃，逗弄一陣，又還給了他。

那時，他還沒有察覺到白霜回絕的意思——反正快死了，不必有名字這種東西。

老掌門總愛這麼說他的愛子：那個心高氣傲的小東西，到底是誰寵出來的？唉，似乎就是我。阿雪，你知道他這十年爲什麼要東南西北地跑？因爲他難過呀！他最喜歡的金盞妹妹和阿雪弟弟……

他不明白，但金盞聽了卻了然地嘆了口氣。

當他在王爺府奄奄一息，緊抱著那團面目全非的肉泥，前來搭救的白霜朝樓上冷然的金盞望了一眼，又看向腳邊的他。

白霜放聲大笑：白皓雪，你活該！

那一刻世界天旋地轉，他再也忍受不住，吐出滿腔鮮血。

他最愛的人再也不會回到他身邊，那麼，留著這顆心又有何用？

白刀在胸口嗡嗡作響，不滿待在如此殘破的居所，但青年不能讓它出世透氣，藏得了一天是一天。他的徒弟還這麼小，自保都有困難，他不能讓他們的性命因爲這把刀而受到威脅。

是黃穗最早發現，糧倉裡的穀子沒了。

「鼠輩，納命來！」黃穗二話不說去找彩衣算帳，還沒碰到人家衣袍就被青年拎了起來。

彩衣躲進青年背後，黃穗咬牙切齒。「師父，他把你的份都吃了！你吃得比這隻老鼠還少！」

青年安撫黃穗一陣，把他的刻刀收起來。他們有一大六小，儲糧本就撐不到下次收成。

「我到城裡去借貸買米糧，你們這些日子專心修行，我回來會考察。蒼、碧，好好看著你們師弟。」

青年拎起布包，就要動身離開。

「師父！」

他轉頭，五雙小眼睛緊瞅著他，深怕他再也不回來。

青年微按住胸前，這種痛楚和午夜夢迴的惡夢不一樣，他只是沒辦法不疼惜這些孩子。

「這是做什麼？回去！門窗要記得鎖好，別隨便開門，大的顧著小的，知道嗎？」

小蘿蔔們依依不捨地應好。

青年來到山下，沿路都有人說著中原已經被外族淪陷。他原居的華北首當其衝，那麼，白霜和金盞的情況會是如何？

他念念不忘舊情，但青年必須沉下氣，沒有比張羅一家大小的食物還重要的事了。米價因為戰亂的關係，節節翻高，漢人和洋人統治者的關係又趨惡化，他走了好幾家舖子，店家都不願意讓他賒米。想到山上肚子餓得乾癟癟的小徒弟，青年就不住著急，胸口更痛。

突然，青年被一隊人馬叫住。

「你是道士？」荷人的官員領著小兵，確認青年的身分。

「是，在下白派掌門。」

「城池很髒，你能清理就給你賞賜。」洋人習慣俯視矮小的漢人，但青年是北方人，還比他高上幾分，很快地，洋人就發現他必須抬起頭才好說話。

原來前些日子，漢人不滿洋人苛徵暴稅，群起反抗，卻在城外遭到屠殺，死了千餘人。之後，荷籍士兵反應，晚上總能聽見有人啼哭，哭聲淒厲，不堪其擾。洋人的修道士鎮不下魂，他們便想尋求漢人巫者的方法。

「可是你們並沒有悔意。」青年不難從對方的態度看出他們對於生命的輕蔑。鬼魂會流連在生前的土地上，即是死不瞑目。

「那又如何？你不做，我們還可以去找別的巫師。」

青年握緊拳頭。怎麼說，他也不能夠一走了之。

等青年駝著滿滿一袋白米回山上道觀，已是半個月後的事了。上頭的師兄還沒說話，捧著各種果子的彩衣率先發難。

「你怎麼這麼晚回來，我好餓，餓死了！」

青年微垂著臉，凌亂的劉海遮了他大半的表情。他沒有理會彩衣的哭鬧，把雙面鏡叫來，要他們把這些米處理一下。

「這麼多，可以煮成飯嗎？」蒼穹、碧海請示著，青年應了聲，緩步往房間走去。

「師父，沒有肉嗎？」橙朱只是撒嬌似地問個一聲，青年卻從腰包拿出鹹魚乾給他。「太好了，我最喜歡師父了！」

「貧嘴。」青年等他們發育完，就要開始節制他們的飲食。「阿紫，有沒有聽話？」

「有啦！」靛紫嘟著嘴應道，他眞討厭這種暖呼呼的關懷。

青年低身抱了下發呆似的黃穗，再拖著腳步回到模糊起來的房門前，卻在他開門前，失足倒了下去。他掙扎一會，最後還是不省人事。

整座道觀瞬間靜得悄無生息，就在他們還想和青年多說一些他不在的時候，師兄弟們鬧出來的蠢事時，他們那總是站得筆直的師父，活生生在他們面前倒下。

等青年醒轉過來，幾個孩子在他身邊啜泣，加上道場四周晾著白袍，看起來就像在辦喪事。

「這是怎麼著?」青年一撐起身子，橙朱立刻環住他的脖子。雙面鏡抓著他的左右手，左眼腫得比右眼嚴重的應該是蒼穹，相反地，就是碧海。

靛紫整個人縮在角落，遠遠地不敢靠近，恐怕是嚇壞他了；而黃穗垂著亂糟糟的髮辮，隔著老遠望著他，目不轉睛，深怕閉了眼，又什麼都沒有。

「我只是累了，想睡，沒事的。」青年於心不忍。他知道，這些孩子打從心底把他當作父親，他又何嘗沒有同樣的想法?

「師父，都是我太沒用，都是我不好!」蒼穹和碧海異口同聲哭著，身爲長師兄卻一無是處，害他們師父必須一個人扛起所有人的生計。

「好吵，男孩子哭什麼哭!老三，你也是，這種時候更是應該多點擔當!阿紫，去洗把臉!穗兒，過來，給你編頭髮!」

黃穗突然跳起來，發出怪異的叫聲：「我會自己綁，不用你管!」

「那好，我回房了。天色也不早，你們吃飽飯就把門窗關一關，早點睡，明天我可是要好好補一補你們閒置已久的早課!」青年逞強起身，拖著一隻沒知覺的腳，一拐一拐地走到臥房裡，床上已經有個笑嘻嘻的娃兒在等著他。

「快上床，我獨守空閨好些日子了！」彩衣耍賴地滾了一圈。

「『獨守空閨』不是這樣用的。」青年扶著床欄，幾乎是體力不支地倒進了床鋪。

「現在你很虛弱，對吧、對吧？」彩衣眨動黑亮的雙眼，順勢湊進青年的懷裡，聽著那不規律的心跳。

「彩衣，聽話，讓我休息一陣子，否則明早起不來，道觀就要被他們幾個孩子翻了。」

「師父，我遙感學得很好喔！」彩衣喋喋不休，青年也無力再管他了。「我往你心頭的北方看去，看到一座白色的石碑，那石碑好小好小，如果是墓碑，一定是給很小很小的孩子。」

青年睜開原本半閉的眼，怔怔盯著彩衣的笑臉。

「北方饑荒，人沒得吃，狼也沒得吃，就在狼群經過山腳邊，嗅到那隱約的肉味而把白石墓扒了開來，是肉，裝在白色布包裡的肉泥，牠們大嚼著長蛆的腐肉，把它當美食享用。」

彩衣不去看青年變了顏色的臉，逕自祭出他的壓箱寶，就不信今晚拿不到神器。

「師父，你的孩子到頭來，連肉屑都不剩呢！」

青年摀著劇痛的胸前，幾乎發不出聲。

「我可以當你的孩子呀，只要你把刀給我就行了。你想想，這不是很划算的事？你的心裡其實根本不在乎白派如何，只是想把過去甩開而已！」彩衣狠狠踩著青年的痛處，誰教他把他丟下半個月不管。

「彩衣，出去……」

彩衣沒聽懂青年的命令，這點話就惱羞成怒了嗎？

「出去，給我出去！」青年想撐起右手，卻摔下床去。彩衣跳下來想扶他，卻被毫不客氣地往外推。

他突然意識到，這個房間再也沒有他的位子了。

彩衣被趕出來，恨恨踹著房門出氣。

「不過是個窩囊的人類，有什麼了不起！」他回頭，從雙面鏡到黃穗，頭上五個師兄都到齊了，面色不善。

「你不要以為我們不知道你是什麼東西。」蒼穹和碧海一起攬胸說道，兩人左右映著，令人感受到加成的怒氣。

「哼，憑你們也想跟我鬥？」彩衣咧出獰笑。

橙朱一個拱身，箭步向前出招；彩衣雙手負在後頭，由前跳到橙朱背後，快得讓人抓不住他的身影。

橙朱紅著眼喊道：「我們不是父子，是師徒，他沒有義務卻不辭辛勞教養我們，但你卻利用他這番仁厚的心意傷害他，我們絕不會善罷干休！」

咻咻咻！彩衣旋身閃過三記飛箭。靛紫把玩手中的短竹箭，雖然臉上在笑，但眉宇間已染上狂暴的怒意。

「再來啊，看你們敢對我做什麼？」彩衣勝了兩者，更加目中無人。

黃穗默默在角落打了一個響指，彩衣所在之處突然竄起四面木欄杆，加上從上頭落下的蓋子，形成堅固的木牢。

「終於抓到你這隻鼠類。」黃穗做出個搖晃的手勢，他的師兄們了然於心，站定木牢的四面，用力晃動，讓裡頭的臭小鬼暈得快吐出來。

「放我出去！」總有一天，彩衣要他們血債血還！

三更半夜，他終於咬斷木杆，從牢籠裡溜出來。彩衣來到大通鋪外，本來想趁機報仇，卻聽到他們師兄弟未眠的討論聲，還摻著無能的哭聲。

「師父要是死掉，我們該怎麼辦？」

死掉？什麼死掉？他還欠他十五天拍背，冬天不用披著毛皮也沒關係，青年的胸膛非常暖和，窩在裡頭很舒服。

但是青年剛才卻叫他滾出去，不想再見到他的意思。明明以前他怎麼鬧都沒關係，但青年對他卻生了那麼難過的氣。

彩衣躡手躡腳來到爐子邊，燒了火，踮起短腳，把他揀來去心火的藥材放下鍋煮。他這麼做，青年一定會認爲他比其他弟子都還要貼心。但轉念一想，彩衣沮喪地垂下頭，剛剛師父生了那麼大的氣，沒准不要他了。

斗大的水珠掉進鍋裡，彩衣摸摸眼眶，才和人類廝混一陣子，他竟然學會哭了。

門板咔吱作響好一會，一道匍匐的黑影竄了進來。青年定睛一看，彩衣叼著藥碗，雙手雙腳伏在床前，模樣著實可憐。

彩衣把碗放到青年嘴邊，哄著他喝藥。

「師父，彩衣知道錯了，您別討厭我好嗎？」

「彩衣，我本明白你無知，卻對你發脾氣，是師父不好。」青年摸著他的髮，彩衣知道他不生氣了，而且眞的過意不去。

彩衣悶著臉，照慣例鑽進青年的被窩中，小手小腳使勁纏住青年的身子。

「你把刀拿出來，我會守著刀，不搶了。」

青年拍著這孩子的背，沒有答應。

「你把我的皮藏起來，就不用怕我跑了。我可以壓制神器的氣息，你就不用那麼辛苦把它放在身上。」彩衣急著說明，以爲青年不相信他。

「你沒有必要做這種事，會變得和人一樣短壽。彩衣，明早就離開這座道觀吧？」

「您還是要趕我走嗎？」彩衣那雙眼不爭氣地直掉淚。「師父，彩衣會乖，不會再惹您生氣了。」

青年只是擔心再這樣下去，這孩子會失去所有轉圜的餘地，好不容易才有這般的道行。

「我以後會對你很不客氣，會把你當成其他小鬼一樣訓練你，這樣也可以嗎？」

彩衣嘟著嘴，不甘願地說：「可以。」

「要維持小孩的食量，可以嗎？」

「討厭……好啦！」彩衣想到都是他答應青年的要求，就覺得不公平。「那師父以後睡覺就要叫我寶寶，彩衣寶寶！」

「彩衣寶寶？」青年不懂這是啥鬼。

彩衣一開心就往青年胸口撞，也不管他師父終於忍不住痛叫兩聲，忘情地蹭來蹭去。

□

數年後，台澎政權易轍，七月十五，中元——

港口外灘的沙地，橫列十多具屍體，他們穿著像戲子一般的花俏服飾，黃濁的眼瞪得老大，死不瞑目。

「仙仔，恁想這是不是魔神仔作怪？」

港埠的管事者撐著紙傘，七月的烈陽把他的皮曬出了一層鹽，但這位白了整頭青絲的白袍師父一一檢查每具屍身，面對酷辣的日頭和詭異的死人都面不改色。

「別稱阮『仙仔』，我們白派修的道不為成仙。」白掌門略直起身子，圍觀的人群中夾雜不少試探的眼神。

管事看得出來這是個硬脾氣的修行者，和前些日子故作神祕或是滿口酒氣的師父大不相同。

「之前頂源莊鬧過瘟疫，伊庄頭請戲班班戲想要安撫瘟神，不料整個戲班因此染上急症，都死了。庄頭的人怕把事情鬧大，便把伶人扔到河裡，燒了戲台。戲班的人順著河流到海上，海潮往北邊送，自然就飄到這個地方來了。」

管事第一次聽見這種說法，和神怪完全沒有關係。

「我知、我知，官府有徹查這個案子。可是道長，話說回來，爲什麼屍身沒有腐爛？」

「頂源莊聽信偏方，給病死的屍體塗漆。你看，水在他們身上是結成珠狀，而我們一般人的皮會讓水散開。」白掌門示範給管事看，管事不由得連連稱奇。「這戲班本於好意，爲了送瘟而接了戲約，才遭此不幸。水神已經把他們的魂魄接了過去，在另個世間讓他們盡情班戲。他們的皮囊在世上也無用處，把它們燒了，灰就灑在海中。」

管事唯唯諾諾：「可是道長，前幾個仙仔不是這麼說的，他們說這些是尪仔，會屍變的，一定要做場法事才行。」

白掌門本想別計較，井水不犯河水，不同門派有不同的道，但當其中一具屍體抓住他的手腕，森冷朝他笑著。那些傢伙竟然敢用無關的人，甚至是已死的屍首爲非作歹，實在目無天理。

「大人，鄭王爺顯靈了，在你背後。」

港口管事連忙抬起頭，就是個人云亦云、沒有主見的人。白掌門趁機抽出白刀，刀勢往十多具屍身橫掃過去，捲起一陣強風，把所有加諸在屍體的術法送回施術者身上。

待他收起刀，那些議論紛紛的聲音就再也不見了。

管事再回過神來，白掌門已經收拾好心神，準備走人。

「道長、道長，等等，我想了一下，覺得你是對的。布告所說的消災錢應該給你才是。」管事排開人牆，追上那道白色身影。

「渡海過來的難民越來越多，這筆錢就用在他們上頭。你們只要讓他們不愁溫飽，他們就會有氣力在新土地打拚。我的徒弟們已經大得不能再大，不需要額外的花度。」

白掌門回絕了官方的賞銀，管事拎著錢袋好一會，才明白對方是認眞的。

「仙仔，你說你是那個……白派？」管事再次確認，他得上報到總制那邊。

「我就是個粗漢，不是什麼仙。」白掌門撩起花白的劉海，給管事看看他被臭小子們糟蹋出的眼角紋，已經是個一腳踏進棺材裡的老頭子了。

「可是道長，您除了臉兇了點，實在很像咱們一般人想像中的神仙啊！」

白掌門沒有料想到，而後將近十數載的時光，「神仙」這個稱號會專屬於白派一門，無人能出其右。

他今個兒領著眾弟子下山，本著給他們見識一下所謂的中元儀醮，讓那些小子開開眼界。南方各派的道士逐漸流入島上，各地的風俗融成新的局面，許多事物會隨著時間、地方變化，這是自然，但也不免令人深想世上是否眞有永恆不變的存在？

就在白掌門感慨世事多變的時候，前頭圍了一群人，吆喝聲此起彼落，好不熱鬧。

他很早以前就觀察到，島上的人們閒著沒事，就愛湊熱鬧。

白掌門對熱鬧沒興趣，要不是他瞥見人群裡那身白，他才不會去人擠人。

「打啊打啊！」

旁人說，這對雙生子已打了一個時辰了，還分不出勝負。大伙下注，看是那個綁右髻的贏，還是梳左髻的勝，這位道長，你也用你的神通來賭一把吧！

「就告訴你要買米，再想辦法弄點麥來，師父他老人家想念麵食，結果看看你做了什麼！」

身材適中，臉龐稱得上俊朗的年輕人，穿著一身白袍，雙手抓著對方的雙手，咬牙切齒。

「瞎扯！明明是我交代下去，你沒買足你那一份，倒要怪到我頭上來！你明知道我會買俗價的番薯，竟然還跟著我買，你這不是專找我碴嗎！」

身材適中、臉龐稱得上俊朗的年輕人，也穿著一身白袍，雙手抓著對方的雙手，咬牙切齒。

基本上，兩人根本一模一樣，有時候相罵的詞還會重疊在一塊，到後來，雙方在地上扭打成一團，髮髻也散了一片，也就無法分辨到底哪個是哪個，讓賭客和莊家大傷腦筋。

白掌門幽幽放下一塊碎銀：「我賭他們會哭著求爹求娘。」

一刻鐘後——

「師父，不要揪耳朵，我們都成人了，多丟人！」一人揹著一個布袋，一人腫一邊耳朵，一直以來，兩人的責任和責罰都相當平均。

「你們也知道丟臉！下次敢在大街上吵架，你們就先把身上的袍子脫了，給我光溜溜地打！再敢丟我門派的臉，恁爸就掐死你們這兩個孽徒！」

「師父，你越老脾氣越差……啊，是蒼/碧說的，不是我說的！」雙面鏡互相諉過，深怕一個不小心，耳朵就沒了。

師父的威嚴並不會因年歲而減少，像剛才白掌門只是朝他們一吼，他們就雙腳發軟，哭爹喊娘，新仇舊恨也忘得一乾二淨。

「我實在很擔心你們兩個，年紀最長，卻樣樣不如你們師弟，與其說是我派的弟子，還不如說是我派的長工。」白掌門發自肺腑說道，兩名長弟子大受打擊，這也是他們長年來內心的痛。

「可是您每次離開，都會叫我們照顧小的。」蒼穹和碧海必須死守他們在白派中的地位，雖然早就低得不能再低了。

「那是因為你們師弟也是群小混帳。」白掌門忍不住抓了抓花白的髮，總有一天一定會被他們給氣死。「老三呢？」

蒼穹推了推碧海，碧海又戳了戳蒼穹。剛才是誰豪氣干雲給他們小美人零花錢，說有師兄罩著你，現在又不敢承認了？

「去買胭脂。」最後，他們還是一起出賣三師弟。

白掌門應了一聲，看樣子沒多惱火，八成在心底接受了小朱妹子傾國傾城的美貌。

「那麼想當女人的話，何必站著放尿？」白掌門冷冷說道。

錯了，他們師父果然很生氣。蒼穹和碧海悄悄爲橙朱默哀——到橙朱在青樓前和一群風塵女子談天，巧笑倩兮，而被白掌門抓個正著的那一刻爲止。

不一會，橙朱摀著瘀青的右眼，欲哭無淚。他的荳蔻水粉全被師父大人沒收，連最素色的髮簪也飛了。

「師父，你好狠的心……」挽著雲髻的佳人說道。他自知長得漂亮，連老嬤嬤都想破例買他做紅牌，結果他只是想給自己打扮一下，卻遭到如此殘忍的對待。

「你想穿裙子可以，先把這身白袍脫下來！而且我說過多少次，我們門下禁女色！」

「我只是問問她們怎麼上妝才好看，師父你別誤會。」橙朱揉著茄子色的右眼，委屈地回應道。

「我們派也禁男色。」基於平衡，兩邊犯戒都該死。

「師父，你好討厭！」橙朱軟綿綿地嗔了聲，卻上前，一手一人環住蒼穹和碧海的腰身。「我們一派都是男人，我不入地獄，誰入地獄？」

「小朱妹子，你這是要害死我啊！」聲東擊西，借刀殺人，死師兄好過死姘夫，雙面鏡死不瞑目。

眼看白掌門快氣炸了，橙朱趕緊收起玩笑話，過去抓牢師父大人的手臂，一點也不怕剛才才被揍過一頭，像個小女兒家給他的好師父撒撒嬌。

「師父，要是有一天你看我就像看著一名女子，橙朱願意爲你暖床被。」

「這樣啊，那師父剔了你的頭髮，賞你個清淨，你說好嗎？」白掌門聽慣渾話了，尤其是這幾隻成年後，更是脫韁野馬，幾乎快管不動了。

橙朱一聽到要理光頭，立刻躲到兩個師兄身後。

「孽徒，一群孽徒！」白掌門連年感嘆弟子不肖。「阿紫呢？又跑去哪？總不會有好事。」

「我沒給他錢！」碧海青天急得聲明，他們可是心知肚明四師弟的劣根性，不會放縱他胡來。

「哎呀？」他們不會，可是橙朱會，橙朱對底下的師弟向來不錯。「我只給了他兩枚碎錢，應該沒關係吧？」

根據白掌門對他底下弟子的了解，他只是隨意抓了個路人，請教城裡最大的賭場在哪裡。

他們趕到的時候，靛紫正在丟骰子，不時喊著大小、豹子、連莊，大口喝酒，那身白袍混在這片烏煙瘴氣的賭窯，竟然也不覺突兀。

靛紫沒有漢人蓄髮的習俗，總偷用黃穗的剔刀把髮絲削成長短不一的短髮，蒼穹和碧海總笑他那顆頭像狗啃過似地，但因爲他五官長得好，身材頎長，看起來倒也瀟灑。

而且他老愛把白袍穿得像東瀛浪人，被白掌門唸過幾次，沒幾天又故態復萌。

白掌門知道這小子不好捉，先叫橙朱去打聲招呼。

橙朱還沒走近，靛紫倒先轉過頭來，沒心沒肺地笑了，沒察覺橙朱奇異的臉色。

「美人啊，再等我一會，我馬上爲你贏得興記舖子裡所有的香粉，賞你翡翠簪子、賜你綾羅綢緞。」

當靛紫打腫臉撐情聖的時候，白掌門已不知不覺來到他身後，一把把那顆頭抓著撞骰子碗。橙朱閉上眼，不忍看。

「師父，我的手，別折折折——！我只是想給道觀弄點錢加菜，我是一片赤誠，你要相信我，快斷了快斷了！殺人啊！」

不經一番斷手骨，哪得浪子金不換？靛紫被白掌門從賭桌上打到賭桌下，又從賭場東打到賭場西，在場的眾人發誓，從來沒見過老子打小孩這麼兇殘的。之後有好長一段時間，賭場的生意冷清不少。

靛紫最後是被捆著離開，繩子那一端由橙朱拉著。他的俊臉被揍成豬腦袋，好一陣子抬不起頭來。

「孽徒，一群孽徒！」白掌門忿忿說道。

橙朱也給了黃穗兩枚碎銀。他們見到傻子老五黃穗正蹲在市街的牆角，專注盯著身前的小攤子，上頭有許多木造的小玩意，價格不斐。

「師父，他前面真該放個缽，看他那副痴呆樣，一定能得不少賞錢……嗚啊！」蒼穹和碧海只是分享他們以前行乞的經驗，哪知又招來鐵拳。

「要是讓我繼續賭下去，至少就能給他買個匣子了……嗚啊！」靛紫就是個不會記取教訓的痞子。

「師父，把我那些胭脂拿去換了吧？說不定可以給五師弟換一個小寶盒。」橙朱拉著白掌門的衣袖，白掌門嘆了口氣，說也沒必要寵他。

可是當幾個官爺也停在小攤子前，黃穗隨即站起身，一一給他們報了價錢，聲稱這是黃家最好的手藝，無價可殺，不買拉倒。

最後，官爺還是折服於木器精緻的手工，給了高價的銀兩。

「穗兒——」

黃穗瞪大眼轉過頭，長長的髮辮甩了半圈弧，眞的是他火冒三丈的師父。

「師父，我下次會在上面刻『白』……」黃穗結結巴巴地說，私下買賣沒想到會被當場逮個正著。

「好你個黃家的手藝，不把我放在眼裡是吧？你是道士還是賣尿壺的！無心向學，倒有那個時間做小玩意啊！」白掌門追著就是一頓打。

「才不是尿壺，那是酒器，師父你好過分！爹、娘，救我！」黃穗大叫。

「好啦，誰是他爹，分配一下。」雙面鏡不知該不該高興，這些年來，他們在黃穗心目中的地位終於有所提升。

身爲娘親的橙朱，只好挺身而出，把瑟瑟發抖的兒子護在身後。

「白道長，你就別打了，打在兒身，痛在娘心啊！」橙朱聲淚俱下，演得他自個兒好感動。

「喂喂，美人，你剛才怎麼不幫我說說情？」靛紫抗議師兄不公。

在白掌門抓狂前一刻，橙朱就抓著黃穗溜到蒼穹和碧海身後，把師兄推出去給師父打。

「孽徒，一群孽徒！」白掌門痛心疾首地說。

這時，眾人身後傳來甜美的嗓音。

「師父，什麼事讓您老人家動了肝火？彩衣給你搥搥，消消氣嘛！」

來了，白派裡最諂媚的小鬼靈精，這幾年也沒看他長大多少，一直都是七、八歲小娃兒的模樣。

彩衣彎起唇笑，雙手捧著各種果子，身後揹著布包的大刀。

「不用了。」白掌門覺得氣死自己也不是辦法，先暫時緩緩火氣。「把刀給我，你帶著總會被刀氣傷到形體。」

「沒這回事，彩衣願意爲師父排難解憂，這是低等人做不到的事。」彩衣神聖地笑了笑，一個人對上五名師兄。

這是彩衣想出來的法子，使用的時候再把刀召喚出來，而不是放在身上，能減輕持有者的負擔，但缺點就是被神器壓得長不大，這讓白掌門傷透腦筋。

「還是給我拿吧？……彩衣，這水漬是怎麼回事？」

彩衣搶過刀，藏在身後，不給白掌門確認的機會。

「六師弟，這毛果，我記得你抱怨過，皮很難剝吧？」橙朱指著彩衣懷裡的鮮艷果子，他也確定兩枚碎銀錢買不到這麼多南洋水果。

白掌門立時便明白包著刀的布上，爲什麼會有甜膩的味道。

「彩衣，這把刀是你師祖臨終前交給我，白派一門的鎮教法器。」白掌門今日再重申一次，省得日後這把神器被無知小輩拿去剃毛什麼的。

「它那麼利，拿來削果子剛剛好，計較什麼，小氣師父！」才虛僞沒幾下就破功，彩衣氣撲撲對上暴怒的白掌門，勇者無懼。

於是，他們始終幼稚如一的六師弟，被師父大人當街抓來打屁股。

「臭師父、壞師父，彩衣不跟你好了！」

「孽徒，一群孽徒！」

然後，一干不肖弟子跪在河堤旁，低頭聽尊長訓話，叨叨唸唸到日頭落下，好不容易才讓他們師父解了氣。

「從今天起，你們正式出了門，以後就是獨當一面的道者，我不能再時時刻刻看著你們，知道嗎？」

「知道了，師父。」蒼穹和碧海聽得出來他們師父嘴痠了，就要告一段落。「天也晚了，晚上要吃什麼？都城有許多好料的啊！」

白掌門老眼一瞪，差點沒被他們氣昏過去。

彩衣抓著他的袍子，討著要再買些好果子；靛紫在給路上出來賞水燈的仕女拋媚眼；橙朱則是給男人們放秋波；黃穗專注打量木拱橋的構造；沒一個眞的把他的勸告聽進耳裡。

這幾年兢兢業業卻教出一個個小混蛋，白掌門深感疲憊。

「師父，人家都說陰七月是道士撈錢的好時機，尤其是月十五。你看那些南派道士，戴玉冠又拿拂塵，衣袍一件金一件銀，弄得比廟裡的娘娘還像神像。哪像我們，就一件麻布衣，看咱們一路上給人笑話的，還以爲咱們是去給誰戴孝。」

蒼穹和碧海其中一個說道，又一個不喜不怒地接下去。

「單說畫符好了，他們伸手就是一張驅鬼黃符，疾疾如律令，可我們只有靜心咒、定神咒，還是用手指寫的凡夫俗子看不到。我們說他們是神棍，他們倒笑我們裝模作樣，沒本事端得上檯面。」

「白派從不裝模作樣，我們的本事也不是拿來譁眾取寵。」這些年下來，白掌門也看到這塊土地除了原來的綠意，移民漸漸帶來繽紛的南方色彩。美雖美好，但容易失了本質。「我以前有個相熟的師兄，去南方參加道團的與會，拿了水晶簪子回來，送給我前妻。」

眾徒弟頓時扭出古怪的臉色。買漂亮髮飾送給人家的漂亮老婆？白掌門不理會他們，他要說的重點不在白霜和金鳌之間。

「我前妻雖然退了簪子，卻開始打扮起來，每天總要問上兩次她好不好看，還說自己三十歲了，黃臉婆了，比不上江南娉娉婦婦的小姑娘。」

「師父，你師兄是不是騙你老婆要帶你去南方逛窯子？」靛紫兩三下就推測出前人的愛恨糾葛。

白掌門嘆了口氣：「你們也只會在這種事上認眞聽講。人總是會惑於所見，再聰明的人都免不了被騙。但是你們只要靜下心想想，什麼才是自己所追求的，那些計較也就淡了。」

「師父，我就說說而已，你先別生氣。」靛紫右手攬在腦後，身子側過一邊站著。「我們門派穿孝服，吃粗飯，日做夜做，不求回報。除了我們這些不長進的娃娃，你想以後哪些天生才者會進白派，而不是到別的道觀去混個名堂出來？」

「我們歷代的掌門只是等待合適的人出現，我也不希求你們這些混帳能修到升天，只要盡力做好分內的事，在我死後繼續把意念傳下後世，讓我對得起先祖。」

白掌門語重心長，老掌門把遺願交付給他，支撐著他走到今天這個地步，他不能辱沒這個先命，雖然一直不如人意。

「師父，我們讓您很失望嗎？」蒼穹和碧海互踢鞋跟，要對方站到前方去承受炮火。

老掌門說過白派對道的要求嚴苛得不近人情，不是普世的道，是神的道，所以教人就用自家的方法，等教到神再拿出看家本領就好了。他這些年來不給弟子好臉色看，一有差池就嚴格糾正他們的過失，也只是不想重蹈老掌門的覆轍。

他的師父看待世間總是一派輕鬆詼諧，笑口常開，從來不說一個重字，沒有動過一分刑罰，會在冬陽的早晨牽著他和白霜去聽松濤。

但到最後，觀中的弟子、白霜和他都辜負了老掌門的寵愛，他師父死前一定很失望吧？

白掌門想了很久，終究沒應聲，往橋上走去。這時，天色也晚了，河道漂來一盞盞水燈，要將客死異鄉的亡魂送回故土。越多炫爛的火光，越多死去的孤魂。

其實，看著這些孩子平平安安茁壯成人，他已感謝上蒼。

眾弟子交換一下眼色，確認他們師父似乎沒那麼惱火了，便屁顛屁顛跟了上去。旁人看著橋上並立的白袍男子，風姿各異，但都帶著出塵的氣息。

「唉，要是沒有師父，我也是其中一盞燈了。」靛紫刻意清了清喉嚨說道。「所以，不求回報的門派有時也頂好的。」

橙朱噗嗤一聲，靛紫耳根刷紅起來。大家都知道老四阿紫正在用他拐了無數彎的方法討掌門歡心。

「師父，島上的氣開始亂了，咱們以後恐怕再也沒有清閒的日子可過了。但我們一定會將所學回饋給這塊土地。」橙朱的清眸望著這片水景，沒有任何地方是能享受榮華卻長治久安。

「噓！」黃穗突然要大伙噤聲。

「黃傻，你別在小朱、阿紫聯手哄師父的時候找茬……咦？」雙面鏡安靜下來，兩人也聽見那微弱的聲響。

「是小孩的哭聲，在橋下。」橙朱豎耳一會，立定判斷位置。

白掌門尚未發出任何號令，他的弟子們便迅速動作起來，各就各位。救人這檔子事，他們看得太多了，做得像吃飯一般上手。

靛紫水性最好，脫了上衣，便從橋上躍下。黃穗從腰包打了燈籠，共四個，給橙朱、給兩個大師兄，從四方照著河面。

「小紫，這邊！」橙朱大喊，靛紫從水下探出頭來，找到了像是目標的竹簍子。

「兄弟們，不太對勁！」靛紫一手抱著竹簍，身體不住發抖，照理說，七月的水溫不該低得像結過冰。

蒼穹和碧海已經提著燈籠來到最靠近靛紫的岸邊，藉由火光，可以清楚見到水面下還伏著一抹巨大的黑影。

「阿紫，快上來！風破劍/水成劍！」

雙面鏡同時從胸襟拿出木製的劍柄，沒有鋒利的劍身，因爲他們的劍取之自然，形於自然，不鏽不劣，可斬萬物。

靛紫單手抓著岸上的草，手腳並用爬了上來，當竹簍離開水面的同時，黑影也跟著竄上，帶著一股土腥味。

「幹，這裡眞是寶島，連魚精都能長得這麼肥美！」蒼穹和碧海看著眼前的大魚，心裡想著火烤三吃，誰教它誰不惹，惹上伙食最差的白派。「阿紫，這裡我們擋著！」

靛紫叨走一個燈籠，手中抱著竹簍，沒想到天上卻俯衝下一隻巨鷹。他心一急，便把竹簍往橋上丟，橙朱接個正著。

「媽的，老子不發威，你們還眞當我是和尚！」靛紫抽出腰際的七首，仰身刺中大鷹的右羽，跳上不亞於他身形的大鳥背上，人鳥激烈搏鬥著。

「小心，他叫了同伴過來！」

「哎呀，這裡頭到底是裝著什麼寶貝，為什麼好好的精怪都來搶呢？」橙朱撐著下頷，好生困惑。眨眼間，翻身賞了上頭的鳥類一腳，直中鳥身的鬼害，而他懷中的竹簍半分搖動也沒有。

「娘，彎腰，我趕蟲子。」黃穗從腰包拿出竹筒，給襲來的甲殼大軍噴了山上檜木萃來的香油還摻了一點點反定神咒的迷魂術。

鳥群和蟲群密布起來，竹簍輾轉流落到白掌門手上。原本和蒼穹、碧海對峙的大魚又潛下水面，逡巡到橋下，深入水底再奮力從水中竄出，朝白掌門張開血盆大口。

彩衣垂著彎彎的眼珠，橫在掌門身前，從他身上延伸出的影子比大魚還要巨大，他只消往前扒出一掌，大魚便落了水。

彩衣舔舔染血的手指，嗤嗤說了幾聲不明的語句，籠罩天頂的飛禽和蟲子便不再攻擊任何身著白衣的人類，逐漸退去。

「老鼠，尾巴露出來了。」黃穗挪了下燈籠，彩衣的影子又回到小男童大小，把褲頭拉高幾分。

白掌門暗中立了法陣，沒有驚動周遭的人們。他走下橋，所有弟子圍過來，拱著他們師父開寶箱。

碰過竹簍的弟子心頭都有個疑問，這竹簍是會滲水的，但裡頭的東西不算輕，怎能浮在河裡那麼長的時間，直到他們發現？

白掌門割開綁住兩面竹籃的草繩結，打開來，是個不足齡的娃娃。

小娃娃睡得很熟，膚色極白，彩衣調皮去抓孩子的髮絲，也是一頭雪白。

「他應該是個白子，身體少了點元素，不太能曬日光。」白掌門凝視好一會，沒有完全的把握。

「師父，經過剛才那些事，他又這副長相，應該可以直接當他作妖魔了。」

「胡說，我的孩子也是……」白掌門沒再說下去，因爲小娃娃稚嫩的眼皮動了動，被他們吵醒了。

那雙眼一睜開，白派眾弟子捧場地低叫幾聲，一深一淺的異色眼眸，在這個愛興風作浪的世代裡，要是落在別的道士手上，肯定被當成魔鬼燒了。

「我們剛才是聽見哭聲才下去尋，但我找到他的時候，他其實安靜得很。」靛紫覺得有關這嬰孩的一切都古怪極了。

白掌門把娃兒從竹簍中抱起，攤開他身上的布，仔細檢查身體。

「師父，你說該怎麼辦？」

他們習慣性在大事請示英明的掌門大人，但他們師父顯然沒在聽，把娃娃枕在臂彎裡，輕輕搖晃著。雖然已經是很久以前的事了，但白掌門逗弄小寶寶的手法可是從來沒有退步，用指頭搔著寶寶的小粗脖子。

「咕唧咕唧！」白掌門輕輕叫著。

「咕唧咕唧？」白派眾弟子，從大的到小的，都快瞪出眼珠子了。

這些年，師父給他們的印象便是拳頭和棍子，有時候還附贈油鍋，兇巴巴的，像地獄來的惡鬼，現在卻溫柔得像中邪一樣。完了，天要下紅雨，白派要改名成黑道了。

「師父、師父……師父——！」

好一會，白掌門才大夢初醒，抱著被他哄得咯咯笑的小寶貝。

果然，常人眼中越是不值錢的東西，他們師父越喜歡。

白掌門咳了兩聲，想掩飾剛才的失態。

「好，我們去尋他的父母。」

「不用了。」彩衣撿起竹簍底下的藤刺。「這些都是可以毒死幼兒的東西，他是沒人要的孩子。」

「只好送到官方的收容所去。」白掌門憐惜地說道。

「我聽說有術士專門買畸兒去煉丹。」這是橙朱搜羅到的街頭巷語。

「那我們一定要盡全力阻止這等歹事。總之，先給他找個好人家安頓。」白掌門要往城裡去，蒼穹和碧海卻一左一右擋住他的去路。「做啥？欠我抽皮嗎？唔，寶寶，別怕別怕，不是兇你。」

經過這麼多年，他們總算見到救治他們師父壞脾氣的曙光。有個娃娃給他們師父消遣，想必以後的日子一定能自由許多。

「我認識一個照顧孩子的箇中老手，他一次養六個都遊刃有餘了，沒有比這個人選還要更好的了。」靛紫笑咪咪說著，白掌門哪不知道他暗指的是誰？

「師父，你捨得把他獨自放在陌生的地方嗎？你看他還這麼小，不小心傷著、病了，性命就沒了，誰會對不是自己親生的娃兒上心？」橙朱動之以情，就是要他們心軟的師父放不下心。

「你們休想算計我，我不會上當的。」說是這麼說，但白掌門抱著寶寶的手始終沒有鬆下半分。

「不要就算了，反正我比較可愛，對不對，師父？」彩衣過來拉住白掌門另一邊手臂，卻發現他的師父不敢正眼看他，一副就是喜歡小寶寶喜歡到不行的樣子。「哼，臭師父、壞師父，沒眼光！」

「師父。」黃穗拉拉白掌門的衣角。「我這裡正好有個現成的竹籃，給您揹著走吧，手才不會痠。」

白掌門還想垂死的掙扎，但小寶寶在這時抓住他的拇指，無垢的雙眼直望著他。

完全，丟不下手。

「孽徒，一群孽徒！」白掌門抱著小小的孩子，在心底暗中許下願望，不要像老大、老二，不要像老三，不要像老四，不要像老五，更不要像老六。

回白派道觀的路上，他們看著冥府往島上延伸而來的城牆，鬼魅在其中飄忽不定；又看向趴在他們師父背後白得像幽魂的小娃娃，安安靜靜睡著，乖巧得讓他們懷疑是不是撿到傻子。

或許是因為他們修習的是白派之道，不一樣看久了也是一樣，那些特異之處在他們眼中，實在沒什麼好奇怪的。

白派眾弟子嘰嘰喳喳，七嘴八舌論著還不足一歲的新弟子。

「別的道士在中元大賺一筆，我們卻是撿到新的小師弟。要是我們去娶房媳婦，兒子也差不多這般大。」

「師父，給他起個名字吧？」

「叫『黃秧』好了。」

「傻黃，那不是你妹的名字嗎？」

「老六，你別捏他鼻子。」

「我家鄉有個習俗，是給滿周歲的孩子祝禱，咱們回去『試一試』吧？」

「阿紫，你說話就說話，幹嘛露出不懷好意的笑容？」

「是我們六個師兄救他一命，以後一定要他爲我們做牛做馬……師父，你不是不想管我們了嗎？別扭下巴！」

「希望他以後能長成好捏好拉的孩子。」

「可以推著滾的孩子。」

「可以拿來當靶子的孩子。」

「騙他菜蟲是點心，以後咱們就不用去園子裡抓蟲了。」

「這個好，只不過他吃完點心，要有人記得給他漱漱嘴。」

「……師父，我們絕對不敢這麼做！……您又為什麼嘆氣？」

白掌門說：「我總覺得似乎和誰搶了這孩子。」

「師父，我從老早以前就想告訴你，現在正是時機。」

「老天爺搶走你一個孩子，我們搶另一個來補給你，就算身斷足殘、形魂俱滅，也在所不惜！」

「混帳東西！」難得他們師父罵人有抖音，而且不是氣過頭的那一種。

「寶寶不用太聰明也沒關係，反正他頭上有六個哥哥可以罩他！」

「不挑嘴，好養飼，聽師父和師兄的話。」

「心地和他的頭髮一樣白。」

「說一不二，說二不一。」

「由衷喜歡這片土地，喜愛這個世間。」

他們想，回去要裁一件娃娃裝，做個搖籃，偶爾在他旁邊唱小曲，不會讓他承受他們不堪承受的流離失所之痛，小七，小師弟。

這時，他們還沒有料想到，這孩子會是白派日後最大的成就。

# 第四章

從他懂事以來，身邊的人總是對他笑，親暱喚他「小七」，和老五、阿四是同個意思，有時候也會摻雜其他稱呼，像是糯米糰子、雪花糕、白饅頭之類的，偏向吃的；而他也很喜歡師父揉著他的髮，說他是小白點兒。

師兄們說他抓周時，金銀財寶、文房四寶，連老五做的精巧童玩都看不上眼，唯獨抱著師父用舊衣裳縫成的白布兔子，喜歡得緊，於是他又多了一個「傻寶寶」的稱號。

他到三歲還不會說話，也不會行走，師父和師兄以爲是撿到小七前，腦子就被傷了、壞了，傻寶寶就是傻寶寶。師父每天早上會揹他到道場講課，他專心聽著，當師父頓下，詢問眾弟子是否明白，他就會抬起臉，朝師父眨眨眼，師父就會摸摸他的腦袋，很是溫柔。

他雖然無知，但好喜歡師父。

年歲不好的時候，師父和師兄會變得很忙，到山下幫助人們渡過難關，道觀裡常常十天半個月都空蕩無人。他小心翼翼拖著布兔子，爬到門邊等著他們歸來，向上蒼祈求來年風調雨順，這樣的話，師父的眉頭就能鬆開一些。

「小七！」

天師兄和水師兄回來了，一見到他就急忙從竹籬外奔向道觀門口，一人一手把他捉回屋內。

「笨寶寶，你白白一團窩在外邊，看起來多好吃啊！被大蛇叨去了，咱們該怎麼給師父交代？」

他不聽罵，只是很高興師兄回來了，拉緊他們的手。

天師兄掐緊他的右頰，水師兄捏住他的鼻子，剩下的一人一手，把他緊緊環進懷裡。

「眞是咱們門派的小寶貝，一想到你在等門，遇上再凶險的情況都捨不得死。」

他心想，師兄們不會死的，他們會一直一起生活著。

這邊團圓，那邊橙朱也搭著紙畫傘回來。

美人笑道：「讓我看看，咱們的白寶寶有沒有長胖些？」

幾年下來，白派的大美人出落得更加嫵媚，加上三弟子有戲子癖，愛穿羅裙出門，人人都稱羨和尚廟似的白派有這麼一位天仙道姑，殊不知他們眞的是貨眞價實的和尚門派。

靛紫跟在橙朱身後進門，輕甩短髮上的雨珠，一舉一動都帶著市井味，卻又英姿過人。這個巧合讓蒼穹和碧海心裡打響鼓，不知該說天鵝和癩蛤蟆，還是好姦夫與惡淫夫？

「小七來，給四師哥抱抱！」靛紫的熱情讓兩個大師兄竄上冷意，蒼穹和碧海提防看著總是給師父惹一屁股麻煩的無恥師弟。

這時，黃穗也從門外拎著兩捆柴到後院去，洗了手才來招呼他家的孩子。

「秧兒，有沒有想哥哥？」黃穗挽起後頭的長辮子，用髮尾搔弄寶寶的小臉。

黃傻的病一直沒好全，自從小七來了，更是認定他是自己已遇難的小妹。

靛紫的歹計還沒得逞，小師弟就被黃穗抱了去，傻寶寶和黃穗都咯咯笑著，玩得很開心。有小七壓著，老五再也沒作過惡夢，連新庄仔的人馬找來，都能心平氣和抱著寶寶躲進師父房間，等其他師兄弟來救，而沒有發狂叫喊。那事便在白派眾弟子打得新庄人落花流水後，平安收場。

觀裡唯一不喜歡白小七的弟子，算算時間也該回來了。外貌年方十七的彩衣揭開大斗笠，露出不耐煩的清逸臉龐。這六弟子誰不變，硬要變成師父心中的壞師兄，每當白掌門看著彩衣那張神似白霜的臉龐委屈癟嘴，就會一陣頭疼。

「你們又繞著白毛仔，煩不煩啊？他不過是毛比較白一點，有什麼好？」

雖然彩衣的口氣很差，但小師弟從黃穗身上下來，第一個就是爬向彩衣，一看就知道他們兩個有多親。

「你別蹭了，我白袍上都是泥巴，受不了才急著趕回來，絕不是和那群傻子一樣爲了你，你少往臉上貼金……就叫你別蹭了，你看看，白毛都髒掉了！」

彩衣氣得兇了小七一頓，然後師兄們就目送六師弟把小師弟抱去後院水池洗香香。因爲常做，所以動作特別熟練。

小七從小就被養在深山道觀，全然不知他和一般孩童有什麼差別，白髮異瞳，下肢不便，又是個小啞巴。山下人家只要生了個裂唇的孩子，便指責婦人做壞事才得此報應，那些孩子多沒機會長大，長大了也是受盡苦處。

小七卻是他們師父最疼愛的小弟子，是心肝寶貝。磕著一點皮，師父就會心疼得要命，抱過孩子揉揉呼呼，還不准他們帶小七出門亂跑。

雖說小師弟還眞是個幸運的孩子，但白派眾弟子有時也覺得撿了七寶寶是他們的運氣，心裡有個綿白如雪的寄託，日子過著總多了些滋味。好比他們師父，有了小七之後，非但不見老，連眼紋也不見了，老是被誤認爲「大師兄」，他們背地也會偷叫師父「阿雪哥哥」。

「算算時間，也差不多天妃誕的時候了，阿雪哥哥趕得回來嗎？」橙朱遙望春暖花開的綿延山路，不意料瞥見那身通白身影，立刻止聲。

「小七也很想去吧？要是阿雪哥哥在外頭耽擱，咱們就把雪花糕包一包，偷偷帶下山，給他見見世面。」靛紫提了個會被師父宰殺的意見，但這次沒人折他手腳，大伙反而陷入沉思，只有橙朱拚命使眼色。

「我們六個大的就輪流揹著，千萬別讓小七被捉小孩的女妖給抱走了。」

「要是被抱走，可不是阿雪哥哥一頓痛揍就能了事。」他們想著被妖怪捉去的小師弟，小臉蛋滿是驚慌，口齒不清地叫著「師父」，到時蘿蔔王還能遵守白派中立之道，而不是見神殺神，見佛殺佛嗎？

做了最壞的預想，靛紫反而攬著後頸，不懷好意地笑了笑：

「丟丟看就知道了嘛！」

「丟什麼？」生冷的聲音從後頭傳來。

「不就是阿雪哥哥最寶貝的小七……」靛紫轉過頭，赫然發現白掌門颯然站在門口，憑刀而立。

就連向來活在自己世界的黃穗也察覺到情況不妙，五名弟子迅速在四周尋得最快的出路，白掌門往前踏出一步，他們立刻逃竄開來。

「給我站住，一群孽徒！」

白掌門總會在初一、十五時在祖師爺的祭壇前謝罪，恕弟子不肖，膝下盡是敗壞門風的白痴徒弟，實在令人痛心疾首。

正當白掌門後悔當初沒把弟子們全都掐死的時候，響起綿軟的叫喚。

「師父！」

白掌門一聽到孩子的聲音，心都軟了下來，緊繃的眉眼也柔和三分，附近躲藏的弟子們也鬆口大氣，小師弟眞是他們的救命丹。

垂著濕漉長髮的彩衣攬著渾體通白的小七，小七看到師父回來，開心極了，手腳微微往前蹦著，不自覺想要靠近一些。

彩衣很壞心，故意轉身讓白毛仔看不到師父，小七的眼就跟著彩衣的動作轉動，一刻沒見到，就好想念的樣子。

倒是白掌門自個走上前去，把手心抹乾淨，伸出雙臂，就算彩衣千百個不願意，也只能把小白毛交出來。白掌門抱過孩子，小七便偎進師父溫暖的懷抱。不用說話，光是看他笑得那麼滿足，就知道他有多麼幸福。

「小白點，有沒有乖？」

「小七很乖。」孩子睜大一雙明眸，憨傻笑著。

爲了證明自己的話，他從師父身上爬下來，在地上搖搖晃晃走了兩步，又失了平衡，重重撲倒在地。白掌門跟著身體一顫卻沒有去扶，看著小弟子自力自強爬起來，在他身邊笨拙地轉了一圈，又回到他面前。

「師父，我會走路了。」小七燦爛笑道。

「啊嗚嗚，眞是太好了呢！」躲在倉庫偷看的蒼穹和碧海幾乎要噴出淚來。

「小紫，你看到了嗎？看到了嗎？」橙朱開心叫著，他和靛紫踞在梁上，沒想到這次回來會有這麼大的驚喜，他們想給小師弟的禮物反而顯得微薄了。

靛紫單手緊抓著木梁，看著小師弟，總給他活下來眞好的錯覺。

黃穗則毫不客氣地從地道鑽出頭，抱起小七，高高地給他晃了兩下。

小七看著師父、師兄高興，自己也好高興。

「你的腳步還不穩，之後要勤加練習，假以時日，身子骨長起來，便和常人無異。」

白掌門溫和表示，小七聽了連點頭，雖然不太明白最後一句是什麼意思，可是他會努力不讓師父失望。

大伙聚在一塊用晚膳的時候，白掌門還把離他們較遠的菜餚挾到小七碗裡，和樂融融，只要師父在，小七就是那麼快樂，多少減輕他師兄們心頭的遺憾。

他們忙著爲夭折的計畫惋惜，沒注意到師父和以往有些不同，雖然他本來就疼呆寶寶，但今天又多了幾分寵愛。

夜色已深，白掌門在房裡擦刀，看到小七捧著熱水進房，便把白刀放下。

「師父，來。」小七招呼著，要白掌門把雙腳放進熱呼呼的泉水裡，然後蹲下身，認真地給那雙大足搓揉洗淨。「師父，您的腳都裂開了。」

「不打緊。」白掌門只是慈愛地望著身下的孩子。

「都裂開了……」小七又沮喪地說了遍，耿耿於懷。「我在院子踩到石子，沒有受傷已經很痛，師父您的腳都裂開了。」

「我這是老人的腳，皮很厚，不會痛。」白掌門雙手往前一攬，把他的小徒弟抱到大腿上來，拿出腰間的一雙小鞋。「你把鞋子穿上，走路就不會痛了。」

「師父，五師兄把道觀的地板刨得很平，我不用穿鞋。」小七誠惶誠恐地說，白掌門看他這樣，也不是不明白那群孽徒爲什麼總是以捉弄這孩子爲樂。

「可是走山路到山下就要用到了，你試試，看合不合腳？」

「山下？」

「小七，師父帶你去看慶典，好不好？」

他的小徒弟把眼珠子瞪得老大，怔怔抓著那雙新鞋，好一會兒才反應過來。

「師父、師父！」小白蘿蔔用力撲進他懷裡，兩手抓著他的後背，身子微微顫動著。

「寶寶，再高興也要有所節制。」

小七趕緊把快要奪眶而出的淚花眨回去。

「因爲寶寶七這些年都有聽師父和師兄的話，神明要賜給你一份獎賞。」白掌門抱緊他的孩子，把這團小白點緊緊圈在自己臂彎裡。

他的心已經很久沒有痛過了，就像從來沒有失去過。

翌日，白掌門換上一般民服，害得從未見過他脫下白袍的弟子們以爲師父被山魅給掉了包。更不用說當師父大人告訴他們今天要帶小師弟到山下，快快樂樂地去玩個一晚，一干徒弟嚇得嘴巴闔不起來。

「師父，你怎麼了！我們看到的只是一層師父的皮吧！」他們驚呼，他們嚎叫，他們不相信眼前的這人是他們打孩子不眨眼的冷血師長。

「混帳東西，給我惦惦！你們今天都給我待在觀裡，別亂跑！」

「師父，你這是偏心，偏心吶！」眾弟子齊聲抗議，大家都是吃棍子長大，心裡不平衡，而且就算不是眞的想計較，也要讓他們師父下不了台。

彩衣過來激動地拉住白掌門的袖口，指著自己，又指向壞白點所在的房間，都快哭出來了。

「彩衣，我沒辦法同時照顧兩個孩子。」白掌門委婉說道，彩衣嘴一癟，「哇」地一聲，哭著跑開。

橙朱沒跟著那些平民起鬨，在房裡替小七換上靛紫敲詐來的藍紋袍子，衣服質地甚佳；他又把時下流行的軟帽給他仔細戴上，遮起每一根白絲，看起來還真像有錢人家的小少爺。

最後就差鞋子了，小七鬆開攢在懷裡的布鞋，小心翼翼把它們放在地上。

「三師兄，這是師父給我的新鞋喔！」

橙朱輕揉著小師弟的腦袋，笑得溫柔。

出發之前，他們小師弟完全靜不下來，頻頻望向大門，不停問各個師兄現在是什麼時候，直到白掌門一把抱起他們的小白饅頭，告知他要出發了，小七才安靜地靠在師父肩上，圓潤的眼笑得只剩下彎彎的縫。

不只他們小師弟，師父大人也是精神奕奕呀！這個風采不減當年的男人已經為了白派兢兢業業數十年，休息一天也無妨。

大伙都知道今天白掌門帶出遊的不是他的七弟子，而是他的七寶寶。

他們都已經歡送師父和小師弟到門檻了，彩衣才掛著紅通通的雙眼出來送行。

白掌門看彩衣斂好衣襟，把喉頭的哽音壓下，硬是擺出清冷孤傲的模樣，就像是當年的白霜，連聲音也極爲相似。

「阿雪，早點回來。」

當然他不可能把自己的弟子誤認成從前那個人，但彩衣的這份心意，多少減輕當初師兄弟反目的遺憾。

小七還不太會走路，白掌門揹著孩子漫步而行，一大一小哼著北方的曲子、南方的歌謠、島上的俚唱，非常快活。

「師父，我好像在作夢。」

白掌門也有這般錯覺，好似這些年不過是場夢境，他仍是個農家子弟，偶爾偕同妻小到山上聽聽道，平凡和樂。

他把孩子細嫩的手指又抓緊一些，小七抬頭望向他，臉蛋親暱貼上師父的耳畔。

當他們終於望見那片高掛的紅燈籠，鞭炮聲不絕於耳，小七驚喜叫道，七手八腳爬下師父的背，還拉著師父的手往前跑。

「寶寶，小心點，別撞到人。」白掌門微屈著身，跟著孩子前行。

「師父、師父，那個是什麼？」

「那是煙火，你五師兄有放給你看過。」白掌門溫和說道，看天上的火光在孩子眸中閃動。

「真的呢，沒想到一樣的東西在不同的地方見了會有不同的面貌。」小七不由得讚歎，回頭望向也看著他的白掌門。「不過，變的只有煙火，師父還是一樣。」

「傻寶寶，我也會變，越來越老，你則是越來越高。」

「師父才不會老。」小七堅定說道，「師兄們也說師父很年輕，不用叫阿雪爹爹而是阿雪哥哥！」

「那群孽徒，淨教些有的沒的！」白掌門最痛恨心愛的小白點被白痴們染上污點，回去一定要痛扁不肖徒弟。「生老病死，是人的路途，我一直走著，怎麼不會老？」

小七看來還是不明白，白掌門決定先買塊糖糕給他。掏出錢袋，眉頭不禁一抖，原本放了三、四個碎銀的袋子裡，竟變成大小相似的金葉子，不用說，也只有四弟子有辦法這般偷天換日。

「阿紫師兄也有給我零花錢。」小七拿出圓底的束口包，客氣地和小販要了兩塊糕點。「師父，我請您。」

白掌門決定回去逼靛紫供出經濟來源，道觀門口的金漆龍鳳和神壇上的玉瓷瓶果然不是他的錯覺；另外，共犯一定還有包庇罪行的橙朱與負責執行的黃穗。

「師父。」小七拿著糖糕沒吃，只是拉扯白掌門的衣襬。

「怎麼了？」白掌門順著小徒弟目光看過去，都是人。

「那裡有三個和我一樣的孩子，那麼在他們身邊的女性就是『母親』吧？」

那些孩子圍著女人，他們的面容太遠了，看不清楚，只聽見小孩吵著要買燈籠，女人答應只買一個，要孩子們輪著拿。

小七直望著，原來那就是他失去的東西，好生羨慕。師兄們說，他有一個美麗溫柔的母親，只是當初不得已放棄她的小七寶貝，與襁褓的他分別時，哭得好生傷心。

他畫過幾張母親，但都不像。師兄還疼惜地摟著他，告訴他如果有緣，母子就會再相會。

那群孽徒的謊言，白掌門都知道。他們不希望小師弟心裡劃下被拋棄的傷痛，寧可把黑的說成白的，只留給他一點淒美的遺憾。

身為師父，白掌門知道這不對，謊言不會說上千次就成為真實。這孩子又將是名修道者，大道多險阻，一個失誤的動念即會造成後悔莫及的傷害。可是白掌門還是沒說破，只是輕輕應和小七的問題，因爲他怎麼也說不出實情，不想看到這孩子悲傷的模樣。

這時，白掌門聽見一聲驚叫，左後方有抹紅色的影子，匆匆而逝。

「妖孽，哪裡逃！」

白掌門拔腿追去，等小七回過神，師父已經和茫茫人海混在一塊了。

師兄們有教他，走失了千萬別像彩衣亂竄，待在原地就好，不論是誰拿糖來，都不能跟不認識的人、鬼、妖怪走，切記切記。

於是小七乖巧地等著師父，偶爾看看別人家的娘親。

人來人往，有人沒看仔細路中間站了個娃娃，碰到踢到總有的事，甚至不經意撥掉了小七的軟帽。他趕緊把三師兄爲他準備的帽子撿起來，沒多久便發現旁人碰上他的次數少了，四周的人刻意繞過他，用驚疑的眼神打量他。

小七垂著那頭白髮，不明白爲什麼。

突然背後一重，兩隻成人的大手從小七耳側圍住他，氣喘吁吁。

「竟然忘了我的寶貝，實在老了。」白掌門在心裡痛罵自己千萬遍，緊實框住這孩子，好一會兒才鬆開手，重新替他戴上帽子。

「師父不老。」小七低著頭，慎重拉起師父的手。「我可以把您的手抓緊一點嗎？」

果然嚇到他了，白掌門眞後悔沒帶繩子把彼此栓在一塊。

「剛才那個妖怪就是專門捉你這種被糊塗父母丟下、落單的孩子。」白掌門帶著小七繼續上路，不過是要四處巡邏，防著妖孽胡來。「女人懷孕未必能順利生下孩子，它是女人不捨未能出世的孩子所產生的執念。想要補足遺憾，便偷別人家的。失蹤的孩子隔天會在河邊或老樹下找到，有的還咬著葉子、蟲子，以爲是糖糕。」

「好可憐。」小七黯然，忍不住同情女妖。

「整晚擔心受怕的母親也很可憐，事情不會因爲女妖可憐而變成對的。你師兄每年來巡，就是爲了制止它，讓它早日回歸正道。」白掌門忍不住拿出師父的身分教導徒弟，可小七還是難過，師父便摸摸他的腦袋安撫。

「師父，我可以去陪她嗎？這樣她就有孩子了。」

「但師父就沒有小七了。」白掌門撐著額頭，眞不知該說這孩子善良還是傻。

「可是，師父還有六個弟子。」

「寶寶，感情不能這麼衡量，蒼穹和碧海一模一樣，但終究還是不一樣，你們每一個對我來說都是特別的存在，比性命還重要，不可能捨棄任何一個。」

「如果眞的必須捨棄呢？」

「那我會從阿紫開始丟，絕不會輪到你。」白掌門一臉認眞。

「不要把四師兄丟掉，要丟就丟小七好了！」

「今天是神明生日，不要亂說話。」白掌門傷透腦筋，揉著呆寶寶圓潤的臉頰。

「師父……」童音綿軟喚著，白掌門也不禁「哎喲喲」嘆氣。

「過來，給師父揹。」這樣總不會再弄丟了。

白掌門帶著孩子亂晃，爲了防止女妖出沒，幾乎走遍慶典每個角落，買了紅燈籠和串餅，只要是小七看上的，白掌門全都買了，這讓他想起以前老掌門怎麼溺愛白霜。

其他弟子向他請示過要去尋小師弟的親人，了卻一樁心事也好，但他已老邁，再也不能爲別人多想，沒有打算要把孩子還給任何人。

一直到燈火暗下，白掌門才帶著心滿意足的小七離開，比他預計的時辰還要晚上許多。

白掌門昨晚跟著小七整夜沒睡，今天又帶著他到處跑，體力有些透支。

「寶寶，要不要下來走路？」

小七抱著師父溫熱的背脊，戀戀不捨：「鞋子會髒。」

「你只是想讓我揹著吧？別學彩衣心口不一。」

小七聽取訓誡，便說：「很想讓師父揹回去。」

「可是小白點好重，我怕這身老骨頭會承受不住。」

小七聽見師父會累，趕緊要下去，白掌門卻故意不讓他下來，繼續趕路回道觀。

「寶寶，突然有些涼了，你趴著當我的暖爐剛好。」

「師父，師父也想揹小七，對不對？」

「難得聰明。」白掌門慨嘆一聲，傾聽背後傳來的笑聲。

「師父，我跟您說，您不可以告訴師兄。」小七偷偷在白掌門耳邊細語。

「什麼事？」

「師父頭髮白了，我也是白的，我和師父攏是白子（音近父子）。」

白掌門喉頭一哽，他總是看著小徒弟的模樣，想像那個無緣的孩子長大後會是什麼樣子。

「爲什麼不能告訴那群孽徒？」

「因爲只有師父是我父親，不太公平。」

「再說一次。」

「不太公平？因爲師兄弟只有我一個白髮，好像把師父全佔了去。」

「不是這句……算了，就這樣。」雖然想要放縱心神，但總是不能太過分，慶典過了，也該收心了。

小七忍不住打了個哈欠，抱著師父好舒服，好想睡覺。

溪流橫在前方，白掌門扶著溪旁的枝條，緩緩渡水，不想驚動到背後的孩子。

但他沒有想到，那些枝條會活動起來，把他掃落水中、纏住孩子，兩旁的樹林跟著出手，輪著勾起孩子的衣角，把他往溪水上游的方向拋去。

「師父、師父！」小七揮著雙手，拋起又墜落，撞上一塊塊溪石。

「小七！」白掌門愀然變色，踩著溪水逆流而上，全然不顧周遭情況，只是拚了命地追去。

追逐一段，孩子又被重重的樹枝拋進林子裡，白掌門緊追不捨，不時聞到腐臭的氣味。當他聽到孩子哭得嗓子都啞了，胸口也跟著劇痛難耐。

沿路都有屍骸，頭和身子都被扯開來，屍首排排掛在林間的蔓藤上，外傳番人獵人頭，但這氣息並非生人所有。

白掌門長年與台灣本地平埔族人交涉，知道在漢人帶來信仰之前，島上有四大神靈勢力——土地、大風、大水及山林之神，祂們無須依憑人們的信仰，本身即是自然主宰。

他沒有懷疑山上的小妖小怪，而直接斗膽聯想到抓他孩子的惡徒身分不一般，是由於目前這座島能凌駕於擁有神器的他之上的，就是那四位大神。從使出的手段和媒介判斷，犯人約莫就是最末一位，由神樹幻化而成的山林之神。

白掌門自小和植物交好，從自然身上獲益良多，「它們」的性子大多相當柔和，但他追入深林中卻感到越加濃厚的暴虐之氣。

林子暗得見不著光，伸手不見五指，他只能憑藉孩子微弱的哭聲和白刀的亮刀步步為營。心頭沉甸甸，白掌門撥開枯黃的藤，上面布滿蟲蟻，沾滿死亡的氣味。

「嗚嗚，師父……師父……」

他聽見了，聽得很清楚，他的小徒弟無助地呼喚著他。白掌門點燃懷中的火熠子，施了法力上去，照亮整片林野。

地上濺滿乾涸的血污，他的孩子蜷縮在無樹木遮蔽的空地中央，身上纏著深褐色的枝條，被視為獻禮的祭品。

神木精靈垂著比他上次見到時更長、更柔美的髮絲，光滑的雙腿屈坐在成堆的白骨上，比人的手臂還長的十指掐住孩子的脖子。那張絕世臉孔依然美麗，只是翠綠的雙眸變成邪魅的暗紅色。

白掌門戰戰兢兢地接近，心急如焚，卻也只能按下胸口的紛亂。他知道，這次不會有上次的運氣了。

「請祢，放開他。」

「不要！」神靈直接給他淘氣而殘忍的回答。

「他已經七歲，肉質算老了，並不可口。」白掌門並不想討論小徒弟好不好吃的問題，但他沒有辦法。

神靈依然環抱著濕淋淋、全身發抖的孩子，眼中的血色褪下一些。

「我不打算食用他。」

白掌門聽了並沒有放下心來，而是在心中大吼：那爲什麼不把他還給我！

「他能使我平靜，我要他留下，可以把他的肉體還你，但你要用自己的肉身交換才公平。」

歸還肉體就是死亡的另一個意思，白掌門絕不答應，可是被神靈挾持的孩子卻顫聲開口。

「身體也給你……不要傷害師父……」

「小七！」白掌門悲痛喚道，但他的白寶寶卻不敢回頭看他一眼。

神靈非常滿意孩子爲祂悲憫的心情，學著人類輕撫孩子的耳畔，即使孩子心頭恐懼不安。這是自然，祂很習慣動物慌亂掙扎的心情。

白掌門想著這些年來安逸的生活，白派要能知足於擁有過的快樂，接受眼前困境，奉獻出所愛，既然孩子都這麼說了，就讓他去吧，山野就不會再有犧牲者了。

但事實卻是，真想把這個發瘋的妖精砍成八段！

「再給小七打一頓屁股……」白掌門喃喃道，他從來沒打過最小的徒弟，那白嫩嫩的肌膚，手感一定很不錯吧？

小七只敢偷偷覷著他師父的腳，希望他快走，又捨不得他離開。

「就給祢吧，反正我不要了。」

「眞的嗎？」神靈大喜過望，連肉都可以享用一番。

「我有七個弟子，少一個也無妨，反正他對我的門派一點用處也沒有。」

小七僵住身子，依然垂著頭，怔怔盯著男人的腳趾。

「你不是很喜愛他？」神靈困惑問道。

「您不明白，人類養大不是自身血緣的孩子，不是因爲愛，誰會愛一個棄子？只是因爲社會道義，我不得不這麼做。」

隔得太遠，白掌門沒辦法避開神靈的耳目，叫小徒弟把耳朵摀上，不要聽。

「七年也算仁至義盡，我這次下山就是要把他送走，連父母都不要的孩子，等同被上天捨棄了，留下來可是會遭天遣。您要留的話，可要小心吶！」

神靈有些猶疑，這些年來，祂已五感不清，把這人類的幼子視作乾淨的泉源，或許是祂誤認了。

「但小人必須告知大人您，他不太乾淨，也就是有病，像蛀蝕的樹幹。東方的民族多是黑髮，像他這個年紀就一頭白髮，是很不正常的外表；眼睛也是，上天會給失敗的生命做記號，辨別正常與異常。我們白派悲天憫人，不忍心，但負責扶養他的我再也受不了，實在太噁心了。」

「我以爲他很好吃。」神靈對身前的男人有好感，也不去懷疑他的話。

「奉勸您別抱著他，髒，還是快去清洗身子吧。」

神靈聞言，推開僵硬的孩子，起身往水邊走去。

男人堆滿「孺子可教」的微笑，神靈也撥開劉海，露出絕美的笑靨，下一秒，男人的大刀就抵上神木精靈的脖子。神靈心頭的疙瘩總算解開了，男人這般抿著唇的陰鬱神情才是祂熟悉的模樣，他笑起來確實好看，但那份快樂也只存在過去還沒有受到傷害的回憶裡。

「告訴過祢別殺人！從今以後，祢就是白派急欲除之的禍害！」白掌門再也無所顧忌，對神靈厲聲咆哮。敢動他的寶寶，活太膩了是吧！

「他們是自願給我吃。」

「少胡扯！」

「眞的。」神靈委屈地看向白掌門，讓白掌門想到觀裡的六弟子，總像長不大的孩子。「大地吸收湧入的人氣壯大，漢人越是擴張，我的地盤就越來越少，那些術士說我可以用另外的方式，讓多出來的人成爲我的力量，他們會進獻活人給我，把我奉爲主神。」

白掌門聽得眉頭緊皺，怎麼亂世淨出白痴？回去一定要和弟子們研究，不能讓南派道教胡來。

「是他們殺給我看，我才學會怎麼享用人命。剛好我也餓了，就把他們一起吃了，有修煉過的靈魂果然美味。」

不了解自然，卻敢自大地與自然交涉。那些人不明白當他們說服神靈人類可吃，就代表他們成爲現成的食物。

「大人，這是不對的。」

「人類反反覆覆。」

「我比較喜歡您那雙翡翠眼珠。」白掌門直視著神靈，手上的刀鋒連祂的長髮都不忍心割去。

神靈偷偷摸上血紅的雙眼：「不好看？」

「很可怕。」白掌門實話實說。

神靈聽了歪著頭，白掌門竟然從本質不同的祂身上，見到妻子的影子。

「怎麼有一種痛苦的感覺？是因爲在乎你嗎？」

「祢有山川大地，別在心思放在一個老頭子身上。既然那些人是自作自受，我也沒必要指責殺生的刀劍，但是輕賤生命和搶人家的寶寶就是不對。」

「可是，你不是不要了？」

「對，不要了！」白掌門過去抱起蜷成春捲的小徒弟。「好重、眞重，我替祢扔到山谷去。」

神靈站在原地，想了好久好久，等白袍男人跑得不見蹤影，才發現祂似乎被騙了。

白掌門一直逃到山下，在一間土砌簡陋的天妃廟裡尋求庇護，才敢稍作喘息。

「小七，傷到哪裡，給師父看看。」

「沒事……」說話聲幾乎含在嘴巴裡，更讓人覺得有問題。

白掌門只是照平常那般去摸摸那顆腦袋瓜，但才碰上就被躲開，他只好揪住小七身上那件破爛得像是乞兒的新衣服，把快縮到神桌下的小徒弟捉回來。

「那些話不是出自我眞正所想，我們一起生活那麼久，你難道不能分辨眞實與謊言？」

他過去所教導的弟子，多是經歷過許多波折、早熟或者聰慧，所以他忽略了這只是個年僅七歲、旁人從不希望他成長的孩子。

「師父，我分不出來……」

當小七抓緊衣襬說出這句話的時候，白掌門才意識到事態嚴重。

「過去對您做了許多造成困擾的言行，容我收回，非常過意不去。」那孩子趴伏在地，向他深深一叩首。

白掌門不由得昂起頭，收回什麼？

小七又恍惚站起身子，朝小廟中的神像拜了再拜。

「承娘娘不棄，收小七爲義子……」

老人家不經嚇，白掌門覺得他的心臟一天下來，沒有承受更多意外的力量了。他捂住小徒弟的嘴，把孩子急步帶出廟門，才朝南方濱海威望最盛的地方神祇謝罪。

白掌門帶小七到村子的井邊清洗，看他自動自發從桶中捧出一手清水，慎重洗淨自己狼狽的臉，重新整理好衣物。

「是我踰距了，請帶我到下一戶人家。」

白掌門看著他悉心呵護多年的孩子如此絕決和自己劃清界線，不再多說什麼，牽著他往前走。身上的金葉子錢袋不知被溪水沖到哪裡去，中午白掌門只是用僅存的銅錢和小販買了一串麥芽糖，小七接過也只是拿著，一口也沒吃。

兩人沉默走了一整個白晝，才回到熟悉的路上，當雞鴨青菜稻田所構成的山間庭園牢牢實實出現在眼前，小七才鬆開白掌門的手，拿著那串融化的糖，不知所措站在白派大門前。

「對不起，沒有人要……」那孩子回到了熟悉的地方，竟然爲此感到抱歉。

白掌門這一刻眞切體認到，師父和父親還是不一樣的，他又不是那群隨便生活的徒弟，怎麼會老到搞混？

大門洞開，裡頭衝來數名白袍青年，見到他們一大一小，說話聲便炸開黃昏的山徑。

「師父，伴手禮咧！」

「師父，有沒有被婦人還是阿婆搭訕？」

「他竟然有糖吃，我沒有！」

「師父，早說你只要報上黃匠師的名號，無往不利。」

「錢還夠花吧？這是我十年來的積蓄呢，哈哈哈！」

「你們安靜點，沒看到情況不對勁嗎？」

橙朱噓了聲，大伙才閉上嘴，重新省視面無表情的白掌門和腦袋低低的小師弟，沒錯，果然詭異得很。

「這隻小的你們先顧著，我去休息，別來吵我。」

白掌門穿過散開的人牆，頭也不回地走了，剩下一無所知的徒弟們收拾殘局。

「七寶寶，你惹師父生氣啦？」靛紫率先湊過去，蹲在小七面前說話。

「阿紫師兄，我能賣多少錢？」

橙朱立刻把手貼上小師弟的額頭，鄭重告知其他發傻的師兄弟，沒發燒。

「吃了那麼多米飯，眞是過意不去，多重的活我都能幹，希望能賣個好價錢。」小七端正行了禮。

「就說他腦子壞掉，你們就是不相信我！」彩衣在這時候發出無謂的聲明。

「秧兒，發生什麼事都跟哥哥說。」黃穗溫柔地拍了兩下手，這個倒是眞的腦子壞掉。

小七突然想到什麼，趕緊把四師兄送他的藍袍外衣脫下來，遞到靛紫手上。

「我有把破掉的地方補好。」

靛紫收起嘴邊的笑：「你是什麼意思？瞧不起我嗎？」

「小紫！」橙朱喝斥道。

小七捧著衣物，腳上只剩一支白鞋子，怔怔站在原地。

「小師弟，先別管你小心眼的四師兄，我跟在師父身邊那麼久，沒看他像今天難過得說不出話，到底是怎麼了？告訴大師兄……我才是大師兄，你給我滾去煮飯，老二！」

蒼穹和碧海已經努力為大局忍耐過，但對方總是得寸進尺，令人忍無可忍。

「我要離開白派，到別的地方去，感激你們這些年來的照顧，小七無以為報。」

「真是沒良心呀。」靛紫手一攤，轉身走回白派道觀。

「你怎麼能對師父說這種話？」橙朱不敢置信，也擱下孩子，往白掌門休息的房間跑去。

「你是誰？」突然認不出人的黃穗被兩個大師兄拱回道觀裡。

「唉，等一下飯好了就進來，別在院子裡待太久。」還要負責一門伙食的碧海蒼天不得已先去忙份內的事。

剩下彩衣捧著頰坐在門檻上，不禁幸災樂禍。

「你不是要走嗎？還不快走？」

「抱歉，再讓我想一下子，一下子就好。」

可是他想了很久還是沒有答案，從小在白派道觀長大的他，根本沒有任何地方可去。

開飯前，蒼穹和碧海聯手把晚膳端到師父房裡，因為他們不敢一個人來探口風，所以就算對方很討厭，還是要一起來壯膽，這就是大師兄悲情的宿命。

白掌門把那隻小徒弟經常抱著睡的布兔子塞到枕頭下，才讓他們進門。

看著面容相同的雙面鏡，白掌門就想起以往他偶有小恙，都是小七端著托盤、千辛萬苦把飯菜送到他面前，小小的身影總是隨侍在側。他常在心裡向已逝的師父謝罪，徒兒不肖、弟子有違師命，一邊把孩子招呼上床。

他的心已經塞滿了，即便白派聲名大噪，屢屢有人要拜入門下修行，但他不會再收任何弟子。那群不肖徒弟明白他的心意，寬慰他說：我們像您兒子，小七像您孫子，您這輩子爲別人夠累了，含飴弄孫也沒什麼不對。

雖然他狠狠教訓他們一頓，但他們一點也不把白派規矩放在眼裡，敬愛他、疼愛他，逕自把擔子往身上擔。成全就是要犧牲，他們就算成年了、能夠各自高飛，還是屈居在這一隅之地，用這些年的表現向他證明——

我們不需要掌門一個人揹負重責，只要有師父和這群兄弟就夠了。

白掌門略微闔上眼，這些年來他到底教了什麼，怎麼會變成這樣？

家人和世人，向世人付出是本於對家人的愛，偏離道法，因其不完滿。愛人所以捨己爲人，而不是爲了想讓師兄弟輕鬆一些，不情願也把工作扛下來，他們的感情始於這棟大厝，給的卻是外面的世界，收取和給予無法成循環的環，家人終究會被犧牲。

會變成這樣，都是因爲他偏愛幼子的緣故，然後過錯就落在七弟子的頭上。

「蒼、碧，除了教導你們之外，我從來沒這麼挫敗過。」

「哇啊，師父您好過分！」兩人異口同聲叫道。「小七在外頭就是不進屋裡，有彩衣盯著他，暫時不怕他想不開亂跑，您過去勸個兩句，他一定就會回來了。」

「『白派悲天憫人，感謝師父大恩大德，小七在此別過。』」白掌門模仿小徒弟堅毅的口吻說道。「他以爲我只是可憐他。」

那句「誰會喜愛沒有血緣的棄子」深深扎進孩子的心裡，話裡確實有幾分眞心話，只不過棄子換成養父。

如果徒弟們有天要離開他，那也是沒辦法的事，就像老掌門以前聽說他想到南方去開墾，也只是說：南方好天氣，只是種不了大白蘿蔔，師父以後就沒有蘿蔔吃了。阿雪你好狠的心，師父從前可是抱著你入睡，每晚說異談給你聽，你敢走我就在白派門口打滾給你看！沒良心的兔崽子，有金盞就不要師父了，嗚嗚嗚！

……似乎回想到不堪的過去，明明是白霜叫他一起到江南一趟，師父不敢兇白霜就來纏他，這絕對不是個能參考的例子。

他的思維還是老派的農家思想，希望在他終老那天，那孩子能陪在他身邊，不離不棄。

「你們先把他帶回屋裡，檢查他身上哪裡有傷，應該有不少瘀青才是；給他擦藥，找件大一點的被子給他，他睡覺喜歡把自己捲成麻花，你們其中一個陪他睡好了……」

「師父！」

「幹嘛鬼吼鬼叫？」

「您怎麼不去？您說一個字抵上我們十句話。」

白髮男人只是無力地說：「他還認我嗎？」

蒼穹和碧海回到前線，對圍在大門邊的眾師弟搖頭嘆息，看看外面縮成一團的小白點和屋裡暗自神傷的蘿蔔王，他們師徒倆的脾氣還眞是像極了，想太多又愛攬過，希望小師弟以後可別變成師父那樣，以打孩子爲樂。

「都和師父去玩了，還囂張什麼！」彩衣再也忍受不了，挽起袖子要用拳頭讓呆寶寶明白以後不可以搶師兄的東西，卻被其他師兄捉住，關到儲藏室去。

「那團雪花糕可眞像我可愛的妹妹。」黃穗觀察良久，說不出個所以然，也被趕到一邊去。

靛紫抱著雙膝背靠著門板，頭上三個師兄都以鄙夷的眼神看著這個敢兇小孩子不敢當的貨色。

「小紫，以後沒有人會叫你『阿紫哥哥』了。」橙朱故意嘲弄，靛紫悲慘抱上美人大腿，被用力甩開。「別碰我，賤民！」

「好狠……」蒼穹和碧海看了都瑟瑟發抖。

橙朱跨過隔離他們和小師弟的門檻，站定在小七面前，在孩子出聲說傻話之前，直接抱回他該待的地方。

六個年輕人圍著一個孩子吃飯，看他抓著勺子，一口飯一口菜往肚子裡吞，好不容易才從他嘴裡套出事件始末。

「你以爲師父不要你了？而師父也以爲你不要他了？」雙面鏡一陣感慨，像他們就完全沒有心意不相通這回事，而是太相通了。

小七睜大眼珠，怯生生看著依然待他溫柔的師兄們。

「沒想到師兄們簡單的腦袋能把事情簡化得這麼清楚。」橙朱微笑，但怎麼聽都不像稱讚。

「小七，其實每個人七歲的時候都會被丟掉一次，這是人生的歷練，不用太在意。」靛紫找回師兄的定位，就是捉弄小師弟。

「眞的？」小七反問的當下，眾師兄不禁露出複雜的神色。

「眞的。」

「阿穗，你幫什麼腔？」蒼穹還是碧海其中一個提出質疑。

「好兄弟。」靛紫攬住黃穗的肩，彼此眉目傳情一番。

「所以，師父沒有不要小七的意思？只是規矩？」小師弟急欲弄清楚眞相，但他頭頂的師兄卻不這麼想。

「很遺憾地，我們是被丟後又被師父撿走，而你是註定被扔出家門的破敗棉絮，師父不要你了！」

「對，不要你了！」

小七緩下咀嚼的動作，身子開始不規則抽動。

很好，快哭了。

「你們少無聊了，別鬧他。」橙朱板起臉來，大家都或多或少懾於老三的威勢。「小七，好好吃，吃完這一餐，三師兄一定會給你找戶好人家，你以後到人家家裡，記得要乖巧，也別在心裡責怪師父。」

「嗯，不會怪師父……」小七聽了，淚水立刻在眼眶中打轉。

「甘拜下風，這才是眞正的壞人。」眾人讚歎著，看橙朱溫柔而殘忍地撫摸小師弟的白髮。

當那顆晶瑩的淚珠啪地一聲落在地上，綻成小朵水花，他們心頭有種大功告成的成就感，但接下來的事態就不是他們所期望的。

他們小師弟沒有聲音地哭著，看得出來是拚了命才能不發出任何泣音，淚水嘩啦啦地淌了整張小臉。

過去回憶在白派眾弟子腦海中繞啊繞著，眼前哭慘的孩子是師父大人最疼愛的小徒弟，世人只要手紋少一條就會大驚小怪，但在這裡白髮異瞳可是小寶貝的標記，要是被師父知道他們把小師弟弄哭了，等下就會提著白刀出來，把他們這群孽徒千刀萬剮，死有餘辜。

「別哭啦，只會哭，一直哭！」彩衣過去扭緊師弟的臉頰，討厭他哭花的臉蛋。

「彩衣，別嚷嚷！」被師父發現，死期就到了。

「哇啊啊，你這個笨蛋，笨死了！你害師父回來都沒有跟我說話，也不跟我們一起吃飯，被丟了正好，這麼笨的小孩才沒有人要！」

孩子停下淚水，怔怔消化完彩衣的話，然後哭得更加洶湧。

「這蘿蔔好多汁啊！」

他們不是不想收拾殘局，在旁邊瞎說風涼話，但小師弟一直是個很乖的寶寶，他們也早就過了放肆哭嚎的年歲，壓根不知道該做些什麼。

橙朱拿出繡花的巾帕，給他擦鼻水抹眼淚。

「三師兄……母親、母親會來接我嗎……」

他好不容易才想起自己還有一個歸宿，橙朱的手懸在半空。

小七趕緊嚥下口中的食物，收拾好碗筷，快步跑向大門，就待在門口，往通往山下的路望去。

「直接告訴他除了我們門派，沒人會要他的，舉個手。」

沒有人反應，包括提議的靛紫。

「是我把情況弄得更糟。」橙朱只是想，難過的話，哭出來比較好，沒想到會讓小師弟想起他們編織出來的母親美夢。「他昨天明明笑得那麼開心，怎麼會這樣呢？」

「雲越來越厚/會下雨。」蒼穹、碧海同時望向外邊，隨即有志一同，一人一邊把寶寶捉回來。

被丟棄是不好受，但也沒必要難過成這樣，像過去他們被父親/母親拋下，也只想著要活下去，不管怎樣的日子都不會比肚子餓的日子還差。啊，唯有一樣，他們是寧願再做乞丐也不願意面對。他們突然明白小師弟到底爲什麼而哭。

要是師父不在，沒有師父的話，活著就會變成一件悲傷的工作。

半夜睡到一半，蒼穹和碧海被橙朱用力打醒，迷糊看著兩人之間空空如也的間隙。

「小朱妹子，打得好，我剛才作了被丟在港口的惡夢，師父竟然丟下我選了他，太沒天理了，不過下次你還是小力些，肺都快吐出來了……」

「小七呢？」橙朱問道，靛紫從外頭巡了一圈回來，表示大門深鎖，小師弟個頭小，勾不到門栓，不可能出得去。

「沒有人離開，這個道觀已經成了密室。」黃穗清點完機關，向橙朱報告。

「怎麼辦？以前和小師弟玩捉迷藏，他從來沒有輸過。」

「那是因爲當鬼的都不是我！」彩衣哼出鼻息，其他師兄沒想到有天也會對六師弟抱予厚望。

「動物的嗅覺的確比人類好。」

「想打架嗎？」彩衣咧出白牙，黃穗提議改天。「這是他的小白鞋吧？師父買給他的小白鞋？」

「對。」同一件事何必重複兩次？不過大家都知道彩衣會一輩子耿耿於懷。

彩衣低頭嗅嗅，便滿懷自信從大通鋪出發，尋找小白點的下落。

他們到了神壇，彩衣大指一比，人就在這裡！

「我早就找過了。」靛紫說，那地方太適合藏小孩，憑小師弟的個性，八成也會躲在這處檀香繚繞的位置，但神壇下的紅布巾掀起來，什麼也沒有。

彩衣面子掛不住，但他自認不會有錯。

「下面有不少暗道，我也找過了。」黃穗說，眾人立刻感到腳下很不安穩。

「怎麼了？」

這個低沉又深具威嚴的嗓音一出來，白派弟子們頓時呆立不動，一會兒，才敢轉身面對疲憊不堪的師父大人。

「師父，您老人家這麼晚還沒休息呀？」蒼穹和碧海不自覺拔高音說話。

「本來睡了，被你們師祖從夢裡踹下床。」

白掌門走上前來，毫不猶豫低身往神壇下探去，從空無一物的四腳方桌下，抱出一個哭紅雙眼的孩子。

「小七。」

「師父……」

「你吵到白派先祖的安寧，別哭了。」

白掌門放下手中的孩子，小七垂著頭，不敢抬頭看。

「我總有一天會把你丟下來，身爲白派弟子，哭成蘿蔔乾，成何體統？」

「師父，大半夜的，你就別罵小孩子了。」

「惦惦！」

小七往白掌門和他平高的胸膛靠過去一些，他哭得腦袋不清，很想接近又不敢再留戀。

白掌門只是遲疑一會兒，便把孩子整個埋進懷裡。

「我知道人都會被拋下，但我眞的很捨不得丟下你，不管你去哪裡我都怕你被人欺負，你就是個呆寶寶……」

小七努力地張開嘴，想告訴養育他長大的男人沒有關係，他可以一個人好好活下去，但卻只發出泣不成聲的呼喚。

「師父……師父……」

等白掌門撫摸著孩子的背脊，直到他哭累睡著，才扛著寶寶起身，而旁邊還有六個紅著眼眶的沒用兔崽子。

「在我死後，你們一二三四五六，好好照顧他。」

「這是遺言？您老人家老當益壯，越活越年輕，不會比我們早死的。」

「胡說八道！」白掌門聽了老大不高興。「話語自身有其力量，你們又是修道者，最忌諱鬼話連篇，而且竟然敢弄哭我的小白點，明天早上，你們就知道我的厲害！」

「師父，始作俑者可是您耶！」

「閉嘴！」

彩衣過來拉扯白掌門衣襬，白掌門只好空出一隻手來摸摸那顆腦袋，彩衣就蹦跳著回去睡覺。

有一就有二，有二就有三，更何況白派門下有七弟子，年長的眾徒弟向白掌門迸射出一種如夏陽的閃亮目光。

「師父——」

「一群大男人，撒什麼嬌，多噁心！」

白皓雪，白派現任掌門，臨危受命，學道非專，但果敢堅忍，又心懷樸慧，不捨亡路棄子，收七子皆為人傑。白派能成其大業，居功之善。

就是因為他捨不得，才會有他們這群傷腦筋的徒弟。

而且當他們五個健壯的弟子步步朝師父逼近，抱著熟睡小徒弟的白掌門用力皺起眉頭的樣子，便想起當初揮動拳頭，就嚇得他們四處逃竄的師父，如今也不過是一個表情兇惡但其實五官相當溫和的男人。

「時間啊，真是個美妙的東西。」

「人生不過一輩子，給我們抱一下又不會少塊肉。」

「除非您真的狠心把小七丟掉，憑現在的您，打得過我們五個嗎？」

「呵呵呵，我們來了，阿雪哥哥！」

「你們這群孽徒！」

□

白派紀年，小師弟，七歲半——

自從半年前誤以為自己一定會被丟掉，他們派裡的小白蘿蔔就再也沒說過嚮往外面世界的童言童語。師兄們有些惋惜，小師弟抱著布兔子坐在門檻捧頰的景象成了絕景，也變得不太聽話，出門前，教他乖乖待在觀裡，他卻跑來拉住他們的雙手，延得了一時是一時。

「師兄，什麼時候回來？要快點回來喔，我會很想你。」

目前能抵擋這句話的只有彩衣，以沒良心著稱的靛紫曾經走到山腳，又衝上山對七寶寶蹭蹭抱抱好一陣子才離開。即使如此，他們還是不敢懈怠工作，怕任務有任何差錯，師父會責怪到小七頭上，只能在路上全力趕路，減少一些分離的時間。

蒼穹和碧海有次回去，下大雨，還不到道觀，遠遠地就看到一圓白點撐著兩把傘。他們過去，沒責怪他怎麼一個人跑出來，只是用手換傘，一人一邊把他牽回道觀。

「唉！」一二三四五，白派五名弟子不禁爲七師弟嘆息一聲。

今個七月半，官府和幾個大氏族一起宴請島上的法師道者，他們五個白袍坐一桌，太醒目了，讓他們想聽師父的話低調行事都無法。其他門派頂多拿到一份請帖，來的都是掌門人，他們白派卻是一人一張，而且師父還蹺掉去處理兩個山頭外的番漢之爭。

「老六太卑鄙了，竟然說要照顧小師弟。」

「不來也好，那麼多道士，要是他被抓去剝皮，師父就會剝咱們的皮。」

「哇，這飯菜眞好吃！」兩名長師兄又去要了一碗白飯。

「師兄，去別桌，這裡只坐人。」橙朱笑著說，蒼穹和碧海趕緊把嘴裡的食物嚥下。「你們聽過鴻門宴嗎？」

「有有，你唱過，好像是劉備和關公。」雙面鏡討好似地回答，卻被貌美如花的三師弟踹膝蓋。

靛紫攬住橙朱的香肩，安撫安撫美人。

「你討厭應酬，就先去逛逛吧，買些胭脂水粉。」靛紫把一枚金戒放進橙朱手心，橙朱卻反手折他的手腕。

「你又扒竊？那種沾滿骯髒氣味的東西竟然敢放到我手上！」

「冤枉啊，我的好娘子，這是我剛從洋船換來的聘禮。」

橙朱聽了靛紫再三保證，才把戒指收到腰帶裡。另外三人用詭異的眼神盯著他倆好一陣子，橙朱咳了一聲，回到正題上來。

「我要是不在，不曉得你們會鬧出什麼事。」

地下掌門的稱號可不是叫假的，師父之外，也只有橙朱一個能叫得動形同散沙的師兄弟。

「有師姊在當然安心不少。」黃穗沒動筷，專注刻著手中的竹笛。「沒想到才幾年的光陰，生人變得比熟人還多。」

南方大亂，幾個打著復國旗幟的王朝遺族還沒抵禦北方的強敵，自個兒就同門廝殺起來，大明氣數已盡。皇室更篤信道教，妄想藉由非人的力量重拾往日榮華，採信歪道邪術，視人命為草芥。

「他們敗就敗在挑上一個無辜的稚子當作祭魔的引子。」

皇族作威作福太久，以為權勢可以逼迫任何人就範，不過是一個父母早喪的棄子，踩成爛泥也不會有人掉一滴淚。

但隨侍的術士其實隱隱感到不安，因爲那個選中的孩子，說他姓「陸」。

雖然只是傳言，許久沒聽聞過那人的事蹟，但不管是要拐賣孩童的妖婦，還是偷魂爲養生的偏門，法師都會避開那個姓氏，已經是修煉者不明說的共識。

祭禮當天，王爺酩酊大醉，搖搖晃晃拿著血紅的彎刃，到壇上親自割破牲禮的喉嚨，但當他舉刀的那一刻，狂風大作，方圓十里飛砂走石，站在陣法上的四十九名術士跑了十來個，他們知道，那人來了，榮華富貴也比不上寶貴的小命。

風靜下，一身星藍袍子的小童拖著長劍來到祭壇前，穿過數百名侍衛，如入無人之地。

「哎，那是我家的孩子。」童子和王爺打了照面，再轉向哭泣的祭品。「不怕不怕，叔叔來救你啦！」

「你是什麼人！」

「吾乃陸家風水師。」童子笑道。之後，南方道界大震。

四人興味盎然聽橙朱描述那以一敵千，幾乎是戲曲才有的眞實場景。

「這麼威風？」靛紫被逗笑了。

「那童子才七、八歲的樣子，和小七差不多大。」

他們看看外頭偏西的日頭，這種時候他們小師弟大概抱著布偶在師父床上打盹，作著一門團聚的夢。

「眞想回去揉揉小白點的頰肉。」

白派眾弟子又嘆口氣，與其坐在這裡爲人魚肉，還不如回去逗小師弟玩。

「另外，中原也流傳出『天授神器，有神器者，爲天子』這種鬼話，而那把神器被白派的叛徒帶往蓬萊，有人就爲了無憑無據的傳言，坐船過來找我們麻煩。」

四周的人們猛然起身，桌椅撞出雜音，被人群包圍的白袍青年們依然氣定神閒坐在他們專屬的座位上。

「他又沒說你們是戰敗之犬，不要臉還來這裡搶肉，何必如此？」黃穗一邊漫不經心說著，一邊試著他的新笛子。

「你們白派自以爲是島上的主子，管遍大小事，明明就是背叛師門的雜碎。」旁人大喝道，自以爲是見義勇爲的壯士。

「嘿，他污衊咱們師父呢！」靛紫活動一下筋骨。

「報上名來，無名小卒。」雙面鏡挽了左袖，又挽了右袖，動作分毫不差，有人竊語說他們用了分身的妖術。

那個帶頭喧譁的傢伙約莫三十出頭，留了一撮山羊鬍子，恨恨指著他們。

「你們這群狂妄小子！」

「小子？」白派諸位弟子臉色變得怪異，這種時候笑太不給面子了，他們只能忍住。

靛紫伸手摸摸橙朱的下頷，肌膚吹彈可破：「仙女姊姊果然是駐顏有術。」

蒼穹和碧海分別往自己虎口吐了一口氣和茶水，他們習得的法術頂多幫他們造一把隨處可生的元素劍，但這樣也就夠了。

看這些南派道士拿出大把黃符，又忙著起乩和禱告，而且有的還沒準備妥當，有人就喊出那聲豪氣的「上！」，害白派眾弟子不得已先把戰力全無的部分解決掉。

「這是鬥法，你們怎麼可以用刀劍拳腳……哇噗！」

「讓你們見識一下北方男兒的豪氣！」師父這些年來對他們的諄諄教誨便是拳頭就是力量，打得敵方落花流水。

黃穗不急不徐拿出七個木人，把它們拼湊成一位，再以笛音操縱木人，用這群人肉沙包練習他的新作品，只要讓木人模仿橙朱的動作，便可橫掃萬夫。

「這女人太——強——了——」

屬於橙朱那方的戰局，臨死前的讚歎聲此起彼落，神不知鬼不覺在人背後捅刀的靛紫也忍不住插話：「各種方面來說，的確是呢！」

白派不使太複雜的法術，也就沒有辦法用南派擅長的術法來對付；說他們是掛著道士之名的武夫，偏偏符咒和陣法都擋不下他們，輕易瓦解各家門派的路數，其中出言中傷白掌門的那個，還被三人抓著掌嘴。

「住手，諸位，看在我的面子上，停一停。」

說話的是名年輕人，雙手挽在袖口裡，下巴留著鬍碴，儀態大方，面相和善。

橙朱抬高手，他的師兄弟便撤回原本閒扯的餐桌。他注意到當年輕人進門，那些新渡海而來的中原術士立刻收手，向年輕人投以敬畏的目光。

「白派的前輩們，失禮了，在下龍虎山張衡。」年輕人端正身姿，向他們鞠了躬。

蒼穹和碧海湊到橙朱耳邊：「他誰啊？爲什麼篤定我們認識他？」

「師兄，大明以降，只有一門被封爲天師。」橙朱揪住左右兩片耳朵，輕聲告知他們對方來頭有多大。

「這個眞可愛，我第一次見到這麼精巧的機關木人。」張衡朝木人勾勾手指，木人遲疑一會，還是跑來，乖巧地伏在他掌心下。

「謝謝。」黃穗一開口，就是承認自己的法術被破除了。

張衡逗弄完木人，打量他們五人，又熱絡說道：

「實不相瞞，我和你們大師兄打過照面，不過他似乎不在。」

「大師兄？」蒼穹和碧海納悶對看一眼，還有誰要和他們搶？

「就是白髮那一位，總板著臉，看來不好相處，但其實相當可親。」張衡說的那人根本就是他們家的蘿蔔王，誤會可大著呢。「他說了不少你們的事，把師弟當作自己孩子，尤其說起最年幼的小七師弟，眉宇間盡是溫情。」

張衡一番話讓他們好感大增，會和師父聊天的人絕不是雜碎和廢物。

「盟友！」雙面鏡左右拍打張衡的肩，表示友好。

「師兄，收回你們的手。」橙朱還在考慮該用何種態度面對他，地位和實力這麼高的道士他們還眞是從未交手過。

「你的髮冠眞好看，不如給我試試。」靛紫上上下下檢查過，最値錢的東西就在他頭上，是古董美玉。

四周的人斥責靛紫無禮，而張衡面不改色地摘下玉冠，青絲四散，把東西鄭重放在靛紫手上。

「區區髮冠，兄台不嫌棄的話，就送你吧！」

他們頭一次遇到不想揍靛紫的人，不得不說眞是好氣度。

「希望日後眞像諸位前輩所說，我們能成爲盟友，共同守護這片地，讓百姓不再陷入水火。」

張衡向他們行禮道別，翩然離去。各家門派不由得因心嚮往之而邁開腳步，陸續追了上去。

「太好了，都走了，把酒菜包一包給師弟吃。」

蒼穹和碧海忙著眼前事，橙朱卻不由得想著未來，那人以後會是這裡的領袖，他比白派了解人性太多，也不介意低就，容人者，才能成大事。

「我們稱霸臺員的日子不多了。」

「沒差啦，白派又無所謂。」

「而且咱們師父心裡恐怕只念著兩件事。」

「一、把小師弟養得白白胖胖。」

「二、看小師弟平平安安長大。」

□

這一天，師兄們下山赴宴，道觀沒人在，小七早早起身，努力把偌大的道觀打掃一遍，到園子裡捉菜蟲，中午從甕子裡取了兩塊雜糧，燒一鍋菜湯，去叫六師兄吃飯，可是清晨才歸來的彩衣死都不要從被子裡出來，他只好一個人先填飽肚子，把留給師兄的飯菜蓋上竹籠。

午間過後，他感到有些睏倦，到床上小憩又睡不著，便抱著縫了又補的布兔子，到大通鋪去。

「彩衣師兄，可不可以一起睡？」

「唔嗯。」彩衣模糊應道，他正夢見自己在果園裡逍遙，吃得肚子撐。

小七收到許可，安靜掀起被子一角，也鑽進被窩裡去，把彩衣抱個滿懷。

一會兒，彩衣才發覺不大對勁，小師弟的側臉在他眼前放大，睡得可香甜。

「碰」地一聲，被窩整片撐起，彩衣從小七的腋下伸出修長的手腳，把扒在他身上的白糰子給掙開。

「你在幹嘛！被白麵皮包覆的感覺很噁心，好像我是餡料一樣！」

「對不起，因爲師兄毛茸茸的。」

「這什麼話！難道我會因爲你香香軟軟就把你煮來吃嗎！」

這句話提醒小七，他說：「六師兄，桌上有午飯，要記得吃。」

彩衣想要扭緊師弟的臉皮，讓它又紅又腫，狠狠欺負他，但身爲連飯也不煮的師兄，只能用力拍打對方的腦袋瓜。

小七彎起眉目，滾到彩衣懷中。

「我又沒准你可以抱！」

「彩衣師兄。」小七綿軟喚著。

「不要煩我！」

「彩衣師兄。」小七只是又賴過去一些。

山上一年到頭涼颼颼的，多了一個現成暖爐，彩衣實在沒理由抗拒，絕對不是因爲覺得這孩子實在可愛得緊。

兩人頭腳依偎，恬然睡著，不知過了多久，外頭傳來碰碰敲門聲。

彩衣不想起來，他也沒感到什麼人氣，便按下寶寶腦袋，說是風聲。

「不對，有人。」小七鑽出被子，蹦跳著去應門。

彩衣睡了一會，突然從被窩裡跳起，白袍隨便一披就趕到大門邊。好在那團白點還在，不然他就得燒了自己的毛皮謝罪。

「怎麼了？」彩衣質問，他總覺得不太對勁，有種被闖空門的討厭錯覺。

小七怔怔撫著自己的白髮，感覺留在上頭的餘溫。

「六師兄，剛才有個很漂亮的人，頭髮很長、金色眼睛，要我當他的小孩。」

彩衣睜大眼，過來闔上大門，把小師弟拎起來，帶離和外面世界接觸的大門。

「我跟他說不行，這裡有師父和師兄，我不能跟他走。」小七解釋道，要彩衣安心。「那人只是和善笑了笑，然後就不見了。」

彩衣大手壓在小七頭上，狠勁搓揉那頭白髮。

「你這隻小七犬眞是失職，下次被捉去燉肉就不要說我是你師兄！」

小七拉住彩衣的衣襬，仰起小臉：「彩衣師兄。」

「別叫了，叫不停！」彩衣不耐煩地把白毛仔抱起來，就要帶去灶房煮掉。「這麼黏人，你一個人在觀裡怎麼過活？」

「想你、想師父、想其他師兄。」

彩衣聽了不太高興，揪緊小師弟的右頰，但懷裡的人兒還是義無反顧用小手圈緊他。

「呆寶寶，你總不能讓師父掛心你一輩子。」彩衣撫起孩子的軟髮，細細親吻他的額際。「我遇到師父之前也是一個人，堅強又努力地活了下來，如果有一天只剩下你了，你也要像師兄一樣，勇敢活下去。」

孩子傻了好一會才說：「小七明白了。」

眞是懂事啊，但不知爲什麼，彩衣聽了眼眶卻有些酸澀。

# 第五章

秋末，白掌門把奔波在外的遊子們叫回來，白派眾弟子以為是稻田收割欠人手，沒想到竟然是要商討正事。

六名弟子排排跪在掌門三尺外的距離，看著師父，想著晚飯，直到他們師父在手上喚出白刀，他們才感到茲事體大。

「你們也聽說了這把『神器』？」

「是的，流言比七月那時更誇張了，不僅可以當皇帝，還能長生不老。」橙朱說得感慨，手指不禁撥弄懷中的玉墜子。

「不過師父您也別擔心，那些敢來招惹我們的全是無知小輩，兩三下就教訓回去，我依然英俊瀟灑。」靛紫只是想讓師父寬心，至於為什麼師兄弟會噓他，他就不清楚了。

「多虧這件事，我又碰上新庄的人。」黃穗還沒說完，蒼穹和碧海立刻蹦起來，義憤填膺。

「我沒事，我一直很正常啊。我就跟他們說，神器就是我造的，沒想到這種鬼話他們也信。」

「難怪傳言越演越烈，幾乎把白派道觀說成通天的捷徑。」比敵人更可怕的便是一群惟恐天下不亂的師兄弟。

「穗兒，還有什麼？」

「他們捧了三個骨灰罈，說是我爹娘還有妹子！莫名其妙，我家人可是好端端在這兒，對不對？娘。」

眾人沉默一陣，橙朱叫靛紫讓了位子，把黃穗的腦袋壓到肩上，黃穗還朝白掌門嗤嗤笑著。

看樣子，老五是打擊大到壞得徹底，好在及時把人叫回來。

「他們到底在搶什麼？那把刀明明是我的東西，師父當然會把最好的東西留給最乖巧可愛的弟子啦！」彩衣又理所當然說道。白掌門撐著額頭，每次他看到那張白霜的臉說傻話總會頭疼一陣。

這時，白色的身影從門外一路小心翼翼走來，他端著托盤，盤上有七杯熱茶，先向師父跪地一拜，一杯遞給師父；再向眾師兄一頷首，依長幼次序上茶水。

雖然對彩衣感到抱歉，但這個才是白派最乖巧可愛的小弟子，蒼穹和碧海都忘了爭第一，只是左右護著小七，叫他小心燙，可別讓熱茶把雪白的嫩皮給潑著了。

「秧兒，快來給哥哥看看。」

小七聞言，先放下茶盤，快步到黃穗面前。

「五師兄，我會一直在這裡，你不用怕。」

黃穗緩慢地眨眨眼，然後笑了下，重新撐坐起來，靛紫拍拍他的背脊。

彩衣看到他的茶杯裡有顆醃梅果，頓時神色複雜，心想這個白毛仔眞是太卑鄙了，竟然到處討人的寵愛。

「師父。」小七又捧著托盤，朝白掌門一拜。

「好，你下去吧。」

「不是的，我想待在師父旁邊。」

白掌門猶豫一會，正要回絕，小徒弟又殷殷期盼地補了句——

「可以嗎？」

白掌門深吸口氣：「好。」

底下的弟子們望著小師弟歡喜湊到師父右手旁，靠得很近，衣襬都覆在一塊，接下來師父說的話題再沉重，大家也只會關注那個小糯米糰子。

「傳言並不全是虛晃。」白掌門說話時，眼角不可避免地瞄見那顆白腦袋瓜，正好小七也抬起眼看他，傻乎乎地朝他燦然一笑。

「不愧是師父，竟然在小師弟這麼近的攻勢下還能文風不動。」眾弟子肅然起敬，只有彩衣一人磨牙霍霍。

「傳言並不全……唉！」白掌門終究伸出大掌，把孩子壓在自己的側腰上，摀住他的耳朵。「我派當初的繼承人是我的師兄，若非他倒行逆施，前任掌門萬不得已才把神器授與我。他們說我非正統，確有其事，你們別再踩著這點去和別人幹架，下次再讓我發現，我就先拆了你們的骨頭。」

眾弟子唯唯諾諾，但私底下還是會除盡所有說他們師父壞話的傢伙。

「還有，『有神器者爲天子』，是眞的。白派歷代掌門傾盡心力，就是爲了找出白刀眞正的持有者，但『天子』的意思並非帝王，而是上天授與意念之人。天意不可測，能獲得上蒼榮寵，像親生子一般，便是天子，是白派修道的最高境界，便是所謂的『神』。」

底下弟子有的訝異地張開嘴，他們作飯時總會嫌菜刀不夠利，想借師父的刀來用用，哪知道那是那麼了不起的東西。

不過，就算是知道白刃價值的彩衣，還是拿過刀來削果皮。

「我並非存心隱瞞，也不是懷疑你們的品性……阿紫，別眨眼，爲師是留面子給你。只是爲了這把刀，我與從小一起長大的師兄反目成仇。持神器者必須清心寡欲，他之所以不娶妻，斬斷父子、兄弟情分，都是想要成爲神器的主人。」

但即使成了一個無情之人，神器依然沒有選擇白霜。

白掌門年長之後，經歷無數風雨，才終於能正視回憶中那個冷血弒父的同門兄弟，憐憫代替不諒解；也記起以往春日雪融，白霜會一左一右拉著他和金盞走冰河，只要有他帶著，便不用害怕失足，他總是說以後要帶他們到華美的天上世界，永遠相守。

但成神之路是如此狹窄，只有一個人能品嚐高處的寂冷，也就沒有「永遠相守」這種不可能的未來。

「師父，我們已經夠糟了，不會讓您更失望。」靛紫率先開朗保證，還拉著橙朱下水。「他和我同進退。」

「小紫！」橙朱低聲叫道，惶然看向白掌門的神情。

「的確糟糕透了，眞想劈死你們。」白掌門到頭來也只是深嘆口氣。

「只要有人能養我一輩子，我什麼都不要。」黃穗自以爲條件開得很低，但也只有橙朱會收留他。

蒼穹和碧海猜拳猜得手痠還是沒結果，反正只要他們兩個不聯手，打不贏在場任何一個師弟，沒什麼好擔心的。

彩衣盯著白刀，又瞪向師父懷中的白點，他不知道自己在猶豫什麼，根本沒有什麼好遲疑的，但拿了刀就得孤單單生活，就沒有白毛仔可以欺負了。

「我也不要。」彩衣悶悶說道，回頭一定要痛捏小白點一頓。

雖然世事無常，人心難料，但白掌門仍然相信他的弟子們不會讓悲劇重演。

「最後，關於『長生不老』，白派沒有留下任何記載，也並無延壽養生的祕法，只因為你們愛招蜂引蝶，惹來『白仙』這種有名無實的稱號。我呸，你們這群傢伙我從小屁孩一路養大，哪點和仙人扯得上邊！」

「師父，除了你之外，天下人眼中的我們可是白衣翩翩、憑風而立。白派會醫、會武、有仁心，被叫幾句神仙哥哥也不為過吧？」靛紫昂起俊臉，白掌門總算忍耐不住，過去把四弟子的手腳折了又折。

「小七，過來大師兄這裡，別看。」雙面鏡急急把小師弟抱起來，不讓他見到太血腥殘酷的畫面。「師父，阿紫說的也沒錯啊，就是有人看我們年輕貌美，眼紅，才會流出這種謠言。」

白掌門打完靛紫後，回到原位，小七也挨回他的大腿。他低頭望了一眼，又摸上自己的眼角，平滑一片。

「蒼、碧，你們跟了我最久，你們說，我今年幾歲了？」

蒼穹和碧海盯著白掌門平靜的面容，突然明白他想表達的意涵。

「我、我們算術不好，記不清了。」

「胡扯！」

雙面鏡齊齊垂下頭，微聲說道：「五、六十吧？」

師父卻和他們初次相遇的模樣相差無幾，老態全無，能證明歲月流逝的也只有那頭白髮。

「這有什麼不好？我每年都向上天祝禱師父無痛無病，說不定這只是天感念我一片孝心。」

「放屁！」白掌門立刻否定靛紫的眞心話，害四弟子眞的有那麼一點傷心。「不順應自然衰老，即是違天。白派不求身全，因爲我的關係，別派術士覬覦神器神力者越眾，福兮禍所倚，這不是什麼好事，明白嗎？」

「可是要是您老了、病了，乾巴巴躺在床上，我們欺負小七，您還管得著嗎？」靛紫死沒良心地朝白掌門睨著桃花眸子。

「敢動我的小白點，我跟你們沒完！」說到小徒弟，白掌門變臉變得比誰都還快。「時間可是世上最公平的存在，全都起來，我帶你們去『走秋』！」

一般來說，比較普遍的活動是「走春」——冬去春來之後，人們去體驗萬物蓬勃的生機，但現在他們師父卻帶他們去看蕭瑟的秋日景象。

小師弟趕緊穿起之前師父買給他的白鞋，光著一隻腳，在門口等著出發，眼中閃閃發亮。

師兄們一陣慨嘆：果然還是很想出去玩。小孩子心性嘛，不過帶著小七寶寶也讓師父嚴肅的口吻放輕三分。

「萬物循環，生便會死亡，死了才有生的機會。」白掌門比向一株倒木，四周長出茂密的草叢。「如果時節在這時停止不動，會有什麼後果？」

「沒有果子吃。」彩衣舉手，白掌門實在沒辦法說他不對。

「秋天不去，冬天不來，我討厭冬天，尤其是冬天的海船。」黃穗說完，白掌門只能皺眉。

「對嘛，冬衣那麼多件，不好脫。」靛紫意有所指，被痛罵「淫道」也無所謂。

「我們只能等死。」橙朱回答，白掌門吁口長息，終於有個聽得懂人話。

「意思是存糧會吃完，但田裡卻不會長出新苗？」雙面鏡同時尖叫。「這太可怕了！」

白掌門的衣襬被拉了拉，小弟子也想發言。

「這樣的話，師父和師兄就會一直待在這裡。」

「小七，這算是好處，我是問後果。」

「嗯，我知道了。」

白掌門繼續下去：「島上時節變化不明顯，北方這時候，楓林早就整片紅了。唯有時間不停運行，我們才能見到自然的各種面目；明白了變化，才了解什麼是無窮，又無窮無盡，終歸只是唯一。」

頓時，秋風颳過，捲落大片樹葉，僅存枝條的樹林讓山頭顯得有些空蕩。

「奇怪，這邊大部分的樹，秋冬不落葉。」黃穗為了找好木材走過幾片林子，曾鑑定過各區的材種。

白掌門卻覺得這景象熟悉，他自小長大的北方，冬日前，沒有一株樹梢上殘留綠葉。文人悲嘆這般場景，但年幼的他卻滿懷期盼，因爲秋天過了，白雪才會來。

雪花飄下。

「雪、雪、雪……師父，下雪了！」

時間被快轉，空間被置換了，白掌門感到莫名的恐懼，耳邊卻傳來孩子清靈的笑聲。

「師父，好漂亮。」小七伸手去接雪花片，不亦樂乎。「師父就是說我像下雪的小白點，對不對？」

白掌門並沒有多大把握，只是憑著直覺喊住那孩子。

「小七，住手。」

冷得發顫的眾人，紛紛看向那對師徒倆。

「師父，您不喜歡？」

白掌門吐出好幾口白煙，按下起伏的胸膛，盡量和緩口吻，像平時和那孩子說著家常話。

傳說，盤古開天闢地，那把斬開混沌之際的神器就是他手中的白刃。

歷代白派掌門握著一道題目，他只聽過老掌門問過白霜一次。

「小七，宇宙是什麼？」

孩子歪了歪頭，並沒多想。

「我就是宇宙。」

他藏在胸口的白刀，不禁鳴響開來。

神器現形而出，白掌門用力握住刀柄，即使它迫不及待想掙開。經過無以計數的光陰流轉，終於等到能夠駕馭它的鞘身。

「他還只是個孩子，是個傻寶寶。」白掌門不想交出白刀，神器把他視作以往的貪婪之人，鋒利的氣在他的臟腑中竄動，七竅滲出了血絲。

「師父？」

小徒弟只是輕軟喚了聲，白掌門就要支持不住。

「小七，不要恨師父。」

珠玉似的圓潤眼眸怔怔望著他，隨後，他最心愛的白髮孩子小心翼翼環抱住他的雙腿。

「小七絕不會恨師父。」

白掌門不得已放下越加沉重的白刀，把這個重擔加諸在那孩子身上。小七不由得伸手接過，白刀平穩擱在他稚嫩的掌心上，讓神器一點一滴進駐在他的體內。白刀沒有任何排斥，就像它本來就是他身體的一部分。

「我任你爲，下一任白派繼承人。」白掌門用盡全力，才能不帶抖音說盡這句沉重的話語。

小七聽了，很愼重地跪下來，給師父重重磕了三記響頭，才昏厥過去。

「小師弟！」大伙衝上前去，那可是他們的寶貝子，千萬別有什麼萬一。

白掌門只是低身抱緊他的小白點兒，誰都不給碰。

眾弟子中，橙朱最先發難。

「師父，您也知道他心軟，不適合掌門的位子。」

白掌門只是給昏迷的小徒弟披上自己的外袍，橫抱起身，往道觀的方向走去。

「你們到山下探看變異給人帶了什麼災害，見到任何危難，立即施救。」

大多白派弟子不曉得到底是怎麼回事，只是師父大人神情嚴肅得有些可怕，他們不敢不從，但那顆心誰都放不下。

膽敢抗命的只有彩衣，說什麼都趕不走。他這輩子最重要的兩個人就在這兒，哪管得著山下的人們？白掌門快步走在前頭，彩衣不停地追，好不容易快追上了，又慢下腳步，因為他聽見師父壓抑的啜泣聲，難掩悲痛，像是心頭活活挖了塊肉出來。

幾滴滾燙的淚落在小七眼簾上，但他依然睡得死沉，看不見男人痛哭的臉。

他成了神子，從此，再也不是他的孩子了。

小七醒來時，橙朱正憂心撫摸他的額頭，靛紫就站在旁邊，其他師兄也在，他迷迷糊糊認得這是他和師父的房間，卻記不清發生了什麼事。

「三師兄。」小七勉強拉著橙朱的衣襬起身，跪坐在床被上，和各位師兄恭敬問安。

「寶寶，你睡了七天七夜。」靛紫忍不住伸手掐了小師弟鼻子一記，被橙朱斜眼瞪去。

孩子聽了睜大眼，隨後又歉疚地垂下眼。

「師兄，對不起，害你們擔心了。」

「不擔心、不擔心，我們才剛回來。」蒼穹和碧海異口同聲寬慰他們家的小蘿蔔。「擔心死的是師父，你再不清醒，他整個人都要憔悴成蘿蔔乾了。」

小七趕緊下床，要去找師父。兩條小腿七天沒動過，一走路就摔跤，跌得可教師兄們心疼不已，沒辦法，黃穗只好牽著小師弟往道場走去。

一見到端正就坐的白掌門，孩子異色的眼眸亮了亮，三兩步跑上前去。

「跪下！」

小七呆住腳步，不知所措望著從來不對他嚴詞厲色的師父。

黃穗立馬向前，朝白掌門行禮後，依弟子的禮節跪坐下來說話。

「您怎麼了？他好不容易才醒來，禁不住嚇的。」

「你們來得正好。」白掌門環視隨後趕來的弟子，冷冷逼問。「山下的災情如何？」

「無人傷亡，但突來的隆冬凍斃未收成的作物，這個年恐怕有許多人家不好過了。」

「小七，聽明白了嗎？」

「明白。」孩子回覆的軟音不禁有些顫抖。

「你身為白派弟子，卻隨意更動節令，連累他人，給我跪下！」

「我以為師父喜歡雪……」

「還不知錯？跪下！」

小七緩緩屈下雙膝，僵直跪在道場中央。

這一跪，白派眾弟子幾乎炸了開來，他們不能理解白掌門的轉變，但看到他們師父紅了一雙眼，直直盯著他最疼愛的小徒弟。

「小七。」

那雙濕潤開來的眼眸抬起，對上白掌門板得僵硬的臉孔。

「我將會以教導白派繼承人的方式來待你，你明白嗎？」

「師父……」他不明白，爲什麼師父很生氣、很痛苦，再也不對他笑了？

「明白嗎！」白掌門怒吼一聲，嚇得孩子倒抽口氣。

「小七知道了……」

隨後，白掌門起身離去，沒有准許七弟子能有其他動作。那個白髮白袍的孩子就縮著身子，連哭出聲都不敢。

蒼穹和碧海端來一碗湯粥給橙朱，說要去跟師父討公道。橙朱想勸師兄不要浪費力氣，但終究嘆口氣，沒攔住人，帶著那碗粥到小七跟前。

「寶寶，餓了吧？吃點東西。」

他勉強張開嘴，鼻水混著米粥一起嚥進去。橙朱只能一邊餵，一邊給孩子擦著臉，看他拚命忍耐的模樣，著實心疼。

「美人，讓讓。」靛紫大剌剌插進橙朱和小七之間。「哎喲，糯米糰子都哭腫了，給阿紫哥哥抱抱。七寶寶，師哥在這，師哥疼你。」

「紫，師父說……」

「師父說什麼，我一向沒聽仔細過。」靛紫攬住小七的後背，既然他不敢往他懷裡靠，那他就上前抱緊他的小娃娃。「虧你做娘的，也捨得他難過？」

「誰捨得？」橙朱砸了靛紫一拳。白掌門才不會無緣無故孤立起他最疼愛的七弟子，一定有什麼不得已的苦衷。

靛紫感覺到小師弟兩隻小手想要抓著什麼來緩解不安，但又不敢真正伸手。想到自己小時候那麼叛逆，這一隻怎麼乖成這樣，師父都走多遠了，動也不敢動半分。

「抓袍子，袍子是物，抓了等於沒抓。」靛紫最會說瞎話，成功騙得小師弟拉著他的衣袍，那個幼小的身軀才漸漸放鬆下來。「我常常惹師父生氣，等他氣頭過了，就沒事了，會沒事的。」

「阿紫師兄，師父什麼時候才會不生我的氣？」小七仰起臉，不安問道。

「吃完晚飯吧？」靛紫笑著，隨便挑了個時間。

然而，小七就戰戰兢兢一直跪到晚膳收盤子。靛紫遭眾人抨擊，他看著撿著菜尾拌湯汁、小口吃著殘食的小蘿蔔糕，保證下次會記得把人從道場騙上餐桌。

他們留了一份餐點給下山巡視的師父大人，由小七自告奮勇端到房裡。六個大的就在房外看著小白點勤奮地給師父鋪床，還仔細撢好布兔子上的灰塵，坐在床邊等師父回來。

白掌門應眾弟子期盼，月亮高掛前，總算回到道觀。他解了外衣，逕自走向房間，什麼話也沒交代。一進房就看到等著他的傻寶寶，白掌門差一點就像以往把孩子高抱起來，看看他是不是長高、長胖了？但很快地，他記起這是神器的繼承者。

「出去。」

小七往他挪近兩步，他們已經伴著睡七個年頭，那孩子連在夢中都會眷戀地喚著「師父」，讓他捨不得停下撫摸軟髮的手。

「我說，出去！」

小七搖頭，往床鋪退去，抓著棉被一角，師父從懂事就哄著他入睡，有時會親親他的眉角，喚他七寶寶。他好喜歡師父，比母親還要喜歡。

白掌門抓住小七的右臂，用力把他拖向門口。

「師父，不要，我們一起睡……」

「我和你之間，再也沒有瓜葛！」

「師父，小七知道錯了，我們一起睡……」

他想要抓牢那雙溫暖的手，卻被活活扔出房間，看著房門在他面前緊閉，他叫著師父，一直叫著，到喉嚨啞了，房裡的燈也熄了。

小七緩慢踱到大通鋪，揀了一個角落，安靜地蜷縮在地。

過了很久很久，大家都以為孩子睡了，一直不作聲的彩衣，突然踹開被子起身，把那隻淪落臭男人窩的棄犬七給捉到身邊來。

「你這是報應，報應！當初你害我被趕出來，現在你也被師父趕出來，活該！」

小七毫無生氣地靠在彩衣身上，任他揉捏痛罵，一整晚都在想自己做錯了什麼事，明天一定要好好向師父道歉，等師父不生氣了，再回去那個房間，和師父一起作著皎白如雪的夢。

然而，此後一生，他再也不曾回到師徒相依的小房間，再也沒有機會做承歡膝下的單純孩童。

白掌門開始了一絲不苟的鐵鞭生活，其他弟子放牛吃草，全心全意教導年幼的小弟子，有任何差錯就板起嚴厲的面容，強行把一群大弟子幾十年都學不會的心法灌在小七身上，使得師兄們老是聽見小師弟低低地說：「我知道錯了。」

最讓弟子們無法接受的，是那個見鬼的「心神分離」修行，什麼把心和意念分開，才不會影響到世間萬物，喜歡的不可以喜歡，不喜歡的也不能討厭。師父還叫老五準備最僻靜的小房給下一任掌門，把小師弟孤立起來。

師父甚至逼著小師弟收回可笑的祈願，讓他一天天衰老下去。

「把時間還給我，我只是個凡人，終究會死。」

「嗚嗚，師父不會老也不會死！」小七急得哭了出來，師父怎麼罵也說不聽。

白掌門費盡唇舌地教，才讓小徒弟認清師父會越來越老，身體越來越差，然後撒手死去。

眾弟子總忍不住想，師父已經老了，是非不明，忘了他們的傻寶寶還這麼地小，只想和疼他的師父爹爹一起生活下去。

「昨晚又哭到睡著了。」

橙朱從小房間拿出沾滿淚痕的枕頭，大伙不禁深嘆口氣。

他們以為，只要小師弟習慣了，情況就會好轉。結果他們都忍痛不去玩蘿蔔娃，忙著自己各家所長，大不了回到還沒有小師弟的日子。但小七的腦袋特別差，到現在還是會想跟著師父進房，被吼出來好幾次；看到他們出門，總眼巴巴望著師兄們，卻等不到任何回應。

有次彩衣要去泡澡，那團白點偷偷抱著衣袍尾隨著。彩衣只是冷淡叫他滾開，說自己高攀不起神子大人，本以為白毛仔會像以前一樣死皮賴臉貼過來，小七卻只是抱緊懷裡的白袍，一眨眼就消失不見。

「彩衣，他一定以為你討厭他了。」眾師兄以眼神譴責六師弟，還說下次再兇小孩要把他尾巴倒吊起來。

彩衣抗辯他本來就討厭臭白點，可是他以前不管怎麼罵，笨寶寶都會一邊軟聲叫著「彩衣師兄」一邊撲過來，任他搓圓拉扁。

也不過半年光陰，小師弟就變得像剛抱來那樣，不太會說話似地，整天打坐冥思，太安靜了，以至於他們有時會忘了叫他吃飯，餓了、累了也不吭半聲。

聽說師父發瘋的師兄，也就是他們被逐出師門的師伯，也是練了那心法才變成一個無情無義的大壞蛋。雖然白派眾弟子橫看豎看都不覺得他們家的白小七哪裡有變魔頭的本錢，但他身上那些屬於人的柔軟本質，隨著空寂的修煉，漸漸流失開來。

只有畫畫的時候，才會回到八歲小孩的樣子。他們從山下偷偷給他帶了各種顏料回來，小七總是默默收下，晚上回到房裡再召出星月光芒，很珍惜地試用著。

年夜前夕，白派半打師兄弟都趕回來了，發現小師弟不在道場，一個人窩在房裡偷畫畫。

「啊哈，小七偷懶！」

靛紫大叫一聲就瞬步撲了上去，小七嚇得臉上濺了一個大墨點，發傻的模樣又讓他們想起往日的笨寶寶。

蒼穹和碧海爭執天藍色和海藍色哪個比較好看，扭打起來，不慎翻倒珍貴的藍染料，小七頭上又多了兩種相似而美麗的藍色。

而黃穗仔細用畫筆沾了明黃草汁，直接在小七頰上畫一朵綻開的秋菊。

「住手，你們這些愚民。」橙朱摸摸小七的白髮安撫，卻忘了他在山下爲了領鬧事的靛紫回來，給官府蓋了手印，那些紅泥就這麼抹上純白的髮絲。

橙朱看著自己幹的好事，呆了呆，大伙瞥向美麗的「大師姊」，小七兩邊不同色的眼珠也直溜溜望著三師兄。

「紅色，朱紅色最好看了。」橙朱燦笑道，於是大家又繼續玩弄小師弟，把他當作畫紙，努力爲他著上色彩。

只有彩衣踞在門口，惡狠狠瞪著受歡迎的小師弟。

「彩衣師兄？」一堆沒良心弟子中，會關心彩衣倔脾氣的也只有最小的那隻。「一起玩？」

彩衣聽了這卑微的邀請，理智線應聲而斷，過去扭緊小七的臉頰，連帶自己沾上五顏六色。

「你還記得我是你師兄啊？可恨的白毛仔！」

眾師兄其實心知肚明，少了小七這個乖巧的玩伴，彩衣都快寂寞死了。

再鬧下去，大家身上的白袍就要變得很不像樣了。蒼穹和碧海吵到一半，同時想起久違的年夜飯，一左一右拉著小師弟的手，問他想吃什麼。

小七雙眼眨了又眨，沒說話，只輕輕反抓住兩個大師兄溫暖的手臂。雙面鏡沒感覺到那份依賴，依然開心編著一模一樣又豐富的菜單給小師弟聽。

其他師兄都看在眼裡，心裡盤算著趁著年節，一定要和師父說清楚。

然而，心底這股不安是怎麼回事呢？

「你們在做什麼！」

鏘咚鏘鏘，蘿蔔窩的蘿蔔王回來了，大蘿蔔們不禁嚥了口水，找尋最近的出路。

「你們這群孽徒，敢弄髒我的小白點！」

「哇啊啊，師父饒命！」

即使年歲已高，白派眾弟子還是怕慘了盛怒的掌門大人，頂多還口，不敢還手，而在他們被剁去煮湯前，小蘿蔔上前拉住師父的袍子。

「師父不要生氣，師兄已經很久沒有跟我玩了。」

話裡的孤寂再明顯不過，大概只有孩子自己沒發現。

「小七，去洗洗。」

小七看著半年內就老去二十年華的師父，想起還沒向師父問安，緩慢地用鈍感的身體行禮。

白掌門從上而下，凝視小七垂下的後頸。

「還不快去？」

「是。」小七從衣匣子裡整理出乾淨袍子，在房裡繞了一大圈才離開。

小兔子一走，靛紫便去搭著白掌門的肩，幽幽嘆息。

「師父，你看，你對他這麼壞，他還是想要賴在師父身邊多一些時候。你也不過養他七年，他頂多記得四年恩情，再這樣下去，他受不了了，不要你了，你該怎麼辦？」

白掌門側腳踹了靛紫的膝蓋，靛紫痛得直跳腳。

橙朱補位過來，使出他們慣用的俊男美人勸說手段。

「小紫說話是輕浮了點，但他的疑慮沒有錯。我們入門時比小七年長得多，也經歷得多，已有前車之鑑，您太過急迫，只會揠苗助長。」

白掌門臉色凝重，以往弟子質疑他的教導，他總是沉著臉，一句也不辯解，但今天他們卻六個圍著他，要他給他們一個交代。

「穗兒，你和小七差幾年？」

「我和妹妹差兩歲。」黃穗溫柔道。都一把年紀了，沒有人再糾正他，反正傻病也不會好了。

「師父老啦？怎麼問老五，不問老六？」

「我可是比你們所有人加起來都還大，哼哼！」彩衣正抱來椅子要給師父歇坐。

「師父，有妖怪混在咱們道觀裡啦！」

「吵死了！」

白派弟子依舊年輕如昔，其他道門見了白掌門，知道白派到一定年歲也會衰老，就不再對他們祕而不傳的養生術法咄咄相逼。

「沒有多少時間了。」白掌門疲憊地闔上眼。「我不准你們去招惹他，少待他一分，他以後就少痛一分。」

「那我去告訴他，師父是因爲疼你才對你兇，好不好？」靛紫一向看不慣這種違背意願的作法。「我們爲什麼不一開始就讓他淹死在河裡？難道因爲他是什麼狗屁神子嗎？因爲那是師父和我們的傻寶寶！」

「紫，師父身體不好，你別氣他。」橙朱攔著性子又起來的靛紫。靛紫深吸口氣，單手握住白掌門像個老人乾枯的右手腕。

「我討厭這樣，您整天說您老了、快死了，我都忍不住感到惶恐，何況是小七那孩子？您既然會怕我們傷心，當初就別在刑場上救我，我寧可比您還早死去……」

靛紫跪下來，趴在白掌門雙膝上，哽咽還不忘把同門師兄弟揮斥出去，他已經有七年的夜晚沒有抱著師父哭過。

「你這孩子，太過任性。你說這種話，對得起橙朱嗎？」

靛紫微僵了下，橙朱輕嘆口氣。

「你們別再說我有救命之恩，如果沒有你們這些臭小子，師父撐不到今天。」

「師父……」蒼穹和碧海帶頭紅了眼眶，白掌門一番話，牢實觸動他們的心弦。

「你們和小七都是我的孩子，我不准你們妨礙他，也絕不能因他而害死你們。」

小七把自己洗了一身白回來，房間被收拾過了，之前的吵鬧聲也沉靜下來。他站著發呆一陣，才往床邊走去，沒想到床上有人隱匿氣息等他回來。

「這床眞小。」靛紫托著右頰，微屈雙腿，側臥在乾淨的床鋪上。「因爲我是罪魁禍首，被處罰來陪小七寶寶睡覺。」

小七聽了，立刻歉疚地向靛紫一拜，微聲表示他會向師父賠罪，請師父取消刑罰。

「傻寶寶，你不能怨師父放心不下你呀！」靛紫輕輕鬆鬆就把床下的孩子抱到身邊，手指搔弄那頭綿軟的白髮。

「師兄，師父說……」頭髮被溫柔地把玩著，小七不安地說。

「他叫我們在你修煉有成之前別接近你。師哥沒聾，師哥知道，但是我天生反骨，是最讓師父煩惱的糟糕徒弟，他越不准，我越要做。」

靛紫笑了笑，把孩子攬過來，學師父以前那樣，輕拍他僵硬的背脊。

「這張還給你。」靛紫來過夜的主因，大半是為了這一紙未完成的畫作。他最早到小師弟身邊，看了早先一步收到袖子裡，省得其他人和師父難過。

「對不起。」小七接過畫，又跪坐起身謝罪。

這半年來，白掌門嚴厲的教導讓小徒弟變得戰戰兢兢，隨時都擔心犯錯，隨時都得道歉。哪像靛紫越罵越皮，左耳進右耳出，氣得師父大人想把他宰成八段，又下不了手。

「小呆七，喜歡四師哥嗎？」

那雙異色眼眸急切眨了眨，答案再明顯不過，但卻不能說出口。

靛紫撫摸孩子的軟腦袋瓜，神情柔和。

「我曾經是死也不會有人掉淚的雜碎，為了活下去，什麼歹事都幹過，那時也才比你大一點而已。但是師父救了我，我就仗著他的仁愛，像個人多活了好些年，不管多糟，師父都不會扔下我。我和禽獸的差別，就是因為有師父在。」

小七把臉用力擠上靛紫耳畔，靛紫很滿意讓他的情緒洩出師父禁錮的規範。

「萬物終歸一體，可是阿紫師兄不一樣，對我來說，很不一樣。」

靛紫不禁抱緊洗得香香軟軟的雪花糕，目光又更柔和三分。

「而你讓我真的變回一個人，那些難以理解，師父和我卡桑的作為，我似乎明白了一些。」

做了幾十年白派弟子，靛紫只是照師父的交代，漫不經心地到處「白做工」，或是為了和橙朱廝混才願意出門為他人奔走。他早就註定墮下地獄，一點也沒興致當個完人。

「四師兄。」小七惶然抱著靛紫。「我、我好喜歡阿紫師兄，還有其他師兄，很喜歡你們……」

「最喜歡師父了，對不對？」

靛紫看著孩子紅了眼眶，用力點頭，可是師父已經半年沒有摸摸他的小白點，總是斥責小七犯的失誤，沒給過任何好臉色。

要是沒那麼喜歡，也不會那麼傷心。

話也差不多繞了一圈，靛紫指著小七珍藏的畫。

「小七，你在畫誰？」

「母親。」

靛紫雖然總是吊兒郎當，三句沒一句正經，但他見了小七幾乎要完成的畫作，直覺到某種潛形的改變——

小師弟不再開心畫著師父了。

即使白掌門對他恩重如山，視如己出中的視如己出，但師父變了，一夕之間慘變，再三強調他不是他的孩子。如果小七是超然的聖賢，一下子便能明白師父的用心良苦也就算了，可他只是拚命道著歉，期待能回到以前的關係，然而師父卻說不要小七了，疏離的言行任誰都感覺得出來，半年下來，再熱切的心也會冷卻。

「怎麼不畫臉？」

靛紫用指尖刮了下小七的臉頰。看顏色深淺，這張畫動工有一段時間了，筆觸細膩，衣裳、髮簪，甚至連豐滿的胸前也有了，認真繪著夢中的女子。

「我不知道母親的模樣。」小七難過地說。

「她應該是笑著的，母親看到孩子，都會忍不住笑，尤其是小七這麼可愛的孩子。」

「她在笑呀……」小七的眉頭鬆開了些，畫紙空白的面容逐漸浮現出嫣紅的唇角，往上勾起。

靛紫看來卻像自己亡母的笑，他多少察覺到小七的特別之處，卻選擇一笑置之。

「母親，我在這裡，有乖乖的。」小七把臉覆上女人的畫像。「妳可不可以來看我？」

貼身照看果然有不同的收穫，小師弟還是一個愛撒嬌的孩子，只是在他們面前忍耐著，對象則成了一幅紙畫。

靛紫雙手環緊小七，小七從畫像抬起一雙清澈如昔的眸子。

「小七，師兄代替師父陪你睡睡，好不好？」

「師父會生氣。」

「小七果然討厭阿紫哥哥。」靛紫故意抽了抽鼻子。「師父自從去年秋天傷到腦，欺負起小徒弟，現在看師哥不順眼，也罰我不准和師兄弟往來，小七你也要不理阿紫師哥嗎？」

小腦袋激動搖頭，靛紫在小七看不見的角度，揚起奸笑，真是好騙極了。

另一方面，大通鋪的白派弟子正在討論把小七放著不管，還是讓小七給靛紫帶著，哪種比較會毀去小師弟的前途？

毫無疑問，大伙一致認爲是後者。

「他竟然和師父哭訴完，就放話要和師父唱反調，把他的白點兒搶過來，忘恩負義，狼心狗肺。小朱妹子，你也勸勸你姦夫/姘頭，說不聽就揍他一頓。」

橙朱盤腿梳理四垂的烏溜長髮，白玉似的雙足從鬆垮的袍子露出，長睫輕搧，國色天香。

「我認爲師父所作所爲都是爲了小師弟，但要是他錯了，小七何辜呢？乾脆讓紫去試試到底會出什麼差錯。」

「咳咳，老三，雖然阿紫不是好東西，但也別叫他去死。」

「娘，幫我編髮辮。」黃穗傻笑著往橙朱的梳子靠過去。

「好。」橙朱放棄自己的秀髮去照料黃穗的，眼底含著一絲無奈。

自從老五和小七交集少了之後，黃穗的神智就時好時壞，不清醒的時候比清醒時多，還去和師父邀功他建了相當穩固的牢籠給小師弟，他也要學那套心法，把心捨棄，這樣就不用夢見一門師兄弟被海盜殘殺的夢。

「彩衣，我知道你沒有什麼好意見，但還是說說給大師兄聽吧？」雙面鏡循循善誘，彩衣才昂起臉回應。

「我終於搶回師父的懷抱了！」

「你還是閉嘴好了。」

「師父順了我的毛，還讓我鑽進他的袍子裡。」彩衣心滿意足地大笑起來。

「你在我們眼中是二十歲的成人，別說這種可怕的話。」

「不過——」想到這個，彩衣得到再多寵愛也忍不住喪氣。「師父睡得很差，老是胸口疼，我給他捂著也沒效。教他不要難過，白毛仔早就睡熟了，他就是不聽，好不容易睡了還唸著『小七、寶寶』，眞是個大笨蛋。」

那個笨蛋卻養大他們六根大蘿蔔，看他寧可煎熬自己成蘿蔔湯也要堅持小七的路，他們再心疼小師弟，也不忍心違背師父的意思。

這一年的團圓飯，師父右手邊的寶座空了下來，小七在房裡潛修，而靛紫說他肚子疼。橙朱送飯到小師弟房間，看到一大一小玩成一團，把師父一個人丟在飯桌傷心。想要揍扁靛紫，卻聽見小七久違的笑聲，實在硬不起心腸。

年節沒過完，白派又披簑戴笠，冒著寒風下山平亂。靛紫拖拖拉拉，到最後一個才走，也因爲如此，他才能見到小七肆無忌憚，拉住他的雙手，叫阿紫師兄不要走。

「對不起啦，寶寶七，我同一個地方待不了太久，是飄撇的男子漢。」靛紫收到的單子相當危急，已經去了四條人命，他非走不可。

「師兄，你要快點回來喔！」小七抓著靛紫的袍子，好捨不得。

靛紫反覆揉捏小七的右頰，才笑著出門。

小七一個人在道場數日子，怠惰師父的功課，打坐還輕晃著身子，等師兄回來陪他玩。

沒想到才過兩天半，靛紫就回來了——滿身是血地被師父扛回來。

橙朱緊跟在後，而後是聞風趕回的蒼穹、碧海，再來是搜集藥草的黃穗和彩衣。所有他在意的人，如他所願，全回來了。

靛紫被放在道場上施救，血把袍子全染成紅色，卻還是止不了。他被墜落的山石壓住，五臟六腑盡碎，所有大夫皆說回天乏術。

半天過去，白掌門盡了全力，靛紫傷得太重，能不能撐過去，只能聽天由命。

他起身，白袍沾滿四弟子的血漬，冷冷走向被晾在一旁的小七。

「你做了什麼！」

小七看著血肉模糊的四師兄，又看向盛怒的師父，很快明白這是誰的錯。

白掌門高舉手掌，遲遲揮不下，那孩子木然望著他，淚水不停淌落下來。

「師父……你不要這樣……不關他的事……」靛紫沙啞叫著，又嘔出一大灘黑血。

「小紫、小紫！」橙朱伏在靛紫身上，沒有辦法思考任何事。

小七突然俯趴下來，直磕了三記響頭，他的前方沒有人，只有窗外延伸出去的灰濛天空。

「我知道錯了。」

他說完，便無聲離開道場，扔下傷重的靛紫。

從此，神子和凡人劃開了界線。

橙朱不眠不休照顧靛紫，旁人說什麼都聽不進去。以往師兄弟總以爲他們兩個只是瞎湊在一塊，靛紫年少輕狂亂招惹人，橙朱無聊才逢場作戲，不是認眞的。畢竟他們圈在一個都是男人的大院子，想要個伴也在所難免。

「小朱妹子，阿紫除了表相，沒什麼好，任性妄爲、自私卸責又惡習難改，你應該不會看不出他的斤兩。別說女人，憑你，要什麼男人沒有？」

「我喜歡他。」

橙朱只回了這一句，蒼穹和碧海也就勸不下去了。

「阿紫，聽到了嗎？你敢讓小朱妹子守寡，天哥/海哥絕饒不了你！」

靛紫不能動，只能任他們怒罵。他吃喝拉撒都得靠橙朱服侍，相信沒多久，他高貴的鳳凰美人一定受不了；他卻又怕他這麼一輩子都殘廢躺著，橙朱要是一直在他身邊憔悴悲傷，他寧可拿把刀殺了自己。

黃穗給靛紫造了張舒適的床，有時在木床邊給靛紫介紹他的精湛工藝，會突然大哭大叫，被他的師兄們帶去給師父壓制。

彩衣最無動於衷，拿了兩顆珍藏的醃梅果，放在靛紫床頭弔祭。

靛紫雖然腦子被打傷了，昏昏沉沉，但他總覺得不對勁，少了什麼似地。他和橙朱提了，沒想到橙朱也被他弄得失了以往的精明，以爲他要交代遺言，求師父過來。

「阿紫。」

「師父，又不是我跑給石頭撞，要怪就怪推石子砸你寶貝愛徒的山魅。」

深怕白掌門捉著他，把幾十年來逃過的囉嗦話給囉嗦完，靛紫用盡全力阻止師父愛深責切。

「臭小子。」白掌門扭緊靛紫削了半塊的左耳，靛紫就知道師父絕對忍不住揍他。「我向你再三說過，出外務必謹慎小心，有難事要和我與同門弟子商量，你卻貿然行事。你看你傷害了多少人！」

靛紫撇撇嘴，他又不知道師兄弟把他放在那麼重的位子。

「你死了，師父沒法管教你了，那些陰間的鬼差無情兇狠，你千萬別跟它們鬥，請它們先等一等，師父很快就會下去和閻王說清楚，你有什麼過錯，都是我教導不周。」

靛紫喉頭一哽，幾乎無法呼吸。橙朱之前說師父太寵小孩，從小的到大的都疼，第七個尤其是極致，才會每個徒弟都一塌糊塗。生前都為了他們把一顆心懸上，死後也捨不得放下嗎？白派的教義，並沒有這條才對。

「師父，如果有來世，我答應你，改過自新，做個吃虧的善人……」

白掌門俯身抱住靛紫，身為白派弟子，他有太多缺失，但對於一個老父親，靛紫沒什麼不好，都是他的寶貝孩子。

當晚，靛紫發起嚴重的高燒，神志不清。隱約感到有人餵了清水給他喝，換上清涼的濕布巾，細細覆上他的額頭。他以為是橙朱，亂揮著手抓住的，卻是細瘦的小手。

終於，來了。

靛紫強睜開眼，卻被一團溫暖的白光包圍，那個白髮異瞳的孩子明明是他熟悉的人兒，但那張平和的臉蛋看起來卻不像他們的傻寶寶。

「你不會有事的。」

小手從他手中抽回，靛紫想要張口喚他，卻發不出聲，任昏沉的意識把他攫回夢中。

在眾人祈求之下，靛紫撿回一條命。行動不能再恢復到傷前的敏捷，兩眼視力受到損傷，一到晚上就看不清楚；狡詐的腦子也燒壞了，變得有些鈍感，沒法一口氣用一連串似是而非的道理反駁師父的教誨。

「唉，我成了個大廢物呢，美人呀，你還要不要我？」靛紫坐在庭院的竹椅上，虛弱地把整個身子挨向橙朱。

「要是能換貨，我早把你換了。」橙朱輕輕笑道，換來一記綿長的頰吻。

在田園忙著的蒼穹和碧海遙望那對小兒女的身影，不住嘆息，果然禍害遺千年，老天無眼。

等身子再好一些，傷口看來不再怵目驚心，靛紫便故態復萌，就算爬也要爬著去騷擾小師弟。道場上只有一抹雪白身影，這些日子，白派眾人都忙著照顧混蛋老四，沒人給七師弟理頭髮，髮尾都垂到頸子下，樣子更纖弱一些。

「小七！」靛紫猛然大叫。「來跟四師哥玩，我想了好多新遊戲。」

小七微轉過側臉，隨即身影淡下，消失不見。靛紫只好再拐著腳步到小師弟的房間，一樣空空如也。自從數月前被大石壓下，他很久沒有這麼糟糕的感覺。

橙朱坦誠不想讓傷者擔憂，把小七的事瞞著不給他知曉。自靛紫被抬回來後，他們沒聽過小師弟再說一字半句，三天只吃一餐，小鳥啄米的食量。潛心修煉，對瀕死的靛紫不看不聽不聞不問。

「又不是他的錯！」

「師父和他卻不是這麼想。」橙朱仔細給靛紫換藥。「過年那時，你要是沒和小七走近，也就不會變得如此。」

「有完沒完？我去追殺人的山魅，給它致命一擊，它臨死推了顆石頭下來，我閃避不及，這就是全部的事！」

靛紫很不高興，生著師父的悶氣，早課還特意躺在後頭打盹，擺明要氣死他老人家。

「阿紫！」

「師父，我重傷初癒，多睡一會才會早些康復。」

白掌門信步走來，把靛紫當竹片折，照打不誤。眾弟子拍手叫好，害師父擔心死了，長了多少皺紋，竟然還如此囂張。

道觀許久沒有熱鬧，吵成一片，還夾帶笑聲。靛紫唉唉叫著，看師父打得正起興卻停下動作，他順著白掌門的視線看去，原來角落的陰影裡還有觀裡最小的弟子在，垂著腦袋，專心冥想，這邊的喧囂絲毫影響不了他。

靛紫微瞇起眼，不顧傷勢，動用瞬移的法術。他們戰戰兢兢，只好由他來打破僵局。

「小七、小寶貝，讓四師兄看看有沒有長肉？」

靛紫捧起小七的瓜子臉蛋，笑意瞬間在嘴角凍結。他看到一張被石頭砸爛的臉，顫抖著拉開那身白袍，布滿密密麻麻的鈍傷。

「我不痛，會好起來。」小七往後退去，向眾人一頷首。

靛紫來不及拉住他，小七又在他面前消失。

「我就想，怎麼作了個夢，隔天就能吞飯了。」他笑咪咪轉過頭來，只是笑容難看得很。「師父，你知情嗎？這也是『神子』的能力嗎？」

白掌門沒有說話。

「你這是拿最寶貝的小七去換討人嫌的阿紫，你瘋了是不是？你選了我，丟了小七？你怎能這麼做！」

橙朱架住靛紫，代他向師父道歉，抓了人就往外走，還不到通鋪，靛紫就抱著橙朱摔在木板地上，再也忍受不住，嚎啕大哭。

「三哥……」

橙朱鮮少聽靛紫這麼喚他，只有幼年自己病倒那次、師父昏倒那次，和他們被王爺府官兵包圍那次。

「我眞是個白痴，大白痴！」

橙朱撫著靛紫的背脊，表面的堅忍掩飾內心。師父都沒說「痛」了，他怎能在師父面前難過？

「紫，不管你願不願意，咱們的小七弟弟都不會回來了。」

黃穗最近總找不著他的小妹妹。

黃秧晚他兩年出生，是個水嫩的小姑娘，流著黃家的血，手也特別巧緻，才五歲就能自個兒繡出一隻黃嘴兒。

他記得妹妹總跟在他身後，不嫌工房髒，愛看他做木工。他做了很多木娃娃給妹妹，妹妹說只有哥哥做的娃娃會動，像活的，還給娃娃做衣裳。然後，有道長經過他家，帶走了妹妹心愛的娃娃，並指著他，說他有道緣，是出世之匠才。

父親扔了幾個錢，趕走道長，直說晦氣。出世就是出家，感覺像丟了兒子，不吉利，也不准他再做沒用的小東西。

妹妹很傷心，他安慰著，等搬家到海外的新厝，就給她做一尊最漂亮的木偶。

但他近來睡得很不安穩，約莫一年左右，他的夢從模糊到清晰，可愛的小妹妹成了不會哭笑的木偶，師父說那是神像，該被供奉到廟裡。他有時候忍受不了，抱著那頭白髮，問她怎麼成了這副模樣，他不要妹妹被端在廟宇裡，受人祭拜。

「秧兒，怎麼瘦了？哥哥帶妳去吃飯？」

小七抽離黃穗的手，快得像是那溫暖的十指是毒蛇猛獸。

「我修法未成，別碰我，會受傷。」

他看著白色瘦小的身影化爲虛無。有時他也會記起，妹妹在他印象裡，最小也有三、四歲模樣，黑色的髮髻，而他抱著的寶寶非常小，一碰就會碎開似地，他想看清寶寶的臉，卻揮不去妹妹的模樣。他想，等他再大一點，他一定能認出來。

可是不管是秧兒還是寶寶，都化成了木偶，不哭也不笑。

黃穗去找了師父，向他說了秧兒的異狀，師父看來不太高興，但對他總保留三分，不像靛紫那般飽以老拳。

「你們這些小子怎麼說也說不聽，阿紫傷他有多重？我不准你們誰再接近他！」

黃穗失落地回到通鋪，幾名師兄弟圍了上來。

「你剛才抓到『妹妹』了？」

「別把秧兒說得像老鼠，又不是彩衣。」

「我才不是老鼠！」彩衣從被窩裡鑽出來駁斥。

「黃阿傻，不簡單吶，我們一連撲空三個月，你竟然逮得到小七。」蒼穹和碧海爲了找小師弟吃飯，使出渾身解數卻徒勞無功。「他這是在練什麼屁股嗎？什麼也不吃，平常孩子早餓死了。」

「師兄，是『辟穀』。」橙朱又向黃穗詢問小師弟的狀況，臉色、精神好不好，有沒有什麼不良病症？

黃穗用食指和拇指圓出一個小圈，表示他妹妹的手腕大小瘦得像柴薪，骨頭上只黏了一層皮。

白派弟子不由得重嘆口氣，想到以前小師弟吃飯總是開開心心，胃口很好，什麼也不挑嘴，他們好不容易才把孩子養得雙頰飽滿，四肢有肉。

「穗，你下次再遇到，把這個膏藥給他吃。」靛紫到山下買了最好的傷藥，自己半點也沒用上，整盒塞進黃穗手裡。他比其他人更慘，別說碰觸，連見都見不到小七一面。

「還要告訴他，要是餓了，想吃什麼山珍海味，大師兄都會煮給他。」

橙朱不難發現他的師兄弟還是不明白師父的覺悟，但是，雖然明白了又如何？

「小白點兒已經很久沒笑過了。」

彩衣抱著枕頭發悶，周遭的人都是蠢蛋，連師父都是大笨蛋。憑他聰穎的天資和嗅覺，找到白毛仔易如反掌，但他們都不來和自己商量，害他得一個人傷腦筋。

早知如此，他就把神器搶了，獻給山林間那位大人。那位大人有神器保護，就能安心靜養，康復之後，又能守著島上的山林。

可是神器選了白毛仔，表示白毛仔是比山神大人更值得相守的傢伙。

他的師兄大多錯怪師父把白刃強壓在小師弟肩上，但其實師父是不得已把神器交出去，因爲白毛仔還這麼小，需要一把自保的武器。

重點從來不是神器，而是白毛仔。

並非有神器成神子，而是唯有神子才握得了神器。宇宙洪荒億萬載，恰巧在人類中孕出一點生命，作爲它的孩子，所繼承的是整個世界。

這都是彩衣自身的假設，假如他想的沒錯，那八年前，他們白派還眞是從天地間搶了個很要不得的東西。凌駕在三界之上，天上和地下兩名王者，絕不會等閒視之，他的存在將會瓦解光與闇的平衡，重啓混沌。

彩衣認爲沒辦法和壽命短暫的凡人說明清楚，他們的眼界只有區區百年，不能明白；反過來說，明白了又如何？像他也只能半夜摸黑到道場，看白毛仔蜷在地板，汲取窗外透進的星月光華，身邊平放一張紙畫，小臉輕覆在畫像上，親暱磨蹭著。畫裡的女子幻化出形體，嫻靜跪坐著，緋紅的唇角笑得溫柔，十根蔥白的手指都清晰可見，專心一致撫摸那頭雪白軟髮。

「寶寶，我的寶寶……」女子吟唱般反覆唸著，小七靠在她的雙膝間，幾乎要闔上雙眼。

連聲音也有了，再這樣下去，說不定他心目中的母親就會眞正存活在世上，後果不堪設想。

彩衣知道不妥，但不知該怎麼辦。

這時，一身白袍從他身旁越過，彩衣想伸手拉，卻撲了空，只有指尖觸及飛揚的衣袖。

白掌門站定在小七面前，一臉肅然。

「爲道之人，竟受幻象迷惑。」

小七呆怔看著男人抽起他的畫，將其撕裂成兩半。

那個女子煙消雲散前，還眷戀撫過小七的臉龐，彷彿眞正的母親，捨不得她年幼的孩子。

小七捧著零落碎紙，那一點可以喘息的彩色也不見了，眼中只剩下全然的白。

「你可以恨我。」白掌門冷漠俯瞰他最幼小的弟子，不容許半分差錯。「但大道還是要繼續下去。」

# 第六章

十年一覺，白派弟子皆有所感。

春日一早，白掌門將眾弟子集合起來，告知遠遊之事。

「蒼、碧，好好看著道觀和師弟。」

「是，師父。」兩人異口同聲回答。經過多年磨練，終於能端出大師兄的架勢。「師父，您要去多久？」

「三、五年左右，你們都成人了……」白掌門頓了下，隱約瞥向排行最末的小徒弟。「要爲自己的行爲負起責任。」

「師父，您可別又帶個小娃兒回來，省得不知情的人罵你老不羞。」靛紫雙手攬在後頭，意有所指。

「阿紫，爲師一直在想，當初眞該掐死你。」

「哈哈哈，放馬過來吧！」

白掌門又語重心長地喚來橙朱，教他照顧底下亂來的師弟們。

他的行裝簡便，也早和弟子們說了時程。回中原探看故鄉一直是他心底一個盼望，恰巧有船要往北方走，那些受夠他囉嗦的徒弟便替他買好船票，祝師父早走，他們早點過快樂日子。

而臨走前，白掌門卻有些躊躇，頻頻望向角落那點沉靜的白。

他們師徒倆已經有兩年沒說上話，即使七弟子進步神速，熟習任一白派道法，他依然吝惜讚美和褒獎，小徒弟在他面前，總是低垂著腦袋。

這般場景似曾相識，白霜與老掌門當時的關係也演變至這一步，他見過白霜低掩的臉上布滿厭倦和仇恨。

白掌門到頭來什麼也沒說，提著布包，緩步踏下山徑。

「師父走了，咱們進去商討密謀大計。」橙朱登高一呼，把六個師兄弟叫進道場，他們盼著師父離開，盼了很久了。

只有白髮的孩子小步追到門口，引頸望著白掌門的背影，直到再也見不到為止。

不久，交代完所有存糧的蒼穹、碧海也揹著兩袋藍布包出來，他們遠遠地喚住小七，怕他們一靠近，小師弟又跑得不見蹤影。

「我雖然不想和他一起出門，可是師兄要去和大社的巫主交涉，兩個人比較有魄力。你在觀裡，記得巡田水，看到菜蟲就抓，他們對田事都不太上心，大師兄就只能倚靠小七了。」

「好。」小七面無表情地應下。

蒼穹和碧海對看一眼，然後同手同腳往前走，睽違兩年多，終於能再拍拍那顆白腦袋瓜。

「蒸籠裡有甜粿，你就吃一點，一點點也好，千萬不要餓肚子。」

「好。」

「那麼，師兄走囉。」

小七立在門邊，兩位師兄和師父一樣，慢慢走到他看不見的地方。

「小七。」

橙朱輕朗叫了聲，小七回頭看去。橙朱在樸素的白袍下，墊了一襲紅裙子，妝容甚美，一副要出遠門的模樣。

「他們都不看重祭祀，你在觀裡，記得給祖師爺上香，維持白派先祖應有的供奉。三師哥要到南洋請教中原去的隱士，可能得花上一、兩年的時間。」

「好。」

橙朱大步而來，低身朝小七笑了笑：「好乖。」

橙朱走了之後，靛紫也掛了大斗笠現身，布包是喜愛的和式花紋。

「唉，美人要去南洋，我要去東瀛，天涯兩隔。算啦算啦，古人也說，小別勝新婚，我偷吃他也抓不到，很好很好。」

靛紫看小七又往暗處退去，不住仰天長嘆。

「阿紫師哥要走了，你竟然連送也不送？」

師父和美人都不在，靛紫便肆無忌憚兇小孩。小師弟會害怕也是理所當然。這兩年來，笨寶寶一直認爲就是他說了不該說的、想了不該想的，四師兄才會受了重傷，差一點就英年早逝。

小七藏在靛紫看不清楚的陰影間，等了許久也不露個臉，靛紫一氣之下，扭頭就走。

靛紫離開沒多久，黃穗扛著木箱從工房出來，他說中原來了有名的巧匠，是他二叔公的高徒，他要去學藝，沒三兩年不會回來。

移居島上的修行者越來越多，白派便把道者能做的工作全讓了出去，給他人溫飽，也免去日益嚴重的「地盤」之爭，他們還有更重要的事要做，維持聲譽這點小事就落得無足輕重。

黃穗從袖口拿出一隻木頭兔子，按著它的圓尾，它就會四處蹦跳，煞是可愛。

「秧兒，哥哥跟妳道別，妳千萬別傷心。」

小七拿著木頭兔子，呆呆怔怔目送黃穗遠去，當彩衣也提著黑布包要跨出大門，那雙異色眼眸不禁有了一絲波動。

「好好負起你看家犬的責任，白毛仔！」

彩衣幸災樂禍說道，小七抱緊兔子，依然無謂應下師兄們每一個要求。

他大步邁向前，白袍隨他的動作曳起，翩翩停在師弟面前。

「沒人要的孩子。」

彩衣捏緊小七的鼻子，天真笑著說著對他而言最殘忍的話。就像他模仿外貌的那個男人，明明沒什麼好高興的，傷害人的時候卻笑得比誰都還大聲。

彩衣疾行而出，他學了這麼多年，終於學會人們的表裡不一。大宅子裡，只有他們兩隻小的會想著「師父走了，該怎麼辦？」，前路晦暗，沒有溫柔的領路人該如何走下去？以前他們可以相依相偎等待，但再也無法回到從前。

青泥塑成的使者正等著他，那位大人召集島上各座山岳的守護者，他恰巧是白派道觀山頭的那一位。

「烏衣大人，走吧。」

彩衣回眸，看了白派道觀和裡頭的那點白，最後一眼。

他已經十歲了，可以自理生活。

即使不用進食，他每天一早還是拿著小鋤頭，辛勤耕種蒼穹師兄最喜愛的菜園子，也會把灶房打理乾淨，三天開一次伙，燒一碗不加佐料的菜湯，讓碧海師兄不必擔心他餓肚子。

此外，師父交代的學習，他也不敢懈怠，將心神置空，不受外物所動，才能避免自己的妄念禍及他人。

日復一日，他除了有時醒來會想找師父，並無大礙，專心修行，視時間如無物。

這樣他才能在心裡告訴師父：小七很乖，眞的很乖。

只是半年下來，觀裡的香火已經用完了。橙朱師兄交代，不能荒廢祭祀。他便從房間的蘿蔔竹罐裡拿出積存的錢財，掛著白色布包，穿了一只不合腳的布鞋，下山採買線香紅燭。

他和風打聽到最近的山下市集，走了半天的路，尋得香燭店。

「你好。」

他在櫃台前喊了好幾次，店老闆卻忙著支使伙計，沒有搭理，直到後來旁人圍上來看熱鬧，老闆才不耐煩把白髮異瞳的詭異小孩揮斥走。

「滾開，這裡沒東西賣你。」

小七攢緊布包，再重申一次：「我已經寫好份量，請你看看。」

「你是哪來的野孩子？」老闆嫌惡地推開他遞來的紙條。

「我是白派七弟子，不是什麼野孩子。」小七提高一些音量，這是他引以為傲的身分，是師父師兄守護的門派。

「白派？」老闆忍不住皺了眉，那可是很了不得的一派宗師。思量再三，才拿走紙條，給底下人準備。

「原來是道僮，難怪長那副鬼德性。」

小七聽到旁人毫不掩飾的批判，不是很明白自己和別人有何差異。

「看看那頭髮，看看那雙眼，眞是怪可怕的。」

他聽了，不禁抓了下雪白的髮絲。師父沒有說過可怕，還會揉著他的白腦袋，說他是小白點，很喜歡的樣子，可是人們卻討厭得很。

「誰生了他也是可憐，嚇都嚇死了，也難怪被丟去道觀。」

母親是不得已才離開他，才不是……

小七收下那包香燭，給了銀子，垂著腦袋離開。路邊有一群和他同齡的孩子在玩，他多看兩眼，眞的只有他滿頭白髮。那群孩子發現他，大叫「怪物」，撿了腳下的石子就砸過去。

「我是白派七弟子，不是怪物！」

可是沒人聽他說話，石子雨連下，幾顆砸傷他的臉和衣袍外的手腳，流了一點血，會痛，他只能加快腳步離開，急急奔向山上道觀。

他一定是又做錯什麼，回去要好好反省才行，不然師父又要生氣了。

回去沒人在的道觀，自個兒拿了草藥塗抹傷處。前些日子阿紫師兄受傷，師父好生氣，是他造成的，他知道以後不能隨便受傷，不然師父說要把他趕出門派。

他以爲傷好了，師父就不會生氣了，可是師父卻走了。

一定是他哪裡不好，要好好反省自己才對，白派要弟子時時反求諸己。即使無人監督，小七還是愼重地跪坐在道場，反覆思習師父教導的課業。

師父，小七會乖。

沒人要的孩子。

他睜開眼，唇些些抿緊，有一點不安。

師父說他是神子，不再是他的小白點，他不是很明白，只知道小白點可以賴在師父身邊，還能和師兄們玩，可是神子是神聖強大的存在，一不小心就會傷害到別人，即使只是妄動一個微小的意念，都會造成莫大的影響。

師父說希望他能做白派希冀的神明，到天上垂憐人世受苦受難的人們，這樣以後就不會有像他一門可憐的孩子。

師父還說，他懷有的寶物太珍貴了，在別人發現前，一定要學會保護自己，讓地下的惡鬼，甚至是天上的神祇也動不了他一根寒毛。

師父說，身的強悍容易，心的堅定困難，要做到眞正無所匹敵，只能把如此軟嫩的存在化爲無，白派最高的境界便是無心。

無心又要怎麼愛人？

他沒有說話，師父卻明白他不出口的疑惑，繼續用壓抑過的嗓音循循教誨。

「小七，大道上沒有愛，唯有道是眞實憑依，其他不過是塵世浮沉供人喘息的朽木，最終只會誘使你忘了掙扎而滅頂。」

師父痛苦地告訴他，一切都是假的，滄海桑田，百年之後，他所生長的道觀也差不多被蛀蟲蝕盡，埋藏在土石中。不會永恆存在的事物，便是虛假。

「那麼，師父和師兄呢？」

師父很不願意，卻還是說了答案，而他既然知道正確的路，就不准走岔。

可是他即便明白那些會消失、失去會伴隨著苦痛，但還是好愛、好喜歡的話，該怎麼辦？

「小七，你的執著只會害慘你自己和他人，我不准你再傷害我任何一個弟子！」

都是他不聽話，師父才會那麼生氣。

他攤開雙手，母親的畫躍入他手中，他一直瞞著師父，始終把生育他的女子放在心上，一天比一天還愛著。

「母親，等我成爲不會傷害任何人的大道者，一定會去找您，請您不要太難過。我會奉養您終老，到您入土那天，我會一直陪著您，不會讓您感到寂寞。」

不料，從他面前憑空冒出綿軟的東西掉落畫上。小七看著被心意喚來的布兔子，又得向神壇方位磕頭謝罪。

弟子不肖，竟再三犯過，實在是大不逆。

他抱著變得好小的布兔子，觸及上頭的淚痕，有他的，還混著師父的。男人痛恨自己無力保護兩個孩子，失去了他們，傷透了心。

「師父，小七好想您，好想師父……」

□

白派眾弟子比預定時程還早趕回道觀，因爲出事了。

半個月前，島上鬧大風，身在外地的他們一得知消息，腿都軟了。從排行最大的到排行次小的，無一不擔心底下的師弟。千里飛奔趕回道觀，卻已面目全非。

垮了，出自於眾人之力，黃大匠師之手的輝煌道觀，在風雨過後，全成了一灘碎木堆。

蒼穹和碧海在山徑呆立許久，直到被急奔而來的橙朱喚住，才回過神來。

「老三，你怎麼沒在觀裡鎮守！」

橙朱抿緊唇，正巧這時，靛紫也趕了回來。

「紫，你跑去哪了！」

「唉，反正有阿穗在……」靛紫一轉身，才發現黃穗臉色發白地站在他身後。「黃傻，你別太難過，房子再蓋就有了。」

「你們還怔在這裡做什麼！」彩衣在眾人身後大吼，黃穗還來不及往下怪罪，他就喊出他們最不敢想的情況。「白毛仔還在裡頭，快想想辦法！」

他們齊齊往房子跑去，耗盡肺裡最後一口氣息也不敢停，靛紫也只能勉強勸慰大伙：

「小七不會有事的啦，他可是師父最疼愛的神子呢！」

「一點也不好笑！」

等他們立定在那片廢墟前，有股一切無法挽回的絕望湧上心頭。從山頭滾落的大石把房子砸個正著，情況慘烈，裡頭的人根本來不及逃。

死寂中，卻響起零落雜音。他們捕捉到微小的呼吸聲，就在眼前不成家的屋子裡，有個小灰人從半毀的窗框掙扎出來，手上抱著神壇上的祖師爺像，放到後院，合手一拜，又鑽進破屋中，這次抱出來的是醃梅罐。

「我的秧兒……」黃穗二話不說，直接昏厥過去。

小七還想再接再厲到屋裡搶救師兄們的寶物，卻被橙朱叫住。他見著久違的師兄，臉上沒藏住欣喜，快步過來。

「啪！」

橙朱那一巴掌下去，全白派除了昏倒的黃穗，同時窒住呼吸。

顫。

「美人，你做什麼！」靛紫拉住橙朱打得自己心痛的手，看那雙美目轉著淚光，氣得嘴唇發

「小七知道錯了。」那孩子只是面無表情地說著官腔，不免讓人感到心寒。

「錯在哪裡？」蒼穹和碧海忍不住問。

「沒有盡到保護道觀的職責，應當受罰。」小七朝師兄們叩首，完美無缺。

「錯了。」橙朱臉色不善地駁斥。

「很抱歉，偷看母親的畫。」孩子的臉垂得更低，似乎他犯的是天地不容的大錯，而聽到他想娘親，他的師兄們已然察覺這些年來的失誤。「下次不會再犯了，我知道錯了。」

「還是不對。」橙朱嚴厲指責，靛紫也知道美人兒卯起來計較可是不饒人的。

「對不起，都是我害的，我知道錯了。」小七依然照著模版回應，徹底惹惱一向待他溫柔的三師兄。

橙朱趁小師弟低頭謝罪，使眼色給其他師兄弟。

「不要這樣啦，他才撿回一條命……痛痛痛！」不想配合的靛紫立刻被擰出瘀青，身爲大師兄的碧海蒼天不由得感慨師父的直言，千萬別得罪女人，或是他們的小朱師妹。

「說謊的壞孩子！」橙朱佯怒吼道，轉身就走。

他們的小師弟立刻抬起臉來，果然被嚇到了。

蒼穹和碧海心痛地同聲大喊：「最討厭小七了！」

頭上三個大的都狠心走了，靛紫也只能扛著黃穗，結伴離開。

「阿、阿紫師兄……」不顧禁令，小七呆叫一聲。

睽違四年半，靛紫終於聽到那聲叫喚，他想起過去被無視的傷感，眞是可惡的笨寶寶。

「滾開，不想再看到你。」

靛紫一邊邁開腳步一邊在心裡想，自己眞是個壞胚子。

只剩下彩衣，最會欺負小孩的白派六弟子，橙朱完全不擔心他會露餡。

「白毛仔，師父不要你了。你想想，他哪次出門，不是小七東，小七西？他那次走了，什麼也沒說，因爲他不會再回來了。」

白派眾弟子，沒有人比彩衣更了解小孩子的想法，更明白小師弟硬逼自己藏起的心。

「師父不回來了？」小七怔怔地再次確認。「不要小白點了？」

彩衣沒再說話，扔下怪罪的眼神，往山下走去。

大伙緩下腳步，看彩衣氣撲撲地過來，雙頰鼓起，兇孩子還生悶氣。

瞥了一眼，看小七還呆在原地，彩衣便加快步伐，拉開他和道觀的距離。

「師兄、彩衣師兄……」

「師兄、師兄……」

聽那口齒不清的嗚咽，身爲白派師哥，知道差不多要得手了。

沒多久，那點白就哭著追過來，綿軟的哭音和「師兄」混在一塊，聽得他們的小心肝跟著一下下揪緊。

「碰」地一聲，孩子牢實摔在泥石子地上，這一耽擱，憑小師弟的腳程，再也追不上他們這幾個成年男子。

「嗚嗚，師兄，不要丟下小七，小七知道錯了，嗚嗚嗚……」

聽小師弟哭得肝腸寸斷，他們除了眼眶發酸，也同時想著——師父一定會宰了他們。

「是我不好，都是我害的，我『想』師父和師兄快點回來！」

他們不由得凝視很久沒有放肆大哭的孩子，實在太遺憾了，他們師父狠心兇了小徒弟兩年，沒教出神子，只教出一個拚了命忍耐的笨寶寶。

靛紫放下黃穗，找了個好角度，接著昏倒在橙朱懷裡。

「小朱妹子。」蒼穹和碧海淚流滿面請求，他們這兩個大師兄再也撐不下去，小師弟可是他們最愛護的師弟。

橙朱扔下靛紫，上前把幾乎沒有成長的孩子扶起身，用手巾擦乾他的小臉。

「還是不對，我現在仍舊一肚子氣，因爲寶寶七一點也不愛護自己，三師哥都快氣死了。」

「三師兄……」小七淚眼盈眶，身子還在發抖。橙朱也沒剩多少僵持的力氣，低身抱緊他。

不再被愛很痛苦，而他們被迫放棄所愛也難受得發狂。老天爺爲什麼誰不選，偏偏要搶他們家的傻寶寶？

「你們抱夠了沒有？」

彩衣不耐煩地催促著，橙朱不太想放手，但六師弟一直在身邊轉，顯然目標就是自己懷裡的白娃娃。

「好，別耍性子，換你抱。」橙朱一向疼師弟，所以蒼穹、碧海也想蹭蹭小七的要求被放在一旁。橙朱讓開身子，彩衣迫不及待向前，小七卻退了一步。

「喲喲，被討厭了呢！」靛紫說。

「你這隻臭白毛！枉費我還帶了梅子糖給你！」

彩衣從懷裡拿出融化了一半的糖果，小七怯怯伸手接過，仰首用臉頰蹭了蹭彩衣的手指；彩衣「哇」地大叫，抓住小七，蠻橫地用鼻子和唇，蹭遍小七哭紅的臉蛋。

「老六獸性大發啦！」

黃穗醒轉過來，就是見到底下兩個小的把臉硬貼在一塊的畫面，成人的幼鼠精和不成神子的幼子終於學會相親相愛。

「兄弟們，師父寫信回來，說他在中原有事耽擱。」

聽到「師父」兩字，小七和彩衣齊齊看向黃穗，眼中盡是光芒。

「過來，師兄唸信給你們聽。」黃穗順利哄得兩隻小的冷靜下來，溫馴窩在他左右邊，被其他師兄罵無恥也無所謂。「為師一切安好，上略，彩衣有沒有乖乖的？」

「彩衣很乖！」六弟子急切應聲，即便白掌門遠在海之西。

「師父又問，小七有沒有乖乖的？」

「小七不乖。」小師弟沮喪地低下腦袋，黃穗摸著白髮安撫，摸了又摸。

「中原大勢抵定，故土已非。師父說雖然他在北方長大，但現在這裡才是他的家，他很想孩子們，希望我們平平安安，別惹是生非，尤其是阿紫。蒼是他田事上的得意門生，他喜歡碧一手好菜，除此之外，他還是覺得他們倆一模一樣。橙朱他信得過，一定會分配好觀內大小事務。」

橙朱微闔上眼，他對不起師父。

「阿穗，你呢？」

「師父說這麼多年過去了，要我和他一樣，從傷痛中站起。」黃穗抓了下後腦的短髮，及膝的細髮辮已經拿去抵押。「我記得妹妹死了，這孩子是我最小的師弟，我必須保護好他。」

黃穗拿出一罐銘黃顏料，小七以爲那是師兄們習慣買給他的禮物，黃穗卻點了點筆尖，直接把黃色畫在小七身上。

「不會吧？」蒼穹和碧海各掏出天藍色和海藍色的染料，裡頭浮現隱隱幽光。

「我拿到一盒硃砂，但不是眞的硃砂。」橙朱這番話雖然吊詭，但偏偏他們都明白，每種顏色都是用二年的時間和其他代價所換來的。

「紫色才漂亮，小七來，四師哥給你畫畫！」

而小七不明白，只是乖巧地給師兄們圍著，讓他們擦乾身上的泥水，添上繽紛色彩。

有的符文從胸口開始，有的從指尖，有的從他的額際，一路蔓延開來，人世以外的空間與他的連結漸漸關閉起來。

「對不起，都是師哥太無能才會害你受那麼多苦，也不知道這樣有沒有用，師父回來會不會打死我們。你這把刀太鋒利了，我們只能用魂魄做你的鞘，不讓你的意念傷害別人。」

小七好不容易停下的淚再次湧出，他們在他七歲就見識過小師弟多會哭，不愧是蘿蔔王最用心培養出來的多汁蘿蔔。

「看你受苦，師哥我們都好捨不得，你是一個這麼愛撒嬌的孩子，沒有人抱著、哄著，怎麼可能過得快樂？」

他再伸出手，四周不再死寂一片，而是七手八腳想拉住他，一瞬間，封閉的兩年時間回到他身上，昏倒在彩衣懷中的小七變成十二歲的大孩子，他們對這番轉變安靜好一會，直到孩子嘴邊模糊叫著「師父」，隨後又一聲「師兄」。

「長大了……」靛紫神色複雜說道，傻寶寶以後不能再叫寶寶了。

「是啊，以後會長得比我們還高大。」橙朱心裡有股當娘才了解的滿足。

「可惡，怎麼還是這麼可愛！」

彩衣憤然叫著，白派眾弟子不約而同附和一聲。

師父什麼時候回來，他們就得在什麼時候之前把房子重新蓋起來。要是被師父知道房子垮了，還差點壓爛他的小白蘿蔔，六個師兄，無一倖免，一定會被抓去剝皮燉肉。

說來令人沮喪，但白派黃傻五卻因此精神煥發，一連畫了十幾張建圖，弄得橙朱還得委婉提醒他要蓋的是道觀，不是皇宮。

黃穗說：「要讓世人看看，什麼叫作『藝術』。」

「救人啊，有人又忘了自己是道士。」

大家忙著四處籌備材料，又得防著南派道士來偷襲，只有靛紫自稱手不能提、肩不能扛，閒閒度日，蒼穹和碧海指著忙進忙出的小白影來指責他，要他看看小師弟都那麼勤快，身爲師兄怎麼可以這麼混蛋？

橙朱把山下來的帖子捆成一包，砸到靛紫臉上，三年了，白派也該派個人去巡島，了解人們的生活有什麼變化。

「這種事，給廢物去剛剛好。」

「美人，晚上我給你揉腳，你就饒了我吧？」

靛紫堆滿欠揍的笑容，橙朱又回以絕美微笑，等靛紫隨身匕首和衣袍被扔出他們臨時搭好的棚子，他才明白橙朱是認眞的。

「等等，就我一個人去？巡完至少要半年、十個月，那多無聊啊？」

「我們都好手好腳，實在沒閒工夫陪你。」

橙朱說得靛紫心寒，他討厭這種得獨力負責的苦差事，得想辦法把人拖下水才行。

「彩衣，四師哥這裡有好玩的遊戲喔！」

「你以爲我是笨蛋嗎？」彩衣才搭好一片竹籬笆，正休息著，鬆開衣襟在棚子下啃果子。

靛紫嘆口氣，他想也是，整座道觀會被他糊弄過去的也只有……

「阿紫師兄，水壺給你，還有止血消腫的膏藥。」

小七低頭把三師兄請他準備的東西一件件給靛紫收拾好，沒發現對方豺狼似的目光。

白派眾弟子暗叫不妙，同時，靛紫用力按住小七肩膀，捕捉成功。

「小七，你也是個小男子漢了。」

那雙純真無邪的雙色眼眸眨了眨，靛紫得在橙朱採辦回來之前，先斬後奏。

「四師哥身負重任，需要一名優秀的助手，你辦得到嗎？」

「如果四師兄需要我。」小七認真地回。

「很好！」

靛紫把人抱了就走。

「來人啊，有人搶小孩啊！」

蒼穹和碧海追上去，但靛紫即使多抱一個十多歲的孩子，依然健步如飛。哪裡殘廢了？根本就是在裝死偷懶。

「白靛紫，要是小師弟有什麼三長兩短，師父一定會剁了你！」

「知道了！」

靛紫把小七拋到背上，要他抱緊點，收不住嘴角的笑意。

「小七呀，外面世間險惡，四師哥教你一些師父不會教的訣竅：看人說人話，看鬼說鬼話。把你那顆白嫩嫩的心給藏起來，別讓誰傷著了它。」

「師兄，我有點害怕。」

彩衣說，他和小白毛泡澡的時候，見著他身上多了許多傷口。他們小師弟和一般沒爹沒娘的野孩子不一樣，每一道傷可都是有師兄會斤斤計較，就怕師父心疼。

「有師哥在，不會有人敢再給你砸石頭。」

靛紫說到做到，沿路下來，小七都得阻止四師兄去欺負別人家小孩，他聲稱這是先下手為強，每個人都是有罪的，所以每個人都應該被砸石子。

反了，完全和白派道義相反，靛紫卻詭辯負負得正。

「阿紫師兄，這是不對的，你不可以這麼做。」

「小七掌門，好啦好啦！」

靛紫第一站就是賭場，眼也不眨地把旅費扔上賭桌，小七也一起放在桌上。

後來靛紫出千被賭場主人抓到，包袱一捲，師弟一挾，將近百人拿著火把和大刀追殺，他逃逸前，還向眾人擺出俏皮鬼臉。不出三日，「白袍、帶著小孩，有東洋口音的男子」，便成了島上十大通緝人物。

「我這是劫富濟貧。」靛紫得意說道，買了最好的衣服給自己和小師弟。「沒有錢又怎麼能為人做白工呢？」

看小七還是不懂，靛紫笑笑地揉著那顆白腦袋，把小孩放在最能保護的頭邊，順便拿小七軟軟的肚子充作枕頭，還偷捏小屁屁。

靛紫專帶小七往社會下層廝混，讓他見識白派以外的世間，還擺出師父的架子，諄諄教誨小師弟好人很少，壞人很多的概念，像師父那種見不得小孩子受苦的老好人，並不是滿街都是。

「阿紫師兄，為什麼壞人會變成壞人，人生來不是一張白紙？」

靛紫抓抓頭，拿自己打個比方，他只是在死和歹路二選一，並不是眞的那麼喜歡殺人放火，是殺了才說服自己這樣也不錯，見到那些安穩過生活的人們反而心生憎恨，憑什麼別人能享有自己得不到的安樂日子？

「我很想怪到老天頭上，但最後會被抓去殺頭畢竟還是我自己選的路。要不是遇到老好人阿雪，你四師哥現在應該還在地獄被火燒。」

「那我也要保護壞人才行。」小七很認眞地呼了口氣。「要在他們被火燒之前，讓他們回頭。」

靛紫兩手把小師弟抱高，左看右看，想看出這孩子哪邊出了差錯，怎麼會給他這麼一個聖人答案，記得他們師父也沒教他大愛成這樣。

「那些壞人裡頭，說不定有誰殺了你五師兄的親人，壞透了。」

「可是不理他們的話，就沒有四師兄了。」

因為靛紫幹過壞人，壞到要槍決那種，知道一個人不管有多壞，還是希望能被原諒。但是原諒了他，那些被他傷害的人們又何辜？

「小七，要是有人欺負你最心愛的師父，你也要原諒他嗎？」

「如果他明白做錯了什麼，要原諒。」

靛紫一直知道他們的傻寶寶從小腦筋就有點問題，沒想到這麼嚴重。

「因為你是神子嗎？」

小七搖頭：「因為我是白派七弟子，白派的愛，沒有界線。」

「可是師父受傷，你會很傷心，非常傷心，你又要怎麼辦？」

「照顧好師父。」

「傻瓜，先別管師父，我是問有人傷害你所愛的人，你的心那麼痛，你該怎麼辦？不怎麼辦嗎？就讓它痛下去嗎？」

「師父比較重要。」

靛紫覺得七師弟真不是普通難教，難怪會那麼笨。

「我明白四師兄擔心我，不用擔心，小七沒有關係。」

靛紫看前路一片泥濘，抱著小七，不讓他下來走。

「師父教錯了，應該跟你說，不管好人壞人，都管他去死，無作為，才是真正的公平，結果你全要攬在身上。」

「師父沒有錯。」

「那我們不在以後，你千萬別喜歡任何人，你的大道才能走得平順點。」

小七反抱緊靛紫脖子，悶悶地靠了上去。

「唉，笨寶寶就是笨寶寶！」靛紫仰天長嘆。「既然你不能做師父的孩子，就叫我多桑吧。」

□

白掌門回到中原，所見盡是戰火過後的殘破景象。

曾經坐擁財富美人的王爺府，最後也只剩斷壁殘垣。他向街坊打聽，府裡的人都到哪去了，大部分的人都避而不答，只有一個曾在府裡洗衣的老嬤嬤意味深常地告訴他，王爺府遭了妖孽。

王爺娶了一個天仙似的女子，愛護有加，沒想到那女人最後卻在王爺生辰那晚，一個人殺盡王爺府上上下下，連未足齡的孩子都不放過。在清兵入關前，這片榮華早成了敗柳。

「那女子呢？」白掌門聽見自己的聲音帶了絲顫抖。

老嬤沉吟一會：「從大火的樓台跳下，自盡了。」

原來金盞已經不在了。

白掌門去尋以往的白派道觀，原本恢弘的觀院掩沒在荒林裡，成了鳥獸的巢穴。他在後院找到師父的墓。墓前長了新木。他問新木，觀裡的弟子呢？新木說，全走了。

當權的清人不信漢人的道，北派道教隨著政局更迭，一夕衰落，許多老門派只能看著先祖千百年的心血隨最後宗師死去而埋上墓土。

白掌門詢問無門，只能一城一縣問過去，白派曾經有名英姿風發的弟子，受過前朝皇帝召見，有沒有誰知道，那位自比神祇的男子到哪去了？

別說白派，就連前朝皇帝是誰，許多人都給忘了。

約莫過了一年，白掌門才聽見一點消息，人們笑說京城有個老乞丐，自稱白派神子，天天爬到宮城門外，要皇帝召見他，說他能長生不老，讓人可以做百世的帝王。

於是白掌門便往京城尋去，可心底卻不希望那是他的師兄。

他在城門沒見著人們說的老乞丐，人們笑說老要飯的被打殘了腿，被扔到城外的破廟，奄奄一息。白掌門準備了傷藥和飯菜，找到破廟。他遠遠就聽見呻吟聲，和白霜不可一世的嗓音完全不同。望見那身破爛的白袍，他心頭沉甸甸，壓得喉頭幾乎發不出聲。

「師兄？」

老乞丐停下呻吟，吃力地挪動身子，緩緩張開黃濁的眼，當他見著那身白袍，即使歲月令人老去，也立刻認出對方的身分，喑啞出聲：

「阿雪，快把刀還我，我要去見皇帝，咳咳咳……」

白掌門過去，跪坐在乞丐身旁，給他餵了水，低眉診脈。

「我要讓皇帝把白派奉爲國教，你快點把刀還我……」

「師兄，帝王不會明白白派的眞義，你走錯路了。」白掌門看著生滿爛瘡的佝僂老人，花上大把力氣才能平靜說話。

老乞丐聽得生氣，唾沫横飛，朝白掌門大吼：

「你和金盞相親相愛，才不明白白派的眞義！」

「她已經死了。」

老乞丐聽了不但沒有難過的神色，反而幸災樂禍大笑。

「白皓雪，是你害死她的，要不是你執意娶她為妻，我就會保全她，帶她到天上世界！」

「師兄，你喜歡金盞，爲什麼不告訴我？」

「我喜歡她？你也太看得起那個妖女！」老乞丐朝白掌門咧出惡意的笑容。「你眞以爲粗俗的農家會長出天仙來？她不是人！死了連屍首都沒有！」

乞丐說，要不是他早年包庇金盞，那女人早被殺了作祭，她卻忘恩負義。

身爲白派大弟子，他的期望不是凡人能了解，父親只想守成，師弟又愚昧無知，只有披著美麗少女外表的非人者多少明白他的心志。

天上啊？聽起來眞漂亮。

只有他們兩人在的書庫，她會躺在榻上，散著烏黑長髮，翻看白派保留的典籍，有一句沒一句地和他聊著，無須僞裝成純樸的農家女，她這一面，只有他知道。

他安心修行著，不須娶妻生子，她會一直伴在他身邊。

另一邊是山下的孩子，從小失了父母，父親半強迫把那根笨蘿蔔抓來給他做小弟弟，說什麼活著才不會無聊。

「霜哥、霜哥，師父說了什麼，我都聽不懂。」

「哇，不愧是霜師兄，你好厲害。」

「如果霜師兄不結親，那我也不娶老婆好了。」

他們卻聯手騙了他，果然，世間的感情脆弱易變，不値得留戀。

「師兄，你不要這麼說金盞，是我求她與我結褵。你閉關修行，她想離開村子，我想留下她，用一倉庫的麥作爲聘禮，她才答應。」

「白痴，她不是看上你的麥，而是年年求親的你！她爲了你還勉強懷了孩子，都是你的錯！我的大道全被你毀了！」

老乞丐說到氣處，一口黑血嘔了出來，泛著臭味。

「你以爲你們能幸福快樂？我呸，狗男女！」

白掌門擦淨老乞丐的口鼻，從前那個舉手投足都氣宇不凡的翩翩男子，變成他認不得的仇人。

「你眞該看看她絕望的樣子，還是那麼地美。她眞的愛你，寧可揹負殺子的罪名受你憎恨，也要你活下去。」

白掌門回憶起妻子最後的冷情，那不是她眞正的模樣，他卻沒有看出她強忍的痛苦。

「我想看她的眞面目，就請王爺摔下孩子。她像頭母獸大叫，可惜外形沒有改變，枉費我這麼期待……」

老乞丐費盡唇舌，就是希望把白掌門和他一塊陷在仇恨的深淵，可是白掌門只是濕了雙眼，哽咽數聲。

「我不恨你。」

原諒的代價很大，必須獨自承受所有的悲傷。

「我在海外收了七個徒弟，大多不成材，都老大不小，整天卻只想到我邊上撒嬌，我對不起師父。」他難受，但活著這件事，因爲有了那些孩子，而有了無可取代的意義。「師兄，我找到了神子。」

老乞丐止住笑，變成斷斷續續地抽氣。

「那是我的孩子，我很愛他。師兄，我該怎麼辦才好？」

經歷這兩年來人事已非的變故，白掌門再也禁受不住，老淚縱橫。

白霜彷若看到當年的白娃娃，總是跟在自己身後，問著傻乎乎的問題。

「阿雪，你不應該愛他……」

「他是個好孩子，我捨不得，他能得永生永世，我卻守不了他……」

白掌門掩面啜泣，白霜突然又笑了，眼神澄清許多，依稀帶著年輕時的風采。

「也是，爹死了，金盞死了，這世上你也只能倚賴我，笨蛋阿雪。」他伸手摸了摸師弟滿是皺紋的側臉，想起這是他唯一疼惜過的人。「眞是不幸，給你帶大，想必神子也是個傻瓜。」

白掌門抓緊白霜的手，知道這絲清明僅是死亡前的迴光返照。

「你能做什麼，就盡量做，像我算計一輩子，到頭來，還不是什麼都沒有。凡人無力更改天註定，得什麼，失什麼，也是他的造化。」

「師兄，我帶你回白派。」

白霜笑得抽氣，金盞有了心卻輸了，她連最後一面都沒見著。

「阿雪，我會去給爹磕頭，跟金盞道聲歉，所以，你手握緊一點，再緊一點……」

「霜哥？」

那隻枯乾的手垂下，白掌門頹然坐倒，覺得自己也活得夠久了，沒有必要再繼續下去。

他走走停停半年多，才回到新生的白派道觀。

白掌門看著久違了的老宅子，總覺得不太一樣，但又以爲是太久沒見到的疏離感。

他一進門，大弟子、二弟子便往室內疾呼：「師父回來啦！」裡頭陸續奔出久違的弟子，他們都剪了頭髮，不管是黃穗的長辮子和橙朱的及腰青絲，全都變得和不肖靛紫一樣短，白掌門以爲他們又做了無謂的打賭。

最後，盡頭的小房間蹦跳出白色身影，髮上的水氣未乾，便急得把洗得帶有皀香的身子撲進他懷裡。

白掌門看著孩子身上的法咒，其餘六個弟子朝他裝傻。他又低眉看著孩子抽高的身子，已經有少年的輪廓了，手腳也長出肉來，很健康，還仰起臉，對他傻乎乎地笑，他強撐的冰冷目光幾乎化了開來。

「幹恁娘，師父您回來了！」

一室凍結，只有小七還興沖沖在白掌門肚子上蹭著。眾人用眼神表示，都是靛紫的錯，他們去環島回來，小師弟就變得滿口粗話，這年紀的孩子，就是這麼容易被帶壞。

「小七，去幫師父準備一盆熱水。」白掌門拍拍小七的軟髮。

「嗯！」小七高興應下，跑去廚房燒水。

現在大廳剩下白掌門和發著抖的白派眾弟子。

「竟敢弄髒我的小白點，恁爸宰了你們這群孽徒！」

「哇啊啊，師父饒命！」

從前從前，有隻大白兔子，流浪到蓬萊森林，沿路撿了六隻毛色不一的兔子。六隻兔子長大後，和大白兔爸爸一起去散步，又在路上撿到小白兔子。兔子爸爸和六隻兔子哥哥都很疼小白兔，小白兔也最喜愛兔子父兄，一窩兔子和樂融融……

# 第七章

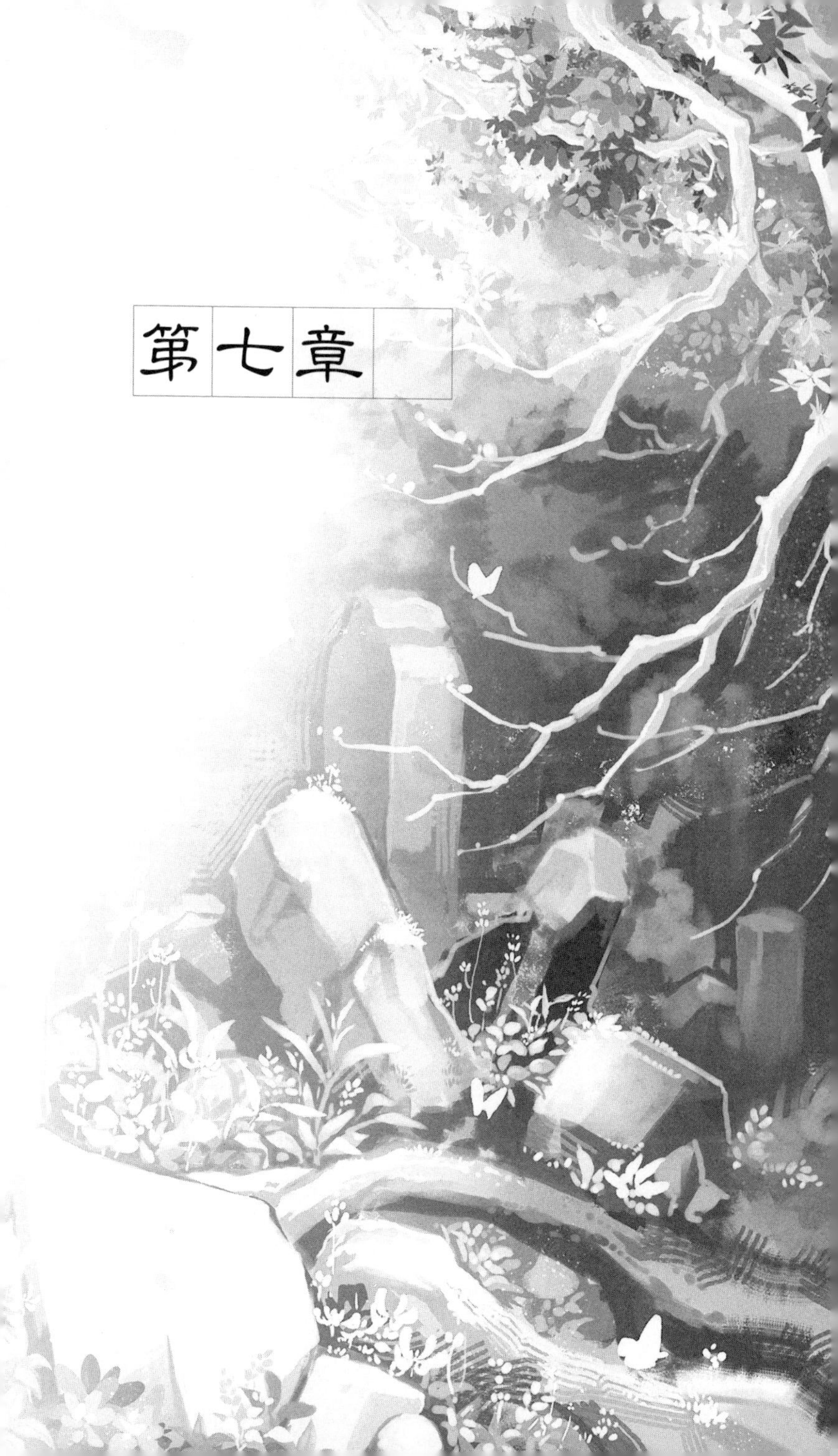

「人家十五嫁閨女，師父要把小七留到什麼時候？」

蒼穹以閒聊似地問句開了頭，碧海從屋子盡頭半掩的門板望去，清幽的小房只見一名白衣少年坐在窗前閉目靜思，雪白的髮束了個單髻，山風來，山雨去，外物的更迭無法勾動他心弦一絲輕音。

這些年來，白派還是四處為人們奔波，但即使是人手最窘迫的時候，師父也不准七師弟下山，說他修道未果，還不成氣候。

他們不是存心質疑師父，但老七現在一個師弟對上他們五個師兄都不成問題，最後還是彩衣耍潑，他才乖巧認輸。

「阿紫，還不是你，出去一趟就毀了師父教導十年的心血。」

像是他們呼喚在田裡忙著農事的小師弟，那孩子會回眸一笑，然後燦爛應一句：「啥小？」

因為他們自己平時說話也這副調調，要小七改正，就像把饅頭埋進米粥裡，很難以身作則跟白饅頭說：嘿，你是麵粉揉成的，而我們是粗米，不要學沒氣質的師兄，要像師父一樣，溫文儒雅……什麼？你說師父生氣時也這樣，師父不會有錯……阿雪哥哥，聽到了吧，你也得負起一半的責任，哇啊啊，師父，手下留情！

總而言之，言教這部分，他們就放水流了。

這幾年打定基業的張天師造訪白派道觀，拜見他們師父以後，自然而然把注意力放在毫無作為的小師弟身上，用兩顆他新婚妻子做的甜丸子把小七招過來，親切地和他說話，由衷喜歡那孩子。

要不是他們看得緊，真怕小七就這麼被拐下山去。

但他們也知道千帆所趨的名利動搖不了半分小師弟的心志，只要師父老人家還在一天，小七就不會離開白派。

每到晚上，他都會捧著熱呼呼的泉水，跪在床前給師父洗腳。寵子多不孝，但他們師父疼到小七，不敢說利潤翻了老本，但對師父老人家那顆年紀一把的心肝來說，實在很值得。

所以才更捨不得小七出去，師父老了，經不起愛徒有什麼不測。

他們從外地回來，努力和小師弟說了許多有趣的事，他總是仔細聽著，特別喜歡和人有關的風土民情。問他要不要偷偷跟著師兄去遊歷，小七只要聽見師父房裡一聲咳嗽，立刻過去服侍，把外面的花花世界拋諸腦後。

總是想太多的師父看著殷勤照料他的小徒弟，還問他會不會怨他。

「弟子怎麼會怨師父？」小七垂著眼，非常、非常溫柔地說。

師父從小牽著的白娃娃，長成一個很好的孩子，是他們白派不外顯的珍寶。

但小七越長越大以後，有的問題連師父也解不開，身爲師兄的他們更是幫不上忙，他只能一個人想著那些大道上的疑惑，獨自憑欄，遠眺天地世間。

一直到雷聲大作的夜晚，大雨傾盆，山上除了大風來的時候，鮮少有如此猛烈的雨勢，而那時卻是冷冽的寒冬，一切都詭異得令人不舒服。

黑壓壓的陰影罩住白派道觀，白派眾弟子各執兵刃，不讓敵人越雷池一步。師父大人正病著，要是可以，連天上吵死人的雷聲他們也想一併滅了。

不清楚原因，但四面八方，島上所有吃過人的妖怪全都集合到他們這座小山，像是被什麼美味的餌食吸引過來。

雷電轟隆，就在道觀外不遠處，等震耳欲聾的大雷靜下，所有的鬼哭神嚎也安靜下來。

好一會，他們聽見拖曳的腳步，還有微弱的敲門聲。

「誰？」橙朱問，沒想到竟眞有人聲回應。

「我想……尋求白派庇護……」那聲音虛弱得讓人以爲他下一刻就會死去，所以蒼穹和碧海才戰戰兢兢地上前開了大門。

是兩個男孩子，一大一小，小的被大的緊抱在懷裡，都被雨淋得透徹。

平常的話，應該快快叫他們進來避雨，但在他們身後卻是滿山滿谷的妖怪，混雜著人類術士。屍横遍野，血腥味濃得作噁。

殺得了怪物的，也只有更可怕的怪物。

「小叔叔，可以張開眼了嗎？」年幼的孩子顫抖問道。

「嗯。」少年強撐著精神，臉上已經沒有一絲血色。「這屋子住著好人，會給我們飯吃，給我們床睡，這世上總會有待你好的人，不要放棄希望……」

對方手上的劍還淌著血絲，不應該收留他們，但他們無法拒絕孤苦無依的可憐人。

「外頭冷，快進來吧。」橙朱招呼著，兩個師兄受他指示，趕緊準備熱水和衣物。

少年把黃穗遞來的被單先裹住他帶來的孩子，自己的十指還凍得發紫。

「小叔叔，終於有人沒趕我們走了。」

孩子燦爛的一席話足以道盡叔姪倆經歷多少辛酸。

「感謝諸位心慈，陸某感激不盡……」

當少年朝眾人溫文答謝，他們心裡不約而同想著，他也不過和小師弟一樣大而已，但已經磨盡所有的天眞。

「師兄，怎麼了？」

小七現身在眾人之後，少年抬起臉，迷糊地喃喃：「終於齊了。」

少年拖著腳步走向小七，小七那雙異色眼眸直望著他，少年也翩然一笑，頓時病得昏沉的眸子亮了亮，像天上的星，令人別不開眼。

「你是什麼人？」小七不是很確定對方的身分，只知道他相當稀有。

「一二三四五六，眾星拱著的月亮就是你呀，阿七……」

莫名的話語一說完，少年嘔出大口鮮血，染紅小七的白袍。

情急之下，小七伸手去扶那身搖搖欲墜的病軀，陸楓梓就順勢栽進他懷中，盡情昏睡過去。

隔天清早，白掌門精神好一些，醒來便看見七弟子靠著床頭打睏，滿是心疼，伸手搖醒小七。

「昨晚發生什麼事，那群孽徒又在玩擂台戰嗎？既然那麼愛逞凶鬥狠，何不去跳崖？省得我不安睡。」

「不是的，自從我七連勝打贏師兄們，師兄就很少在觀裡開賭局。只是來了客人，是對小叔姪。」

白掌門知道小徒弟總是維護他那群混帳師兄，可是本性誠良，又會不自覺把孽障們幹的歹事托出來，偏偏他們明知小七守不住口，還是愛帶著他胡來，被白掌門打個滿頭包也死性不改。

「小七，扶我去看看。」

「好的。」

不管白掌門叫小七做什麼，他都滿心歡喜地應允，好像除了服侍一個老頭子，什麼事都不重要。白掌門憐惜地看著七弟子恬靜的側臉，又不住憂愁。

昨夜來的客人們睡在小七的房間，大的還昏迷不醒，小的安靜依偎在他叔叔身邊。

「師父，阿紫師兄說您最喜歡小孩子，那人的藥錢不用算了，就用他的姪子來抵。」小七渾然不覺自己說了什麼，而再邪惡卑劣的話從他嘴裡出來就會變得良善可親。

「寶寶，你怎麼到現在還會把阿紫的屁話當一回事？」白掌門實在沒辦法不擔心他最寶貝的小徒兒，過去探問醒著的小男孩。

小童見了昨晚很好心接待他們的小哥哥，趕緊正坐起身，先朝白掌門行禮，又向小七問安，看得出家教甚好。

「老爺子，您與您徒弟的大恩大德，陸寂此生不會忘懷。」

白掌門略略瞇起老眼，這麼懂事乖巧的孩子不多見了。雖然口頭上否認，不過他眞的挺喜歡天眞的小娃娃，除了自己那班孽徒。

「小寂，你多大了？」

陸寂認眞地扳算手指，這畫面不禁讓白掌門想起小七小時候，每次都算錯，他卻不忍苛責。

「老爺子，陸寂今個十四歲。」

白掌門訝異一聲，再細看，便明白爲什麼這孩子會比外表來得大上許多，因爲他身上殘留著惡咒的痕跡。

「我只小了叔叔一年，從他在祭壇救了我之後，我就一直是這個樣貌。我因爲長不大，什麼事都做不了，也會自以爲還是幼子而胡亂撒氣，實在是不知好歹。」陸寂垂著小臉，雙手忍不住抓住昏睡那人的手。「每個人都說我小叔是壞道士，我有時候也會害怕他那雙眼，可是他待我很好，爲了我，都把身體搞壞了……」

床上的人輕嘆一聲，本來想裝睡、懶得和人打照面，這時候也不得不醒來。

少年裸著上身，沒有一塊肌膚完好，雙手和胸膛被布巾包得密密麻麻。橙朱昨晚上藥時，靛紫還在一旁咂舌：眞虧他活得下來。

「陸楓梓見過白派掌門。」

少年和小童相反，他先和小七致意再向白掌門頷首。白掌門一看他舉手投足，就知道這不是普通人家出身的凡人。當少年抬起那雙透明色的琉璃眼瞳，更是證實白掌門的猜測。

「你是陸家那個『傳說』吧？」白掌門沉聲問道。他回中原時聽聞過陸家風水師的事蹟，隨著時代動蕩，「傳說」也變得激烈躁進，遇神殺神，遇佛殺佛，不見以往如世家公子的溫雅。

陸楓梓蒼白的臉勾出笑靨，躲在門外的白派眾弟子驚訝個半死，只有小七不爲所動，單純以爲就是個比較厲害的修道者。

「即使是傳說，也有解不開的法咒啊！」陸楓梓慨嘆一聲，摸摸小姪子的腦袋。「多虧阿七捨命陪君子，終於能看見這孩子成人的模樣了。」

「這沒什麼。」小七由衷應道，陸楓梓又對他燦然一笑。

「爲了感激白派的恩德，我爲你卜一卦吧？」

小七看向白掌門，白派沒有關於卜算的術法，頂多學好感知，對將至的事判斷吉凶罷了。白掌門記起先師說的不可妄知，但他已經老了，對身後事放不下心。

「去吧。」

於是小七到床邊，有些好奇地伸出手。

不知道爲什麼，躲在門外偷窺還被師父狠瞪一眼的白派眾弟子，看著陸楓梓牽起他們白派七仙子的白軟手心，心頭興起一股小師弟要出閣的傷感，彩衣更是氣得鼓起雙頰。

陸楓梓的笑一點一滴褪下，在場的人也只有陸寂覺得他不對勁。

「阿七，你先說說我的命。」

算命的反過來問起被算的人，小七有些困惑，不過從對方的手法看來，他明白了一些規則，如何從現時的法則看向未來，雖然只學會了一點點。

「你身子底遭寒氣入侵，容易發冷，想要靠近人又有所顧忌，正好我思緒單純，所以你為了祛寒，沒事就會抓著我不放。楓梓，其實你可以帶個暖爐在懷裡。」

「可以嗎？」陸楓梓笑咪咪捧起雙頰。

「什麼？」小七想了一下，才知道他在問什麼。「可以是可以，我們也能互相交流兩派的道法。」

蒼穹和碧海在外邊喃喃：都快把自己賣了，師父怎麼還不阻止小師弟？

「阿七，不如你立刻離開白派吧？」陸楓梓繞了一圈，才回頭給予卜算者的建言。「那你聽到消息的時候，只會覺得自己作了很長的夢，到老、到死也格外安詳，以為終能再次聚首。」

「你是什麼意思？」白掌門顫聲問著，陸楓梓望向宿疾纏身的老者。

「您要是明白，那白派還眞是所託非人。」陸楓梓垂下眼，累得無法再看。「偏偏您什麼都不明白，您所盼望的，都只是爲他好。我說不清，或許這已是對他最好的方式了。」

「小叔！」陸寂驚叫，小七連忙扶住倒下的陸家道士。

陸楓梓突然抓住小七的手臂，瞪大眼大叫：「七七，你這個大笨蛋！」

「哭么，你又怎麼了？」小七被吼得莫名其妙。

「沒事，先抱怨一下。」陸楓梓咧開嘴角，隨即眞正昏死過去。

小七呼口氣，沒把陸楓梓怪異的言行放在心上，托著他身子，重新安頓好。

他沒放在心上，不代表他師哥們沒放在心上。蒼穹、碧海雙雙過來，要把這名病弱的不速之客抬頭抬腳拿去丟掉，留下小孩給師父玩就好。

「天師兄、水師兄，他是傷者。」小七就算不明就裡，還是出手阻止大師兄倆亂來。

「認識不到一天，小師弟竟然就爲外人頂撞師哥……」靛紫在旁邊假哭，黃穗拿了小木偶給陸寂，希望他能對白派的愚蠢弟子們睜隻眼閉隻眼。

「白毛仔，給我過來！」彩衣氣沖沖揪住小七的白袍，用力扯他臉頰洩恨。

「彩衣，小七也不過交個同年的朋友，你這樣太難看了。」橙朱替補位子，扶著白掌門，旁觀這一團混亂。

「他是最小的，當然要給我玩！」彩衣好不容易才放棄師弟的位子當起師兄，所以小師弟一定要負起賠償的責任。

等到白掌門從偶發的眩暈回復過來，立即一聲令下，要所有徒弟放下手邊的蠢事，排排站好。

「小七，你不用，到旁邊去。」白掌門給橙朱扶著，開始天荒地老的訓話。

「師父偏心！」

小七依然站在床前，一起陪師兄們罰站。陸寂很喜歡這個和小叔同年的小哥哥，挪動身子窩在小七手邊。

「阿七哥哥，你們道觀好熱鬧，師兄弟感情眞好。」

小七聽陸寂欣羨地說，了解到原來不只是自己這麼認爲，在旁人眼中，他所出身的門派就是桃源般美好。

「哦，小七害羞了。」

白派眾弟子「刷刷」轉過頭來，人家也不過誇白派一句，小師弟就開心成這樣。怎麼辦？以後一定會被居心叵測的壞術士給拐走。

「嘸、嘸啦！」小七低頭否認，他皮膚又白又嫩，怎麼也遮不住臉上的紅暈。

靛紫過去攬著白掌門的肩膀，算是替橙朱分擔重量。

「師父啊，你到底是怎麼教徒弟的？這就是你心目中的神子嗎？實在是太可愛了點。」

不用說，靛紫又遭白掌門一頓痛打。

房裡的白袍全被白掌門趕了出去，留給那對小叔姪靜養。原本橙朱和被打得唉唉叫的靛紫要扶師父回房歇息，白掌門卻頓了下，回頭叫來七弟子。

小七立刻上前挽著師父的手，師父還輕撫他兩下白腦袋，讓他不同色的眼開心瞇起。

望著師徒倆離去的背影，白派眾弟子收起三分笑謔，不約而同嘆了口氣。

「小朱妹子，那人說的是什麼意思？不太懂，但總覺得不是好事。」蒼穹和碧海異口同聲地問，這次沒心情再抱怨對方搶話。

橙朱還在斟酌用詞，比師兄們更有慧根的彩衣搶先開口：

「不要仗著你們外貌年輕，你們所有人都是因爲師父一時心軟，才能把無法成人的年壽延續至今。這樣的命格十分脆弱，容易橫死。師父又老了，那傢伙的意思是，我們都會死在小七前頭。」

「我還以爲是什麼了不起的預言，算算年紀，這不是應該的事？」靛紫嬉笑以對。

「師哥，理解生老病死和一個人被拋下來，是兩回事。」黃穗反覆琢磨小道士爲小七所做的測命。「我永遠忘不了當初逃出生天，睜開眼，聽到村人說：『黃家的人全死了。』而他說，小七的情況會比聽到訃聞還糟糕。」

即便是碧海蒼天也聽明白了算命的隱晦意思，靛紫老大不高興地沉著臉，橙朱擰緊眉頭。

「怎麼辦？眞要因爲一個瘋子的話，把小師弟趕到外地流浪？」

「可是，師父的精神越來越差，要是有個萬一，小七卻不在身邊，他老人家怎麼捨得瞑目？」

有人說嘆氣會老，但他們已經停止衰老很久了，多吐幾口大氣也沒差。

至於自身將至的死亡，不是不擔心，而是身爲白派弟子，就算沒有刻意爲之，也已經習慣先考慮他人的事，再想到自己，尤其那個「他人」還是他們最重要的師父與最疼愛的師弟。

陸家的叔姪就在白派道觀住了下來。陸寂從小失了父母，特別喜愛在白掌門身邊轉著，雙生叔叔會煮好吃的飯給他吃，黃叔還搬出一箱玩具大方送，玩得不亦樂乎。陸楓梓放任小姪子去叨擾白派眾人，自己則大大方方點名要小七照料他。

小七長年待在山上，鮮少與外人接觸，今天聽陸楓梓高談闊論儒家濟世安民的治邦之道，隔天他又慈眉善目講述佛法的高深，隨手捻來十來個公案；第三天卻謙卑說起遠祖神靈的信仰，弄得小七腦筋轉不過來。

小七問其他師兄，南派道士是不是都像陸楓梓這樣的人物？師兄們鄭重否認，即使把那個神經病小道士丟到芸芸眾生裡，還是兩三眼就能認出來。他們憑著長年的閱歷知道陸楓梓這人很不一般，如同他們小師弟。

第四天，小七捧著藥碗到陸楓梓床前，陸楓梓只是吃吃喝喝，安靜得像啞巴。

「楓梓，今天你會說陸家的道嗎？」

「先說你喜歡之前哪一個『眞理』。」陸楓梓翩然一笑，把藥碗擱在一旁。

「你說的我都喜歡。我想，它們都是值得追求的大道。」小七認眞地回應，只是有些感慨。

「而白派的道，只有我一個人能完成。」

「阿七，你好笨，好在修道和聰明才智無關。」陸楓梓托著清逸臉龐，對小七款款笑道。

「你扯那麼多，也只是想拐彎罵我笨蛋而已。」小七說不過他，只能憑直覺拆穿陸楓梓用華美言辭包裹的意圖。「我帶了糖給你，今天一定要把藥喝完。」

陸楓梓吃了糖，但藥碗還是擱在床頭，裝死不理。

小七無法，只好按著病弱的陸公子，用力把苦藥灌下去。陸楓梓吐著舌頭，在小七瞪視下，又不能把藥嘔出來，憋出一張委屈的媳婦臉。

「我師父說，吃得苦中苦，方爲人上人。」

「有道是『無爲』。你強加外力在我身上，只怕有失自然，而且這麼苦會讓我難過個大半天，得不償失。」

「楓梓，都傷成這樣，還在耍嘴皮子！」

陸楓梓反省半刻，又興沖沖叫白派小七耍大刀，即使揹著滿身傷，依然笑談風花雪月。

陸寂說，他小叔眞的看上了阿七哥哥，不然楓梓小叔病重的時候都會躲起來，不給任何人靠近。

彩衣說：「喜新厭舊的臭白點！」

白派眾弟子略過彩衣的評論，六師弟只是十五年來的玩具被搶走，在鬧彆扭。

師父病了，不能再指導還在成長的小師弟，而博學多才的陸楓梓就像一座書庫，裝滿千年來道者的知識，不管小七問什麼，他都能一語中的。

他們很少看小師弟一天說那麼多話，畢竟能不在意他的白髮異瞳的人太少了，能了解他修道路上孤獨的人就更少了；而陸楓梓對他的親近，明眼人都看得出來。

一直到陸楓梓傷癒，小叔姪倆向白派眾人道謝，陸寂不由得拉著小七的衣襬，依依不捨。臨走之前，陸楓梓還從身上摸索出一塊純白的美玉，覆在小七軟嫩的手心裡。

小七收下來，之後好幾天都無精打采，老是呆呆地望著遠方，平靜的心湖不時激起白派以外的漣漪。

「師父，你的小白點給人下聘啦！」

白派和陸家因此結下不解之緣。

如此過了年，年節沖散算命仙留下的壞消息，他們還拚命鼓吹小七出去見世面，輪番說動了白掌門。

到了陰七月，便是道界各大門派聚首的盛會，宴請地點依然在郡王府駐紮的府城。可惜今年白掌門身體欠佳，無法如期出席，只能由白派繼承人白小七代理，替師父去吃喝玩樂。

「小師弟，咱們只能靠你撐起白派的門面了。」雙面鏡重重拍下小七的左右肩頭。

小七端正跪坐在道場，拿著師兄們塞來的請帖，向沉默良久的白掌門請示。

「你就去吧！」白掌門嘆道，總是要讓世人見識到這塊寶玉。

小七看向師兄們，師兄們也溫柔看著他。彩衣是絕不能去的、黃穗又有隱疾、靛紫懶惰又怕他帶小師弟上妓院、橙朱討厭府城、蒼穹和碧海同進同出，一去就是三個，太引人注目。

「小七，與會便是向眾人宣示你是白派下任掌門，這位子我們誰都代替不得。」

「我明白了，弟子不會讓師父、師兄蒙羞。」小七向眾人一頷首。

□

於是，堅強的白派七弟子在十六歲，漢人習俗視為成人的時候，孤身下山赴約。

他在路上想起七歲和師父去逛廟會的事，那時他還那麼小，而師父是如此高大，再轉念至今，原來時間真是不饒人的東西。

到城裡，人們熙來攘往，有人抬轎，有人趕著牛車，大多都為生計奔波著，沒空理會自身以外的事物。但還是有人打從他一進城，就緊盯著他這個白袍道士。

幾個聚在城門邊的無事羅漢腳，打了個手勢，要小七過去，小七不做多想，瞬步就到那群人面前，剛好揚起一陣沙，他們以爲眼花，沒對小七異於常人的腳程多做猜想。

小七的白髮被橙朱用布條裹得牢牢實實，但他過白的膚色和異色眼眸依然相當醒目，而他那身白袍被人當作喪服，通常弔喪者身上都會帶著奠儀，小七就這麼被他們盯上了。

「哪裡人？」其中一個地痞問道。

「往東邊一直走，烏頭山上。」小七知無不答。

「要去哪裡？」

「道士大會。」

請帖上寫著一長串似乎很了不起的稱呼，但小七從小聽師兄說，那是一個類似武林大會的集合，只是參加者全是修行的道士，他們白派之前只略居張天師之下。但畢竟小白點初出茅蘆，這次只要拿到前三名就好了。

白掌門答應放行時，完全不曉得大弟子們給他小弟子灌輸多少錯誤的觀念。

那群流氓互相看了看，然後露出不懷好意的笑容。

「既然是道士，那就幫我們看看吧！」

小七應允下來，他還沒看過師父、師兄拒絕過誰的要求。首先，請那群人中最粗勇的男子坐下，把左腿伸出來，小七便跪在地上，給那人脫了鞋，從袖口拿出醫療用的針包，取出長針，挑起男子腳底將近半寸長的竹刺，再敷上膏藥。

男子呆怔住，他可是沒跟任何人說過腳疼的事，沒錢求醫，也無法上工。

再來是有著酒槽鼻的中年男子，臉頰潮紅、臉色泛黃，一看就知道飲酒過度。小七叫他放鬆，手移到對方胸腔與下腹交界右方的位置，取出數個墨綠色硬塊。中年人撫摸自己被碰觸的部位，原本硬如鐵石的地方變得柔軟，身體也輕盈起來，嚇得幾乎無法出聲。

「神、神醫……」

「我不是大夫，只粗略學過人的氣穴。」小七澄清道，他只是從他所見的病徵下手，再複雜一些的頑疾就沒辦法這麼簡單處理。「你至少要休息三日，避免太大的活動。」

最後一個便是這群地痞的領頭人，即使心頭有些膽顫，但還是不放棄訛詐小七的錢財。

小七看著這個小惡不斷的年輕人，淡淡開口：

「她在等你。」

對方毫不客氣拎起小七的衣領，而那雙異色眼瞳只是瞬也不瞬地望著他。

「你的母親，一直在等你回去。」

年輕人鬆開手，身子不住搖晃，突然間嚎哭起來，跪倒在小七身前。

「回去吧，她的碑上嵌了一塊青石，去補足你們母子倆的遺憾。」

「娘、娘親……」年輕人摀著臉，痛哭失聲。

小七抱著年輕人的腦袋，直到他悲傷的心平復下來。

當他離去時，被當地人視爲惡瘤的地痞流氓在他身後跪了一地，引來人們注視。眼尖的人發現那身白袍不尋常，不禁大呼：是白仙吶！既然大仙自稱七弟子，那就是白派當代第七位仙士。於是，「白七仙」的名聲不脛而走，人未至就先轟動台灣府城。

小七沒意識到他做了什麼驚天動地的神蹟，只照著師父、師兄常做的事，沿路幫助有需要的人們，不吝於給失意的人溫暖的話語。

當他終於準時抵達定點，即使他第一次參與，也感到氣氛不對勁。

這是府城最豪華的酒樓，即使海內外不平靜，清廷出兵攻打三藩，台灣跟著惴惴不安，王公弟子與富商豪紳還是要喝最好的酒、吃最好的肉；而世局越是不平穩，人民對信仰的捐獻就更狂熱。在場除了他，每個法師都穿著質地最好的道袍，佩帶的武器比士兵還要精良。

但再好的衣物與再鋒利的刀劍都只是物，如果心不夠強大，人的光芒只會被華美的外物所遮掩。

「七七，這裡、這裡！」

像銅鈴般的清靈嗓音叫住他，小七往裡頭看，主桌的位子只坐了一個與他同年的少年，清逸過人，隨意束起一抹長馬尾，笑靨如七月艷陽。

「楓梓，啊幹，你怎麼來了？」見了故人，小七不由得放柔神情，無視四周肅殺的氣氛，過去與陸楓梓同桌。

陸楓梓熱烈握著小七的手搖，好像他們隔了三百萬年沒見，想念得緊。

「阿七，我剛才得罪了在場所有俗人，你是我朋友，一定要幫我出力才行呢！」

「眞是的，你不能仗著年紀小就亂來，好好和前輩道歉。」

小七挺身爲陸楓梓向各大門派請求和解，話還沒出口，就因盛怒的紅巾男子拍桌而起給打斷了。

「出去，這裡不是給小孩嬉鬧的地方！」

小七愼重地拿出請帖，表明他是白派代表。

「開什麼玩笑，白派把我們所有人當傻子嗎！」

不少人看不過白派如日中天的聲望，但以往都是白掌門或門下強悍的弟子結伴出席，今個兒只有未及弱冠的小七一人，終於給他們逮到機會出口惡氣。

「白派並未瞧不起島上任一門派，修道之士本應相互尊重，也請前輩不要對我門派存有惡意的臆測。陸楓梓是我認識的人，說話總不得體，就是個白目仔，請各位大人大量，我替他向前輩們道歉。」

小七淡然說道，他雖少與人交際，但他師父從小就是這麼教導他，不卑不亢，以理服人。

也有人光是聽見白派的大名，怒氣就退下大半，又見到一個小子獨自力排眾議，不好意思再發作，紛紛坐了下來。

眼見部分人馬退讓，主事者急忙挑起原先的事端，絕不讓事情這麼容易平復下來。

「那個狂妄小子不僅佔了主位，竟然還說我們所有人比不上他動一根小指頭！」

小七怔了下：「他說的是實話啊……」

陸楓梓捧著肚子大笑。

「可惡，你和他都是一伙的！臭小子！」

場面又回到劍拔弩張的狀態，小七不由得反省自己，應該要更圓滿解決紛爭才對。

「七七，他們眼睛不好，看不出我們與他們可是雲泥之別，不用多說話，跟他們打一場就好了。」陸楓梓笑得沒心沒肺，腰間幻化出墨綠長劍。

「不行，受傷了師父會生氣。」隨意把「別人」打傷，師父會生氣。

「阿七，你真是個乖孩子。」陸楓梓挖苦說道。

好在兩方大打出手之前，張大天師從轎子走下，黑底金邊的奢美長袍略曳著地，風采堂堂，喊了聲「住手」。再次解除了將會嚴重傷害到各大派門面讓一堆修道者決定還俗或是重新投胎比較快、慘不忍睹的衝突。

張衡望向笑咪咪的陸家風水師和鬆了口氣的白派七弟子，想著他也不過忙上一陣子，怎麼白派和陸家不知不覺走近在一塊？

「天師大人，您不能維護這兩個小子！」

張衡想，自己想維護誰，你們管得著嗎？不過表面上還是一派溫和，請眾人靜下，鄭重向諸位介紹陸家現在的頭子和白派未來的主子。

他可以理解人們一片天崩地裂的神情，他已經三十六歲了，而他們才十六歲，還帶著青澀的氣息，但即使酒樓裡所有人抄著傢伙上陣，使盡自家門派所有絕學，還是贏不了那兩個小子加起來的兩根小指頭。

他也打不贏，可至少看得出來雙方之間的差距。

「吃飯吧，和小孩子計較，太難看了。」張天師一開口，沒人再敢在他眼皮底下造次。

張衡坐上主桌，小七立刻倒杯溫茶給他，還低頭跟他說謝謝。張天師不禁想，不只今天，以後維護這孩子一百萬次他都願意。

而陸楓梓在旁邊剔牙，把菜垢彈到張衡碗裡，還拉著小七衣襬，吵著也要喝茶。

張衡想，他總有一天要讓陸家跟他下跪，感激涕零地道謝。

「張兄，那是不可能的事，因為我討厭你。」陸楓梓斬釘截鐵地說，張衡為了維持風度，只是微笑以對，內心早捅了他千百刀。

喜歡偷看他的心嘛，就好好看著他在心頭如何凌虐你這個陸家的病貓。

「七七，張兄好變態，扒了我衣服，又盯著我沒人享用過的臀瓣。」

惡人先告狀，張衡當然不會讓白派純潔如雪的仙子受到瘋子茶毒，直說這是一場誤會，只有心術不正的傢伙才會把刑求曲解成另一種刑求。

小七從頭到尾都是一頭霧水，張衡不禁感慨白派真的把他保護得太好了。

「啊，七七，我等一下帶你去妓院玩。」陸楓梓話鋒一轉，就轉到很要不得的地方去了。

「阿紫師兄帶我去過，就是男人和女人睡覺的地方。」小七一臉懷念，張衡被茶水嗆著。「師兄點了頭牌，請她脫下衣服，教我什麼是女人。男人和女子的差別，我都有認眞記下。」

所以靛紫之後才會被白掌門折了又折，事後橙朱卻幫著靛紫說話，既然眾生一半是女子，小師弟該了解的還是不能缺。

「七七，你師兄眞的很疼你，即使美女在懷，還是耐著性子和你解說女子如何生育；夜裡寧可擁著你入睡，而不去享受一下人間至樂；帶你去看市井的喧囂，要你面對世間，卻緊緊拉著你的手，最遠不離你半步。」

陸楓梓說了，小七才更明白當初靛紫對他的用心。

「你很感謝我吧？那就快點把張兄那邊的糕點挾來給我。」

「楓梓，正餐都還沒動筷，你就只想吃甜食。」

張衡留了一塊糖糕給小七，剩下的故意叫店小二收走，讓陸楓梓瞪大琉璃雙眸。

「小七、小白點，張大哥奉勸你一句，離那傢伙遠一點，他一定有在算計你什麼，不然不可能在你身上放那麼多心思。」

「張兄，你污衊我就算了，還搶我甜糕！」

「反了吧？糖糕比你的名節更重要嗎？」小七受不了陸楓梓小孩子心性，把最後一塊糕點推到他面前。

「七七，你不愧是我這一世最愛的人！」陸楓梓一口氣就把糖糕吞了，饜足地笑了笑，眼角添了幾絲媚意。

「少來，我早看穿你沒有面底皮。」小七拍了下陸楓梓的腦袋瓜，不怎麼介意他的特立獨行。

張衡幽幽嘆息，看來不太可能拆散這對同年友伴了，只能伸長筷子把盤子裡最鮮嫩的筍子和最青脆的菜芽挾到他們兩人碗裡。

「小七，我在外頭聽見了『七仙』的名號，不愧是白派最得意的弟子。」不像適才飯桌上的家常話，張衡特意放大聲量，讓身旁一直注意他們的道士們能夠聽清楚。「我想用天師的身分，委託你辦一件棘手的事。」

陸楓梓突然舉起手來：「張兄，我也要去！」

張衡很想裝作沒看見，但還是敵不過陸楓梓那雙拚命眨動的琉璃眼珠。

「那你不可以壞事，要從旁輔助小七。」

「好的。」陸楓梓純良笑道，伸手到張衡面前。「七月巡海不是件涼差呢，給我旅費，我會代替七七花掉的。」

張衡叫某人去死，然後抱歉望向小七。

「這是保護人們的事，我願意做。」

小七毫不猶豫地應下，沒有半點計較，異色的雙眼波瀾不興。張衡眞想要在場修行者好好看著，什麼是「溫潤如玉」。

小七修書通知山上的師父、師兄，收到靛紫師兄歪七扭八的回覆。七月大伙忙，白派陰錯陽差只剩靛紫在，四弟子保證他會仔細照料師父。

「七七，路上說不定會碰上你的師哥。」

陸楓梓閉眼又睜，預先告知小七，小七頓時期待起未來的路途，什麼表情都寫在臉上。

「阿七，因爲咱們同年，我不會保護你。」陸楓梓笑容可掬，表明就算有什麼髒東西來了，不會再有人高高抱起白雪弟弟，不讓他沾上半點污。

小七卻誤會他的意思，挺起胸膛說：「你身體不好，我會負責打理旅途的事宜。」

「哎，阿七，和你相比，我可眞是個混蛋。」

「楓梓，我師父說，人貴自知。」

他們先到台灣最大的安平港巡視。陸楓梓扔了穿去酒宴上的破衣袍，套上南派道士也咋舌的華美道袍，兩袖飄逸，說是漂亮的湛藍色，日光下卻泛著金亮光紋，腰上還掛著嵌滿珠玉的古劍，再搭著一張來自江南水鄉的俊美臉孔，張衡曾忍不住對陸家神棍贊曰：一整個妖孽。

小七則穿著師兄留下來的洗黃白袍子，又因爲體質關係，他的皮膚日頭曬久會痛，所以撐著一把補過的舊傘。兩人站在一塊看起來十分奇怪，但由於他們年紀不大，船員和漁民也只以爲那是來戲水的少年仔。

「楓梓，那就是水鬼嗎？」小七望著水面瞬間冒起的氣泡，所有黑影見到他們的瞬間，立刻潛到水面之下。

「嗯，不少是從中原游過來的，台灣本土種還要再猙獰一些。」陸楓梓只用了半張黃紙畫了一道符，扔到海裡。

白派不擅長對付鬼，方法也比較決絕，若非存，即是滅。小七誠懇望著陸楓梓，想要請教南派的作法，陸家風水師咧嘴一笑。

「我沒傷害它們，也沒趕走它們，只叫它們要抓交替，就先來找我吧！」

小七當下覺得這眞是個好法子，也依樣畫葫蘆，希望所有妖魔鬼怪都來他這裡，不要騷擾百姓。

另一邊，張衡在涼適的大宅子裡聽手下人說，那兩個小子沿路扔紙屑，什麼法術也沒用，可是今年海域確實比往年平靜許多。

張大天師隨手翻看滿清軍隊的走向，不禁喃喃道：鬼都比人有眼色。連中原的老妖怪都會相互告誡，台灣現在住著可怕的人類，很危險，不要去。除了人以外，誰敢招惹那兩尊大神？

而那兩尊大神決定先往漢人聚落多的南方走，小七對人和景色總是看不膩，看到結實纍纍的龍眼就想到彩衣、看到有人在起新厝就想起黃穗；而碰上有人聚賭，他會把對方當作自家四師兄囉嗦一番；戲台上美麗的花旦，也讓他聯想到橙朱婀娜的身姿；在平埔社過夜招待他們的雙生巫女則是有頭上兩位大師兄的影子。

夜半，小七躺在涼爽的竹棚上，總想起生病的師父。

陸楓梓睡在另一邊，也是翻來覆去不成眠。

「楓梓，小寂呢？」小七以爲陸楓梓也是想起家裡人。

「啊啊，長大了，就在義頭莊落腳。」平時天花亂墜，現在卻很快地止住話題。

「出了什麼事？」小七憑直覺質問同伴，陸楓梓背對著他，不太想談家務事。

「吵了一架，我就出來流浪了。」

「楓梓，你不能像囝仔，遇到難事就躲，到底怎麼了？」

陸楓梓拗不過白阿七，只得說個大概。

「村裡來個女孩子，很久以前小寂在牢房裡認識的，也是南派出身的道姑。小寂很喜歡她，但她卻喜歡我。」

「這……你們叔姪也不過十五、六歲，怎麼就會爭風吃醋？」

「阿七，南方人比較早熟，你不知道嗎？」陸楓梓笑著說，小七回聲「屁」。「那小姑娘不長壽，我不想讓小寂和她在一塊。小寂這輩子會活很久，很久都只有他一個人活著。」

陸楓梓的聲音相當好聽，每個字語的延續都像水在流，和白掌門一板一眼的說話方式相當不同，但聽他說起姪子的事，小七總從陸楓梓臉上那一絲憂愁想到他的師父，即使身爲修道之人，也無法放下心頭那片軟處。

「楓梓，不是還有你？」

「我的命和小寂的心上人有得拚。」

「既然如此，你還隨便跑掉！」

陸楓梓笑了幾聲，小七踹了他一腳，他還是沒良心笑著。

「七七，我已經很久沒有過家人，我不知道該怎麼辦。」

小七沒料到某人會有示弱的一天，揮手亮起白光，一室大亮。因爲被他的話語引開注意，沒發現到異狀，陸楓梓掩在臉上的衣袖已經淌滿鮮血，不時從口鼻汩汩流出。

他上前按住他的臉，暫時把血止住。陸楓梓的病症一個牽著一個，沉痾已久，醫術和法術不能治的比治得了的多太多。

小七跪坐在陸楓梓枕邊，索性連覺也不睡，以防他的病頭又發作起來。

「我也不是很明白家人的關係，但我受了傷、不舒服，會叫師父和師兄，不會忍著什麼也不說。」

「阿七，如果有一天，你只剩自己一個人，難過的時候連淚都會省下來。」

小七不禁喝道：「你不要再黑白想，快休息。」

「七七。」陸楓梓沒有閉眼，反而睜得更亮，手腳並用，奮力抬起腦袋靠在小七溫暖的大腿上。

「吼，聽嘸人話喔！」

「要是不幸你成了神，世間還是如此悲慘，我該責怪誰呢？」陸楓梓直接把染血的手環住白袍的腰身，想盡辦法要弄髒這輪落入凡塵的明月。

小七垂下雙目：「就怪我吧。」

陸楓梓沒再多說一句話，在嘆息中入睡。

□

走到南方牡丹社，他們又乘海船沿海岸往回行，打算下在諸羅一帶海濱，再繼續徒步完成任務。

小七迎著海風眺望遠方，陸楓梓趴在扶手，船員們以爲他們在享受航行，而不知道他們眼中的風景有多不一般。

「楓梓，你看得到海的另一邊？」

陸楓梓瞇起眼，沉吟道：「黑抹抹又黏乎乎。」

清廷爲了防止內陸人民偷渡來台，強迫遷走沿海居民，一個人都不會有，有的只是虎視眈眈的意念。

「海峽不深，它們可以透過海水或是一些飛禽蟲魚慢慢往蓬萊前進。」陸楓梓直起身子，朝白派小七賊氣笑著。「要不要趁它們還沒壯大，除之而後快？」

「把消滅這種事當樂趣，我做不到。」

小七不願意，可是海裡的生命正爲此飽受折磨。那股侵蝕生物的惡念瓦解原本平時的法則，大的魚類變得異常兇猛，小魚小蝦迅速減少，短期看來漁民近來豐收連連，但再這樣下去，可以預見日後的漁荒。

「楓梓，能不能和它們談談？」

陸楓梓做了一個「稍待」的手勢，從袍子裡拿出釣魚線，綁在他的天誅寶劍柄上，在線尾沾上一點血，然後垂下海面。

那「東西」受到血的牽引，前仆後繼，渡水而來。

而那東西蔓延過來的速度，比想像中快上許多。

「阿七，把握時機！」陸楓梓大喊，頃刻間，黑色的海浪直撲船身。

「請你們放棄這塊土地，不然我……」

小七還沒說完，黑色巨浪已經蓋住他們面前的天空。走船多年的老船員從未見過如此詭異的現象，失聲驚叫。

當陸楓梓抽出半截天誅，小七已經立起白刀，踩著船杆向大海一躍，從中將黑水劃開成兩半，本來混濁至極的海水從破口處澄清起來，等落下的浪花濺濕船上所有人，已是再普通不過的海水了。

剩餘的黑又退縮回對岸，那急流湧退發出的水聲，就像惡姑婆的咒罵。

談判破局，小七收回刀，不無遺憾，而陸楓梓在一旁誇張地哀聲嘆氣。

「你是著猴喔？」小七出聲關心。

「阿七，你要是生作千年前的白蘿蔔大仙，一定會被人們傳唱千年。但今人善忘，世局多變，不到五十載就沒有人記得你了。」

白派不求利，也不求名，陸楓梓所觸動小七的不是關於聲名的事。

「楓梓，我也會像你姪子，一個人活很久嗎？」

「哎呀呀，你可是白派最得意的七弟子，身爲最鮮美可口的蘿蔔，怎麼可以說這種喪氣話？」陸楓梓指著小七的鼻子，還說要去白派道觀告狀。

小七瞪一眼過去，明明是他挑起來的話題。

「我能生得這麼白，沒什麼蟲咬，也是身邊有六條成熟的菜頭替我擋蟲蟻，還有一位很好很好、總是照料著我的大菜頭，把他的養分都給我，所以我才能……」

「哈哈哈，菜頭園！小七是小菜頭！」

「肖仔，哪裡好笑了！」小七常聽師兄把他比擬成食材，但只要他自己說出口，像是「師兄，糯米糰已經洗好了」、「師父，吃藥苦，雪花糕在旁邊給你看著」，他的一干師哥就會露出微妙的表情，隨即爭先恐後要把他搓圓拉扁。

「總而言之——」陸楓梓揚起一根仙指，戳向小七的臉頰。「眞可愛。」

小七想起小時候被砸石子的情景，自己在常人眼中奇怪得很，哪裡可愛了？

「楓梓，這趟路什麼時候結束？」

陸楓梓嘻笑如故，只是望著小七的眼神柔軟起來。

小七拉著他的手說：「和你在一起很開心，眞的。我想，我滿喜歡你這個人，你怎麼胡鬧我都不會眞正生氣。可是我又想師父了。海洋、人們和你，雖然都很美，但是外界帶給我的感動，還是比不上師父師兄疼惜我的心。」

「阿七，你太美好了，這麼好卻配上那種命，會讓世人沒資格奢求幸福。」

陸楓梓笑了起來，不過小七知道，人有喜怒哀樂，陸楓梓不管是那種情緒，嘴角都是一抹漂亮的彎，並不是眞的感到開心。

「無論如何，我還是希望世人能好好活下去。楓梓，你也是。」

「我才不稀罕神明保佑。」陸楓梓綻出美好的笑顏，上前摟住純白的友伴。「不過可以勉爲其難讓你保護一陣子。」

# 第八章

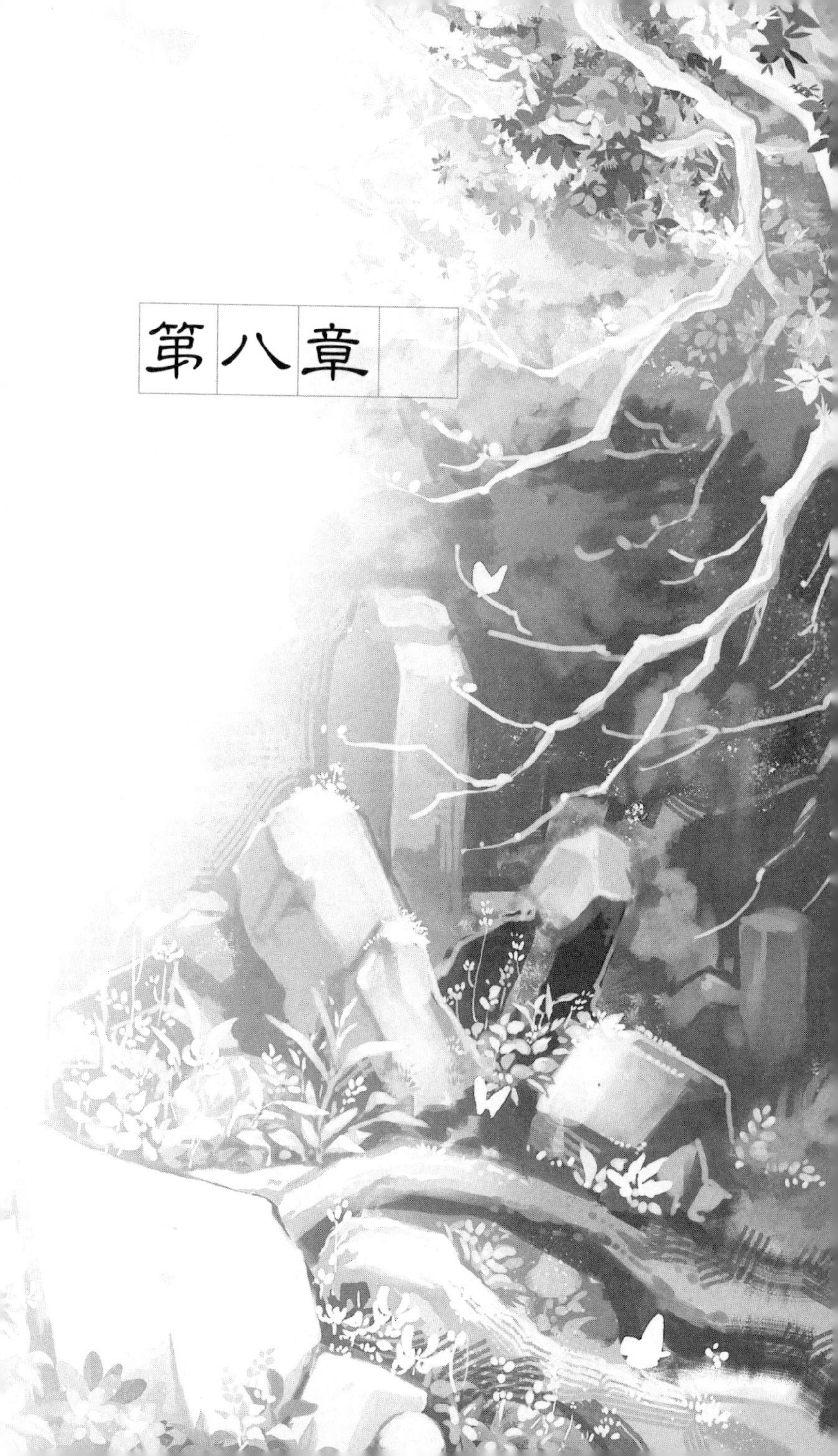

隨著陸楓梓一路招惹是非，哪裡有麻煩就往哪闖，小七回山上的時候，「白七仙」已經聲名大噪，人們都說那是神明轉世來渡人的活菩薩，只要有幸到他面前一求，死而復生都不是難事。

六個師兄嘰嘰喳喳圍著他，讓小七連坐下歇息的機會也沒有。他們每次聽到關於小師弟的新傳說，就像被景仰的人物是自己一樣，故事的小細節都仔細記下，回來說給師父老人家聽。

「不是，我沒有讓人復活過。那名婦人是生產完，身子太虛，叫不醒又呼吸微弱，才會被誤診死了。」小七澄清著，被四、五隻手摸頭獎勵。

蒼穹和碧海兩張一模一樣的臉龐擠到小七眼前，笑得好生曖昧。

「那麼你渡青樓女子成仙的佳話又怎麼說？」

小七不自然地解下手腕上的紅巾帕，他也只不過路見不平，拔刀相助。那女孩子家和他一般大，寧願死也不願被男人玷污，仙宮從來只收童男童女，凡人醜惡的欲望會毀棄她自小修來的道行，她不甘心。

他還記得把紅綢從妓院救出，她絕望的眼突然亮起光采，剎那間起死回生。

小七納悶道：「她不願意給男人碰，卻說等她修道有成，要我做她的第一個男人，這到底是什麼意思？」

靛紫用力拍打小七的肩，滿是讚賞之意，不愧是他帶出來的白娃娃。

「阿紫師兄，我不知道原來做妓是那麼痛苦的事。」小七垂下眼，就算救了紅綢一人，以後還是會出現像她一樣被推入火窟的少女。

「也不是全都那麼痛苦。」靛紫以前帶小師弟參觀青樓，刻意略掉不少細節。「只不過要是能吃得飽穿得暖，也沒有人想出來賺。」

「像三師兄長得漂亮，如果不是師父帶著，會不會被賣去妓院？」

橙朱啞然失笑，可是小七一副擔心死他的樣子，看到別人受傷，也覺得自己最重要的家人受到傷害，無法坐視不管。

「三師兄，你能容許阿紫師兄以外的男人碰你嗎？」

靛紫臉色微變，其他人投以譴責的目光。竟然連小師弟都發現了，可見他們兩個姦夫淫夫有多張揚。橙朱撫了下髮鬢，明媚笑了笑，因爲不忍小師弟難過。

「如果爲了活下去，我可以忍受，反正我一顆心都在阿紫身上。」

大伙看向靛紫，只見臉皮比牆厚的白派四弟子刷紅臉，訥訥說不出話。

小朱妹子贏了，某風流痞子完全成了他的掌中物。

「可是呀，要是有誰傷害我的七寶寶，我是絕無法忍受。」橙朱白筍般的十指捧起小七臉頰。小師弟出去這一個多月，他沒有一個晚上不掛心，師父就更不用說了。

小七低首貼著橙朱的掌心，雖然他沒有陸楓梓的通心神能，但他知道師兄們有多疼愛自己。

「天師兄、水師兄、三師兄、阿紫師兄、阿穗師兄、彩衣師兄，小七回來了。」

光是看小師弟羞怯的模樣就讓他們一群人笑得闔不攏嘴，黃穗情不自禁來摟摟他，早了彩衣一步，害六弟子又縮回彆扭的角落。

「彩衣師兄，我給你帶了鳥仔梨。」小七全身的行李也只有一袋油紙，包著酸酸甜甜的醃果子，是彩衣的最愛。

彩衣這才心不甘情不願地過來：「給我的？」

小七頷首：「因爲六師兄常常說師父買鞋給我的事，我想至少帶一份禮物給你。」十足的以德報怨，而且本人毫無自知。

「只給我一個人的？」彩衣又問，小七再點點頭。「喂，有八顆果子，你分明要我分給所有人，好替你做人情。」

「老六，你不要再矜持下去啦！」旁邊傳來雜音。「他有六個師哥，只買給你，要知足。」

「而我只有他一個師弟，他當然要對我好！」彩衣依舊理直氣壯。「白毛仔，你是隻好白毛，以後我有什麼好料的，都會分一點點給你。」

「彩衣師兄，你對我眞好。」小七知道，一直以來，彩衣有什麼喜歡的，他一定也會有一份。

於是彩衣心滿意足抱著醃梨子到角落享用起來，一個人獨吞。

結束與師兄們久別重逢的會談，小七就要進房拜見師父，卻被師兄們攔住。

他們不好意思捲著手指，老實說，會變成這樣也怪他們大嘴巴，好的壞的，全跟師父說去，還加油添醋。

「小師弟，實不相瞞，師父他生氣了。」

「師父生我的氣？」

白掌門這輩子最後悔的，便是教出六個不像樣的徒弟，本來以為第七個會好上一些，沒想到小七也是塊闖禍的料，陰七月大會得罪各大門派、混妓院、與平埔巫師群戰、交了不三不四的朋友（前述的歹事都是損友惹來的）、七天才寫一封家書，都讓師父老眼瞪得老大。

小七不由得緊張：「我得快點向師父賠罪才行。」

說完，便義無反顧地去看師父了，總而言之，小師弟就是想見師父。

小七還沒推開房門，房裡就傳來蒼老的聲音。

「小七，你過來。」白掌門從七弟子進門就一直等著他，哪曉得他那班白痴徒弟有那麼多廢話好說。

白掌門終於要板起臉，好好教訓學壞的白蘿蔔，白派眾弟子都隱約期待著，以為被譙個狗血淋頭是身為白派弟子的必經之路。

「你好好解釋，這個月來是怎麼回事？」

因為白掌門一看到小七，再兇的老人臉都軟了下來，一點也不像在生氣，聽不太懂弦外之音的小七便誤會了師父的意思，傻乎乎地笑起來：

「山下很有趣，遇見好多人，看了很多漂亮的風景，可是弟子還是想待在師父身邊，一直服侍師父。」小七傾身環住白掌門的脖子，輕輕在他老人家頸邊磨蹭著，盡情撒嬌。害得白掌門不僅氣不起來，眼眶都積了層水霧。

「師父、師父，小七好想你。」

「師父也好想我的小白點兒。」白掌門哽咽說道，從心所欲，疼惜著他的心肝寶貝。

小七回白派前，陸楓梓又發作起來，要潑叫他乾脆別回去，跟他一起雲遊四海，否則以後那種痛發作起來，真會讓人不願活在這個世間。

可是小七謝絕了陸楓梓的好意，不是逃避，也不是懷疑神算的能力，只是再痛也要陪伴他的恩師走完最後一程。

□

陸楓梓被官府通緝，在六月澎湖明軍敗戰之後。

聽說因為清廷在福建沿海集結兵力，鄭氏所建立的東寧王朝惴惴不安，特別請了陸家風水師為國勢開金口。而陸楓梓那張出名的烏鴉嘴當面告知各位達官顯貴，鄭王爺建立的王朝氣數已盡，鄭家人與朱姓王會一路死到盛夏結束。

東寧朝廷必須找個脫罪的替死鬼，陸楓梓便成了詛咒明鄭亡國的妖孽，似乎只要殺之而後快，天下就會跟著太平。

就是小七太久沒聽見陸楓梓的消息，才會託師兄們去尋他，可是陸楓梓只是透過不同人的嘴反覆告知白派今年流年不利，不宜管事，不宜外出。

就像每況愈下的國事，白掌門的病情也越不見樂觀，七弟子只能衣不解帶地在旁邊照料，不時望向外面的世間，愁眉不展。

白派眾弟子輪番向小七比出「噓」的手勢，要他保守祕密，別把壞消息告訴師父老人家。

而就在台海關係緊繃之時，白派道觀來了身分很不一般的委託者，鄭氏所輔佐的唐王牽著年幼的鄭氏幼主，兩個東都台灣地位最高卻無實權的人，請求白派協助。

朱姓王把信函向前遞到橙朱面前，低著頭說：

「這是已逝陳總制所寫的陳情書，他死前說過，台灣能有數十年的安定，人事是因鄭氏的治理，而裡子是由於白派的奉獻。」

「眞好笑，之前爲什麼不好好表現你們的感激之情？」靛紫冷笑道，還想說些挖苦的話，被橙朱一記眼神阻止。

「我們是道士，不是呼風喚雨的神棍，不可能用肉身和戰艦抗衡，請你們另請高明。」黃穗漠然以對。他評估過雙方的海船，實力實在差距太大，更無可救藥的是腐敗的政權。

這幾年來，明鄭官府幹出的惡事沒少過，殺世子、強徵民兵、把穀糧搜刮殆盡，怨聲載道。事已至此，沒什麼好說的了。

對方質問：身爲大明子民，竟然甘心做亡國奴？

「不好意思，我不是漢人。」靛紫看了下指甲，彩衣更是聽不下去，都快吐了。

「島上漢人的聚落只是一小部分，其他生靈本與中原王朝爭鬥無關，既然你們敢在台灣稱王，那麼就把海上那些戰火擋下來！」

彩衣忍不住大吼。多虧他們這些渡台的漢人招惹來戰禍，山林裡的精怪千萬年來，從來沒有這麼害怕過。

「大不了再幹回老本行，回去當乞丐。」蒼穹和碧海一起攤開雙臂，國家什麼的，只要不給人添麻煩，已經謝天謝地了。

唐王失望發現，白派並不像傳言的悲天憫人，果然修道者都無血無淚，他只能再轉向橙朱。

「你也是朱姓弟子，難道眞的眼睜睜看著大明最後一塊土地被賊人所佔……」

白派弟子的目光一時狠厲起來，太卑鄙了，竟然想逼橙朱接受這種無理的要求。

「請回吧。」橙朱抵著眉心，厭煩得說不出話。

好不容易送走貴客，每個人的臉色卻毫無緩解，他們不會在嘴巴上說那些無濟於事的漂亮話，不認爲自己偉大到可以拯救所有人，但的確比任何人都還要憂心這塊土地未來的命運。

可是來看診的大夫也說，師父老人家撐不過這個月了。

白掌門每次清醒，就會抓著床邊的弟子，交代同一句遺言：照顧小的，一定要保護好小七。

他們小師弟還沒滿十八，師父就要走了，好捨不得。

小七自願要輪夜守候，跟他說會長不高也不聽，他們半夜去看，常常會聽見小師弟低低叫著師父。身爲師兄，虛長那麼多年歲，卻不知道該怎麼安慰他們的孩子。

師父啊，您怎能狠心拋下最心愛的小白點？小七以後的路還很漫長，沒有人帶著，他能不偏離正道，抵達至善至美的境界？

小七沒有違反白派的訓誡，一滴淚也沒流，只是悲傷而已。

山下傳來消息，沿海地區發生可怕的異變，黑色的潮水不停上漲，所經之處無不把人們豢養的牲畜捲入海中，如果人來不及逃，也一樣會葬送於「黑潮」底下。

官府不理會這沿海居民的請願，人們只得赤著腳四處奔波，請求修道者援助，但南派道士說這是時勢所逼，他們無能爲力，請人民內遷，忍耐到政局穩定，人禍結束，天災也會慢慢消退下來。

「看來南派那夥人也只有陸家小道士比較有擔當，什麼叫遷地就好？他們有沒有把人的苦難放在己身之前？」

蒼穹和碧海你一句我一言抱怨著，橙朱必須告訴他們，本來道士多獨善其身，一人修身成仙已屬難事，更何況以天下爲己任？

「白派祖師爺當初是哪裡撞到頭，怎會傳下這麼累人的訓誡？」

雖然三不五時總要抱怨兩下，但也只有師父所投身的白派才會把他們幾個臭小子養育成人，又回到認命的循環裡。

「最近就是十五大潮，照那妖怪侵蝕的程度看來，說不定整個府城都保不住。」

蒼穹和碧海同時望了病榻上的老人一眼，隨即又同時出了聲。

「這麼多人擠在屋子裡也只是把師父悶著，不如我出去探看一下情況……都什麼時候了，不要搶我的話啊，二師弟！」完美合音。

再怎麼說，他們都是大師兄，不能貪戀師父最後的溫暖，而捨棄身爲師兄做師弟表率的責任。

橙朱想插話，表示情況早就糟透了，一去便是要正面迎敵，卻被雙生子似的兩名師兄第一次以長師兄的威嚴擋下。

「小七，大師哥要走囉，你要好好照顧師父吶！」

蒼穹和碧海把幾乎黏在師父枕頭上的小師弟叫來，一左一右摟緊他。小七目送他們兩人遠去，許久，才想起忘了與他的天師兄和水師兄道別。

其他白派弟子在白掌門房裡，或坐或站，怕說師父如果醒了，想喝水還是如廁，沒人照料就不好了，一刻也不敢離開。

小七去準備一點吃食，又從外頭提水回來，冷不防在門口灑了整桶水。

「怎麼那麼不小心！」彩衣急得喝斥，卻看到小七不知所措看著身上的封印紋身，天藍色和水藍色兩道幾乎重疊的符文飛快從他身上褪下。

橙朱立時起身，帶了慣用的長劍，離開前用力拍了小七兩下白腦袋瓜。

「小七，照顧師父。」

靛紫追上前拉住橙朱，橙朱卻回給他決絕的眼神。

「你是老四，留下來看著他們，別擔心。」

靛紫從來沒這麼聽話過，就站在白掌門房間門外，把黃穗和彩衣都擋下來。小七當然得陪著師父，想都不用想。

一更漏盡，小七偷偷過來攢住靛紫的衣襬。

「阿紫師兄，朱色……不見了……」

靛紫起初還不相信，抬起小七手臂，看了再看，以爲只是術法出了錯，當他抬頭看到小師弟拚了命忍耐的模樣，反倒輕鬆笑了。

「沒事的，美人只有床上的我能折服。他和笨蛋雙胞師兄可能遇到一些麻煩，四師哥這就下山把他們帶回來，你要好好照顧師父。」

靛紫走得相當隱密，等黃穗注意到，已經來不及追回來了。

黃穗討厭海邊，非常厭惡，從一開始就該反對他們前往曾是他家人死絕的地方。

但當小七身上張狂的紫色開始消逝，黃穗也揹起木箱，綁緊胸前的髮辮。

「秧兒。」

小七迎上黃穗溫柔不過的目光，黃穗伸手掐了下小師弟白嫩的臉頰，把對死去小妹的寵愛全投注在他身上。

「謝謝你當了我這麼多年『妹妹』，好好照顧師父。」

「阿穗師兄？」

黃穗深深望向床上的老人，下跪一叩首。

「你住口，這樣是要做什麼！」彩衣再也受不了這種訣別似的氛圍，還一連四次，他們玩不膩，他都快瘋了。

「這是人的事，你別下山，管好你的山。老的和小的就交給你了，小老鼠。」黃穗指著彩衣鼻頭，又指向白掌門和小七這兩個他心中最大的牽掛。

「不要以爲我不知道發生什麼事！」彩衣只能把心中積累的情緒，狠狠叫嚣出來。

黃穗過去拉了拉小七的手，露出一記想要令人安心的笑容，然後頭也不回地直奔下山。

三更，彩衣過去擠在白掌門和小七之間，睜著眼，一點也不想睡。

四更，明媚的黃色也不見了，原本斑斕的紋身僅存深邃的黑。

彩衣來到門外，嗅了嗅南風帶來的氣息，混著噁心的血腥味，他鼻子很靈，一聞就知道那是什麼人的血沫。即使如此，那股從海而來的勢力還是沒有止息，步步往他們所在的山林逼近。

他又回去師父房間，同不知所措的小七搶著離師父睜眼最近的位置。

彩衣很不甘願，他還想和白掌門說些話，聽師父再喚他一次「彩衣寶寶」，但是，除了自己的感受，他還有更重要的寶物要守著。

「小七，照顧師父。」

彩衣看著年幼的師弟，看他難受地用口鼻呼吸，卻不敢回一個「不」字。猛然意識到，這可能是他最後能仔細瞧他的機會。

什麼死後相聚，或是來生再續前緣這種事，對他來說都不可能，因爲他本質上就和其他人不同，和身爲人的師父也不一樣。

「白毛仔，記得我說過的話，一個人也要當個好白毛。」

這次小七沒有應好，只是祈求似地喚著：「彩衣師兄……」

彩衣傾身親了親小師弟的白淨額頭，他漫長的一生中沒有比這孩子還要寶貝的東西了，什麼都可以給他。

他不是人，但也明白了什麼是愛。

彩衣竄身投奔至黑夜，黑色的身影和黑暗混在一塊，再也看不清。

小七守在床邊，床上的老人呻吟醒轉，他趕緊上前細聽囑咐。師父說口很渴，他就輕輕端來清水。

「金盞……」白掌門不甚清醒地叫著，「寶寶、我的寶寶……」

小七握緊那隻乾枯的手：「師父，我在這。」

白掌門感到安心，緊繃的身子放鬆下來，閉上眼，繼續昏睡。

小七擦淨白掌門嘴邊的水漬，動作輕柔至極。夜已深，他想趴在師父身邊，傾聽心跳聲渡過漫漫長夜，卻發現他的手臂一片蒼白，失去所有顏色。

他頓時想起自己是白派弟子。

白派是捨己爲人的道，他卻緊抓著最愛的人不放，讓師兄們成全他的自私。

「師父，我該怎麼辦？」

老人已經沒辦法教導他，他必須自己做出抉擇，如果有任何差錯，造成了無可挽回的悔恨，也得獨自承擔一切。

小七把床頭破舊的布兔子擱在師父手邊，代替他的雙手，然後抽出白派傳承的神器白刀，平放在床前，對白掌門連磕三記響頭。

「師父，請恕徒兒不肖！」

牽制他的六道魂印全都消失，他提起大刀，斬開禁錮常人的空間，強行劈出一條前行的大道。

□

蒼穹和碧海下山時，決定要兵分兩路，分擔風險，就算眞有萬一，也還有對方能回去白派報信。但他們怎麼選都是同一條路，即使特意繞開，最後還是會在岔路的交會點碰頭。

「算了，一起走吧。」他們不得已放棄，並肩而行。

自從師父撿了他們已過了幾個十年，即使那麼久了，他們只要一餓肚子或是遠遠望見港口要出航的海船，總會想起飢餓欲死搶餅的事，以及僅存兩張船票的過往，也就一直沒辦法接受對方。

要是在那個時候就死了，就不能進白派，和師父、師弟們熱熱鬧鬧活過大半輩子。他們資質愚鈍，領悟不了眞理，害怕死亡，覺得世上沒有比好好活下去更重要的事，一點也不想放棄自己在別人心中的位置。

可是他們也明白，如果沒有對方，一定會在數次必須聯手制敵的打鬥中死去，而且當年幼的小師弟還不太會走路，就不能一人一邊牽著小七的手，讓孩子學著如何踏出腳步。

他們私底下多次確認對方的老家和父母，的的確確完全沒有關係，老天爺卻開了一個大玩笑，讓兩人擁有相同的相貌和性格，想的做的也幾無二致，甚至有時他們會忙昏頭，分不清誰是自己，只能叫小師弟過來認領師兄。

小師弟開心叫著「天師兄」、「水師兄」，一次也沒有錯認。在小七眼中，極為相似的彼此都是獨一無二。

眞的好想看小師弟會長成何種人物，再大一點，再多一點時間就好。

正想著，海潮聲已在不遠處。他們離海岸還有好一段距離，現在只是在平原的低地上，便嗅到屬於海水的鹹味。

他們分別執起以風與水構成的長劍，以自然之力對抗自然生成的魔怪，這樣就不用浪費錢去額外打鐵還是磨劍。

有東西從海水裡掙出，發出奇怪的聲響，好似許多小鏟子把沙土撩起的合音，蒼穹和碧海雖然一點也不想知道那是什麼，還是一道點起火熠子。

聽說最大的魚叫作鯤，生在北海，幾十艘海船排開都比不上，那麼他們見到的這東西，恐怕打破古人的紀錄。

它有魚的輪廓，依稀看得見隨呼吸而動的鰓和擺動的尾鰭，但它扁平魚頭上的雙目卻不是活魚的眼，空洞而沒有生氣。

魚嘴下長了許多黏滑的觸鬚，從十幾尺高的魚下巴垂落至地，把地上所有碰觸到的東西全往口中捲去。

照它進食的速度，這片土地不消一個晚上，就會被它吃乾抹淨，但是目標太過巨大，他們兩個加起來也只有它三片魚鱗片，根本無從下手。

「水，你手在抖啊！」

「少囉嗦，你才站不穩咧！」

要是能集結島上所有道士，說不定可以與它一博，可是南派道士早算出有此劫難，不少人又逃回中原，拋下這片土地。

蒼穹和碧海看了這隻怪物，實在無法怪罪他人，這麼可怕，想逃是人之常情。他們卻無法退開腳步，因爲身後有很重要的寶物。

白派長弟子一同抬起臉，握緊手中的風劍與水劍，擺出迎敵架勢。

論實戰，白派絕對不會輸給用出一張嘴打鬥的別派道士。他們有磨練來的體力，熟悉島上的地形，知道什麼攻擊該擋，什麼時候該跑；還有最重要的一點，他們有兩個人，就靠著彼此不言說的默契，他們才能維持大師兄的地位到今日，只輸過小七和出賤招的彩衣。

兩人同時衝上前，提劍刺向碩大的魚身，風劍刮碎硬實的鱗片，水劍再刺進裸露出來的部位，等碧海的劍瓦解在它的體內，傷口即噴出腥臭的液體，聞了會讓人暈眩。

他們飛快撤離它長鬚能碰觸的範圍，稍作歇息。至少可以傷到它，是實體。

「天，你一次可以造幾支劍？」碧海掩鼻，重重咳了兩聲。

蒼穹比出三根手指，和碧海心中的數字一樣。

「好，師父說做事前要想好目的，不能盲目行動。」

「對，像這種不乾淨的海魚，煮食前，一定要好好清理乾淨。」

他們對看一眼，然後左右手同時往怪物揮去，高空的風化作數百支利刃，模擬剛才使劍的力道，齊齊向下撞碎魚背上的硬鱗，然後興起的水波成了數量更大、更密集的尖刺，插入他們製造出來的脆弱點，腥稠的體液濺出四方。

大魚掙動兩下，身子往旁邊一倒，好一會都沒有動靜。

「贏了？」

「總覺得不對勁。」

魚身隆起數個山丘大的疣，往受傷的魚背集中，帶節的長足從包覆的疣中掙脫出來，像是蟹腳，一共有六支，緩慢地把足尖立在地面上頭，撐起那身龐然大物，使它看起來更爲巨碩。

會產生異變的妖怪眞正的模樣多半不是外觀所見，而且通常變化層次越高，就變得更加棘手。

魚身開始長出蟹類所有的甲殼，把風和水氣擋在外邊，現在它大半的部位已經能離水活動，破壞的範圍逐漸加大。

就在他們傷透腦筋的同時，妖怪扁平的眼珠對向兩人，終於找到施予它痛苦的元凶。

雙面鏡心頭戈登一聲。

本以爲它龐大，動起來不快，那硬殼做的六足卻奔跑起來，急起直追。

往後逃進山林或許是最容易得救的路線，但這樣就會讓怪物更接近師父一些。他們曾經高大的師父，已成了風中殘燭的老人，半夜想起師父病重的模樣總忍不住哭泣，但那份養育之恩和老人體內無時無刻掛念他那群笨徒弟的靈魂絕不會隨外物更迭而改變。

他們這次終於成功兵分兩路，魔怪遲疑一會，往右邊那個故意對它大叫挑釁的道士追去。另一個要是逃得快，說不定能擺脫妖物的眼目，求得生路。

但被放走的那個卻趁機繞到妖怪視線死角的尾部，用骯髒的海水造出巨劍，耗盡氣力，催動法術，全力往妖怪還沒硬化的魚尾紮下，在使盡法力脫力的時候，被魚尾掃飛開來。

它尖聲嚎叫，朝天張開大嘴，吐出黑霧，不一會，他們所在的區域就被濁黑的霧氣所籠罩，不慎吸進一口就會作嘔欲吐。

他按著口鼻跑去另一人身邊，他說右腳斷了，不要管他。

他卻依然架起他的肩，賣力往山的反方向奔逃。

沒有辦法拋下，對方就像自己一樣，當初要是師父捨棄他們其中一個，就會見到同樣的臉絕望哭著，以爲被扔下的也是自己，再也不可能完整活著。

師弟們老嫌他們腦筋不好，但唯獨異同這一點，他們既敏感又纖細。

天師兄、水師兄，你們要快點回來喔！

年幼的小師弟總是在門口殷殷期盼，兩個都好喜歡。原來他們並非可以取代，長年的心結因此一點一點鬆開。

「隨便哪個活下去都好，反正我們一模一樣！」

師父說，能夠突破加諸己身的界限，邁出步伐，已無愧於白派之道。

他們即使連喘氣都感到吃力，也不放棄求生，能跑一步，把東西引到無人的曠野，傷亡和破壞就能少上許多。

「天／水，不要讓師父丟臉，繼續跑！」

受傷的是他們之中的誰，他們跑久了也分不清楚，又痛又累，怕得牙關打顫，但絕不回頭。

當黑影籠罩他們上空，他們分開，反身往妖物做出提劍揮斬的手勢，他們一路奔走的足跡隨即竄出由低溫空氣和水氣凝結固形的冰柱，把妖怪六支長足架空，讓它動彈不得。

可是它魚嘴下的觸鬚還能活動，不費多大氣力便捲起無力再反抗的兩人。

血盆大口咬下，他們不約而同拉住彼此的手，共赴黃泉。

死很可怕，但有一個分身似的對方陪著，似乎也沒有那麼嚇人了。

下輩子，他和他決定一起當一個人就好，省得麻煩，也不用擔心受怕誰被誰取代，或是失去了自己或他。

□

橙朱尋著氣息而來，發現蒼穹和碧海殘缺的屍身，任憑他之前在腦海裡想過無數次這樣的可能性，但喉頭還是忍不住一哽。

「師兄，路上好走。」

橙朱隨著怪物拖行的痕跡，拔腿追了上去。他滿心想著應付巨妖的對策，不意外在屯田所附近碰上王爺府的人馬。

不全然是東寧府的人，其中還有幾個薙髮蓄辮的清人。

橙朱不動聲色踩著地，總覺得腳下作爲演練士兵的石子地不太平穩。

最前頭的術士拈著山羊鬍，告訴領隊的清人，這個白袍美人就是島上的龍氣所在。

「該叫你白派三弟子還是……前東宮殿下？」

「在下橙朱。」

橙朱說完，那伙人便放聲大笑，好像原本榮貴一時的皇族出家當道士是個天大的笑話，即使是前朝官員也能恥笑一番。

投效清廷的官員一聲令下，士兵亮出明晃的大刀，包圍住橙朱。

「把玉璽交出來！」

橙朱只要想到白派所保護的凡人也包括這群耀武揚威的惡徒，就感到很不值得。但世事便是如此，極惡的人也有人所愛，極善的人也受人怨恨，每個人心中各有定見，而白派不爲自身喜惡行事，是爲了大道。

「你們的貪婪引來魔怪，快點逃吧。」

橙朱非常疲憊，他才剛失去兩個至親的兄長，也早已失去家國，不想再牽扯上無謂的政鬥。王位有什麼了不起？江山再大，還不是一夕傾覆？萬人之上的帝王死了，還不是只有一個人淒淒慘慘掛在枝頭？恨極、怨極又有何用？

他們卻認定橙朱不從，想要強行搶奪他懷有的前朝御令。

橙朱沒有動刀，徒手壓制最快衝來的小兵，再側身一記旋踢，掃落兩個比他還要高大的男人。他的身手無懈可擊，總是一出手就讓人倒地不起。

單論武鬥方面，橙朱是眾弟子中把師父技藝學得最好的一人，不用法術的時候，只輸過小七和要賤招的彩衣。

「上，我們有一百個人，不可能拿不下他！」

要是隨便一個白派弟子在場，一定會對官兵們搖手指，嘖嘖出聲。男人總會被纖弱的外貌所惑，把一騎當千的小朱妹子誤認爲弱女子。

橙朱擅長打群架，他認爲當所有人目標都只有他，特別容易處理。還會偷偷傳授小師弟長年累積的祕訣，即使被小七青出於藍，他還是爲師弟感到驕傲，這樣小師弟日後又多一個保護自己的技巧。

白派不好強鬥，但要在壞之下保住好的，絕不是空口白話就做得到。

當橙朱撂倒最後一名小兵，那些上位者的臉色不禁扭曲起來。

高高在上的士大夫官員只能指望蓄小鬍子的術士，但術士也以爲靠人手就能壓制住橙朱。說到道法，島上沒人不知道白派，他們少用術法，但不代表不會使，曾有自以爲是的新人向白派提出鬥法的要求，被他們六弟子用兩根手指電得慘兮兮。

「我要和你鬥法。」到這個地步，術士也只能賭一把。

橙朱應允，執起長劍。

那百人士兵多少消耗到橙朱的體力，術士竊喜，南派有不少偷雞的訣竅，白派一定不知道。

他開始胡亂唸咒，正好來了陣大風，讓場上的官員驚叫連連，直喊術士是「天師」，一定能替他們逮住這個前朝逆賊，到京城去領賞。

橙朱一記冷笑。想與天齊名，至少要有他們小師弟那種本錢，可以任意支配時空，四時和空間盡在他手中。橙朱曾經想過，最適合他頸上玉石的人選莫過於小七，唯有強大到不可撼動才能做萬世的主宰。

可是小師弟又是師父的孩子，師徒倆都有一顆柔軟的心，統治者最忌心軟。世上有那麼多無奈的事，要是都得去聽、去看，那他一定免不了傷悲。

其他人不明白，但橙朱明白，如果把白派視作一個輔佐者的角色，那麼小師弟便是未展翅的雛鳳，那孩子註定會登上高位，只是遲早的問題。

橙朱又感到腳下不尋常的震動，眼前的敵人卻沒有察覺到危險。

那個術士結出可笑的印記，手指向下，破土，連帶把潛藏在地下的魔物一併叫出。

「太厲害了，天師！」一旁的凡人還在興奮鼓譟。

術士驚呆不能言語，橙朱緊瞪著殺他兄弟的怪物，魚嘴還掛著幾片白派道袍的布料。

「你不是要鬥法？拿出你的看家本領。」橙朱冷靜過了頭，上前揪住術士的衣領，用力甩上一巴掌。「助紂爲虐，豈是修道之人該有的作爲！」

術士縮起脖子，哭喪著臉：「我知錯了……」

「把所有人帶走，通知附近居民離開。」橙朱說的是命令，不容拒絕。

術士依言施術移走昏死過去的士兵，而那些官員老早跑得不見蹤影。橙朱只能慶幸這場鬧劇還讓他有餘力對付這隻龐然巨物。

他的雙生師兄即使以死相搏，也不見眼前的六足怪有任何明顯外傷。

妖怪混濁的魚目凝視遠去的一大群人類，又骨碌轉向橙朱，似乎看得出這名白袍美人和常人的差別。它咂咂嘴，剛才食了兩個人的甜美魂魄，以爲白袍便是美食的象徵。妖物甩高嘴下的長鬚，橙朱感覺到熟悉的力量，空中的風匯集成十多支長劍，一道往橙朱落下。

橙朱快步逃離漫天而來的劍雨，他記得這是蒼穹狗急跳牆的絕招，一時被悲慟的情緒所囿，沒有及時注意到從地下湧起的海水。

水濺濕他的鞋襪，橙朱腳下一痛，水成了冰針，刺穿足底。當鮮血從皮肉流出，六足怪明顯興奮起來。

「你不僅殺了我師兄，還偷走他們怎麼用都只有三兩招的絕學……」

橙朱咬牙切齒，抽開劍鞘，明晃的劍身輝映天頂那一點星月之光。

妖物發出怪叫，嘶嘶作響，橙朱聽來像惡意的嘲笑。

他判斷不出這屬於什麼妖怪，似活物又不像世上存有的物質，只知道它殺了蒼穹和碧海，強大非常。

打不贏為什麼不逃？笨蛋雙生師兄。

當年失了那箱財寶，橙朱一心求死，大丈夫寧死不做亡國奴，師父卻把他從冰冷的海水中打撈上來，希望他活下去，在橙朱明白活著的意義前，都能窩在師父身邊休息，等悲傷欲絕的心振作起來，再繼續往前走。

白掌門那時因為傷重而昏睡過去，蒼穹和碧海就一人一手拉著橙朱，在狹窄的船艙哄著他：台灣有很多好吃的東西，沒有任何事比吃飽肚子更重要了。

明明有一堆事比吃還有意義，他的師兄們滿腦子就是吃吃喝喝。小師弟小時候被他們兩個養了比別人多了兩倍時間（除六乘二），深深受到碧海青天民以食為天的觀念影響。不過也因為他們注重飲食，小師弟才能被養得兩頰有肉，四肢飽滿。只要小七長胖一些，師父臉上的笑意就多上一些，老受師弟們欺壓的雙生長師兄只有這種時候才能意氣風發，沾沾自喜。

他們也認為自己不過是見識一般的俗人，橙朱總是代他們決定大事也不氣惱，還愛攬著他說：小朱妹子，要是靛紫負了你，師兄一定替你打殘他兩腿。

如果沒有戰亂，國家依然為上位者安逸存在，他們就會是天子和乞丐，就算他們橫死在街頭，他也不會多看他們一眼。

而在他最落魄、失去尊貴地位的時候，他們卻不吝分出僅存的乾糧，餓著肚子，一起活下去。

橙朱因此看破了富貴，已經失去的地位，比吃飽還不如。

他掏出黃穗給大伙做的信號彈，點火，然後煙花四散。

大妖死沉的魚眼露出一絲驚懼，橙朱媚惑一笑，將火藥往魚頭直接射出。妖物龐大的身軀不禁向後仰起，新長的六足難以維持平衡。橙朱無懼於色，直搗黃龍，衝入妖物高舉而顯露出來的腹身。他口唸淨化惡念的咒文，往上躍起，瞄準被之前與蒼穹、碧海打鬥而脫落下鱗片的軟處，反手將長劍一口氣刺下，再用全身的重量和氣力往下劃開一大口子，腥惡的體液濺出，重創魔怪。

橙朱近看發現六足上都有關節，並非全是硬殼，部分由膜連接起來。他便趁怪物還沒從痛楚平復過來，逐次斬下它著地的後足，使得大妖失去平衡，以足上背下的姿勢，翻倒在地，把引來的潮水濺出十尺浪高。

「離開，給我滾離這座島！」橙朱喘著氣，渺小的一人對大怪命令道。

在怪物回頭望向西方，橙朱以爲終能威逼走它的時候，從後方發射來的箭矢，貫穿橙朱的胸膛。

「中了！」

那些蓄辮的兩朝官奴歡呼著，橙朱身子一歪，卻死咬緊牙，不肯在人前倒下。

「快綁了他，帶去京城領賞！」

或許他與他的先祖難辭其咎，讓這班眼中只有富貴的劣徒當了百姓的官。

水淹過橙朱腳踝，漫上那些人的膝頭，幾條魚順著水流過去，悠遊在人們四周。

「快逃……」橙朱低啞叫道，他怨恨他們，但他是白派三弟子。

沒有人聽勸，小腿被啃食殆盡，就像橙朱對上魔怪，讓他們以背臥的方式摔了一大跤，而那些人摔進水裡，就再也沒爬起身了。

斷足的怪物又發出嘶嘶笑聲，把殘餘四隻腳收回體內，學著那些食人小魚擺動魚尾，泳姿如蟲身蠕動，吮著從橙朱身上流出的血液，前來覓食。

橙朱抓不牢劍，眼前開始昏眩。這個怪物太可怕了，胃口極大，它所經過的土地完全失去生機，偏好的食物是人；擁有千年以上精怪的力量，能夠模仿道者的術法，不利的時機僞裝投降。從未見過如此複雜的妖怪，他們師兄弟不會是它的對手。

水已淹至橙朱口鼻，但他還是不肯退開任何一步，至少再給這妖怪一擊，再耗掉它的某些機能也好。

「小朱妹子。」

魚嘴一張一闔，發出兩道一模一樣的聲音，橙朱不禁緊繃身子。

「不知道神子好不好吃？」帶著憨氣的合聲中，又挾雜刺耳的嘶嘶聲。

橙朱睜大眼，驚覺他必須逃開，他們的意念會成爲妖怪的欲望，白派最珍貴的寶物，十七年以來都是……

不行，他不能去想那孩子眼巴巴等著他回去的模樣。師父說小師弟不能做他的孩子，那就讓他代掌門去牽小七的手，卻被靛紫搶先一步佔了位子。阿紫說：反正我的孩子就是你的孩子。

還有黃穗和彩衣，他的師弟都不太會照顧自己，他好放不下心。

還有他從小戀慕的師父，他還記得發燒時緊握住他的那雙手，多麼溫暖厚實。師父沒衰老前，每次他和師父說話，阿紫就在旁邊瞎轉，深怕他「舊情復燃」，但他早就移情別戀，最喜歡抱著的是他們白派細心養著的小七寶寶。

不可以，不能再想下去了……

當貪婪大嘴啃食至橙朱的項頸，他還是停止不了這輩子最深的思念。

靛紫趕來時，沿海地區已是汪洋一片。

他水性好，毫不猶豫往夜半的水澤跳下，四處搜尋雙生師兄和橙朱的身影。他們師兄弟幾十年相處下來，養成一種術法也說不清的直覺，出門在外只要心一動念，就能尋得最近的白袍伙伴。

當他撈到兩襲殘破的袍子，喉頭乾澀地「啊」了兩聲。

他不願去想最壞的結果，卻在身邊的淺灘找著橙朱的頭顱，他幾乎要貼上那張臉仔細瞧著——柳眉緊蹙，分明的雙眸半睜著，神情淒慘，看來走得並不安詳。

「美人呀美人，咱們不是說好要白頭偕老嗎？」靛紫伸手撫平橙朱的眼，擦乾掛在眼角的淚花，低首親吻那人僅存的容顏。

不論他怎麼呼喚，巧笑倩兮的美人兒已經一動也不動，安靜擱在他的懷中。

自從母親在他面前慘死後，他的人生就變了調，一定是老天捨棄他，他才會有這麼悲慘的命運。為了活下去，他只存外面一層人皮，裡面裹著瘋狂的野獸，老好人師父不明白，還說要養育他成人。

師父愚昧，不懂怪物不可能變回人。

蒼穹和碧海剛開始對他暗殺師父的事耿耿於懷，只有橙朱不時軟聲慰問；而後他又嘲笑黃穗悲慘的遭遇洩恨，橙朱也只是罵了他幾句，想來他會喜歡上一個除了美貌全是男子氣概的男人，也不過是因為人家體恤幼子的善意。

白派眾弟子初出茅廬那時，他總是搶著和橙朱搭檔，也因此比其他師兄弟更早明白美人貴不可言的身分。

原來是落難的鳳凰，難怪舉手投足都有一股貴氣，不像自己怎麼洗都黏著一層血污。當他怎麼發洩都壓抑不了想要佔有他的慾念，跪在他腳邊求歡，橙朱只輕輕一笑，帶了幾絲憐憫，就這麼給了他。

他卻老是裝作一副無謂的樣子，要愛不愛，不想讓自己看起來那麼可憐。

師父見了他總不住嘆息，說他恐怕是世上最不適合的修道之士。

可是師父還是待他好，極好，像橙朱一樣，就算被看穿，還是討得到止痛的憐愛。他偶然興起，喊道：「兄弟們！」就會收到五道叫他安分點的目光，包括橙朱的媚眼，他忍不住咧開嘴角，很開心也要不當一回事。

多虧他們讓他學習像人活著的方式，他才有辦法獨立照料一個孩子，聽小師弟口齒不清地在他膝上叫著「阿紫師兄」，單純喜歡著他。

他抱著孩子，重新轉身看橙朱的笑容，再也沒有同情的成分，就是普通不過的笑，還有特別爲他留存的溫柔寵溺。

老天爺啊，爲什麼要奪走他心愛的人？他戀著他數十載春秋，還以爲會一直這麼走下去。

水下冒出密集的氣泡，靛紫認爲自己是個卑鄙的怪物，格外明白那些殺人妖怪的心思——它留著橙朱的頭，即是等著下一個白袍上勾。

靛紫牙關嘎嘎作響，敢拿他的美人作餌，活得太膩了！

他縱身躍入潮水中，原本因爲舊傷而遲緩的身手在水中反倒如魚蛟矯健，他的眼也因爲受創變得畏光，卻也因而更能習慣黑暗的環境。

水裡有兩點微亮，魚目發出吸引獵物前來的幽光，就在水裡大張魚嘴，等待美食因憤怒失了理智，就能輕易捕捉入口。柔軟的魚鬚看似無害地往靛紫左右纏繞過去，靛紫嘴角噙著笑意，任由觸鬚把他帶向魚頭，完全沒有反抗，似乎沒發現這是個陷阱。

就在靛紫已經近得可以觸摸到怪物嘴邊的硬刺，奮力踢踏，旋身掙出長鬚，往魚頭上部游去，掏出削鐵如泥的匕首，托著妖物左側眼窩，狠勁捅破魚目，一下二下，每次都用盡全力。妖怪嚎叫，頭頂長出尖腳，憤怒地把渺小的人戳穿好幾個血洞，可是靛紫仍然沒有停止動作，幾乎要把魚頭捅破，挖出它的腦髓血肉。

他確實被殺兄之仇所激怒，一心一意只想著報復，殺紅了眼。不想理會自身死活，不去想身後所留下的師父、師弟，只要讓凶手感到痛楚，讓它後悔傷害了白派弟子，用身體好好記住犯下的過錯。

他們沒有血緣，卻比眞正的家人還要親密。

把我的兄弟，還給我！

靛紫在水中無聲喊叫。他一直是自私的，絕不屈於白派好聽的教義，他所做的一切都是爲了師父和師兄弟，在他絕望欲死的時候，帶給他光明的人兒。不是說什麼善有善報？他們還不夠善良嗎？還不夠努力嗎？爲什麼要奪走他們，奪走他依恃生存的溫暖。

像蝦的尖足把靛紫的背脊紮得血肉模糊，一直到他再也無法抬起手，匕刃從手中滑落水底。怪物噴出的漿血渾濁了水面，也模糊靛紫的臉。

不知道什麼時候，他已經變回人，平凡至極，難過就哭，高興便朗聲大笑。什麼喪母孤子、海賊窩、姦淫殺戮，已經遠得幾乎不復記憶。他是白派四弟子，讓師父傷透腦筋的阿紫混蛋。

他從未如此傷心，從下水到噤氣，淚沒有止歇過，只是淚水都混在陰暗的潮水裡，無痕無跡，至多讓海水變得鹹苦一些。

黃穗站在水瀕，從木箱拿出四隻木魚，放到異常高漲的海水裡，要它們去尋頭上四個師兄。

哪怕是凶多吉少，他也得見上他們一面。

他從海面望去，不經意見到敞開的風帆，他常和靛紫瞞著師父到港口買賣，知道那不是商船，也不是漁船，而是與他八歲碰上的黑色大船極爲相似。

是海賊，約莫想趁台灣大潮，打算一舉到內陸來打家劫舍。

黃穗埋藏在心底的惡夢又甦醒過來，想要躲得遠遠的，可是師父老了，總是豪氣擋在他前頭的師兄下落不明。

沒時間讓他猶豫害怕，身爲白派弟子，首要之事便是去通知這一帶的聚落，趕緊疏散沒有武器的百姓，再通知官府處理。

不過，聽說官府自從輸了澎湖，再也不管事，只忙著搜括最後一點民脂民膏，根本不在乎人們死活。

轉念回來，黃穗大約明白就剩他自己了。

他往最近的村子跑，遠遠地，從村外堆置的棄木就知道這個村子主要靠工藝吃飯，讓他不禁想起拋棄他的新庄仔。

新庄的名氣已經大不如前，年輕人多往外跑，不願繼承祖上的木匠技藝，加上他們出的貨總是魚目混珠，用杉木的價錢出賣泡過水的劣質木材，起初還能撈上一筆，後來卻因爲信譽不良，流失大半客戶，好的工程絕計不會叫上新庄的人。更且世局動盪，沒人想起新厝和新廟，新庄便更難維持收入。

每次師兄弟捎來新庄的消息，都會拍拍黃穗的肩，跟他說老天有眼，村子越慘，他們越爽，不過千萬不能在師父面前表現出來。

白派希望人能不念舊惡，心胸寬大來原諒，創造一片大愛世界。可是他們師兄們卻義憤塡膺，直說原諒個頭，如果就這麼不計前嫌，要當時孤苦無依的小傻子黃穗情何以堪？

他到小師弟長大，才敢說出心裡話。其實他相當感謝村人的拋棄，就是他們不要他了，師父才會心軟，揹著他到白派來。

師兄們又說：錯啦黃傻，從頭到尾，値得感恩的對象只有師父他老人家。不可以對惡人太寬容，不然他們只會一錯再錯，看新庄把黃穗的名字塡去充軍就知道，他們清楚明白黃家的兒子是顆可以欺負的軟柿，反正他的親人都不在了。

老實說，新庄的小算盤打得也沒錯，只不過白派盡是修道未果的漢子，不會看著師弟被欺負就叫他忍下去，而是在天理報應降臨前，暗地裡修理他們一頓。

橙朱曾經感慨，住在山林裡卻從未感到不便，都是有老五在的緣故。

靛紫帶著他的作品到港口市集，會用最驕傲的語氣向洋人商販說：瞧，這可是黃家最好的手藝！

以前父親教導過他，即使是再好的匠師也難免屈服於權與利，爲窮人修補百個提桶還不如給貴人刻一座金鳳凰，現實會磨喪匠才高傲的心志。

可是黃穗待在白派這輩子，幾乎沒做過不願的事。蒼穹和碧海包下吃力不討好的雜務，橙朱負責斡旋外頭的紛爭，靛紫想盡辦法掙錢。他頭上這四個師兄，雖然嘴上不說，但都疼小的。

白派確實有許多美好的理想，沒有一條道義是違背良善，可黃穗清楚明白，那是師父自身與他師兄們瞞著師父，寧可自己吃虧也要徒弟和師弟好，才把他們的桃源窩撐起來。

所以黃穗總不住想，能活下來，實在幸運。對新庄的恨意變得好淡，偶爾甚至會想起父母在世時，村人也對他兄妹倆溫柔過。

他想聽師父的話，學著放下，但每次一勉強就會神志不清，給身邊的人添麻煩，唯有小寶寶拍著他的背脊，對他說「沒關係」，他才能回到所在的現實。他知道自己永遠不可能完美，而小師弟扛起白派的理念，讓師兄們盡情胡作非爲，因爲他會來完成師父的大道。

「秧兒……不對，是小七。」黃穗反覆提醒自己，然後揭起村子門牌，就是剛遷村過來的新庄仔。

他深吸口氣，不再多想，雙手拍出清脆的兩響，頓時所有木造房子門戶大敞，驚得家家戶戶夜半夢醒，紛紛點亮燈火。

「是誰？」

村人拿著木棒和刀具出來，除了年幼的孩童，幾乎所有人都認得他。

「穗、穗兒……」村長出聲喚道，不住顫抖。

黃穗望著垂垂老矣的村長，只想起臥病在床的師父。

「村長伯，海盜來了，快帶大伙離開。」

眾人呆怔好一會，然後冷靜異常地回屋收拾好包袱，父母牽著孩子，有序地往村尾離去。

黃穗把兩個年輕力壯的青年叫住，村長和村長嬸膝下無子，需要有人幫忙扶持。

「穗兒，你不走嗎？」村長回頭，黃穗還一個人站在村口。

「我是白派五弟子。」黃穗溫和而清醒地說，不再是新庄可憐的棄子了。

等閒雜人等走遠，黃穗從木箱拿出一艘香蕉串大的木帆船，按下底部的機關，原本精緻的工藝品開始往外伸展，最後成了人必須仰視才能看到頂端船桿的小型戰船。

他不喜歡造船，但靛紫喜歡，沒事就在他身邊叨唸想帶橙朱出航，兩人世界很好很甜蜜，但如果能帶著師父兄弟一起來也不錯。

「阿穗，想想吧，白派的船，只有你做得出來。」

經他多年改良，終於完成他稍微滿意的成品，當蒼穹和碧海看到小船變成大船，還有辦法讓靛紫抱著橙朱站在船板上一圓美夢，咂舌直說老五不是人。

他喜歡稱讚，尤其是出自於喜歡的人。

白髮的男人板著臉，聲音卻相當溫柔：穗兒。

白髮的孩子開心叫著：阿穗師兄！

黃穗歪著頭，想著就忍不住笑起來。

船航行向前，往賊船前進，他聽見海盜們從遠處傳來的驚叫：「幽靈船！」黃穗左臂往前揮出，砲彈從甲板翻轉而出，發射出專門捕捉人的網子。即使殘餘人馬殺紅了眼，跳上他所建造的無人船，也碰不著施術者半根寒毛。

等他們潛進船艙，觸動機關，放出待命的小木人，當海盜持刀砍向木人胸膛，就會牽動木人的手關節，擊向約莫成人胸口的位置，讓他們嚇得驚叫。

黃穗咯咯笑著，好不容易覺得好玩，原本放出的木魚卻在這時游回來覆命，他俯身撿起靛紫從不離身的匕首和橙朱的髮帶，緊緊押在胸口前，好一會沒辦法思考。

水下傳來不尋常的波動，姑且稱爲妖氣，黃穗認爲那氣息太雜，難以辨認怪物的原形。他注視水面的巨大黑影緩緩移動至海盜的方向，光滑的背脊隆起，乍看之下像是豚鯨，但當怪物的魚頭完全浮起，常在海上行走的海賊立刻了解到這不是正常的活物。妖怪頭頂懸著尖刺，尖刺插了一個被咬掉人頭的屍身，屍體穿著濕漉的白袍。

「阿紫，是你嗎？」黃穗問，沒有人回答他。

魚嘴大張，往後裂開至魚肚，大得足以吞下整艘船。黃穗聽到海盜們向天呼救，原來惡人也會期望老天憐惜。

他動了動操控的手指，將砲台對準妖怪，噴射出與水混合過的墨液，沒什麼毒性但奇臭無比，看來那妖怪有味覺，吞了大半臭水，痛苦嚎叫著。

黃穗又從箱裡拿出木人，把它放到水裡，木人有條不紊踏起步來，每動一步就抽高一個身長，還不到魚怪面前，怪物已經發出威嚇的叫聲，它沒想到竟會遇到與它同等巨大的敵手。

黃穗沁出冷汗，木人膨脹到這種尺寸已不是工藝技巧可以解釋，擴充的部分由施術者本身的魂填入，必須消耗大量法力。

木人伸出雙臂，抓起魚頭上的尖制，把懸在上頭被當作戰利品的屍身拔下來。木人的手撫摸著已經沒有溫度也沒有頭的白袍，把身體放到白袍生前最喜歡的船上。

妖怪咯咯笑著，似乎在嘲笑他把攻擊的先機拿來做無意義的蠢事。

「不要裝作你明白人類，你根本什麼都不了解。」黃穗閉著眼，支配木人俯衝向前，扳起魚嘴，與大妖正面力拚。

他學的不純然是白派道法，偏向南派方術。師父自從看他能操縱小木偶同小師弟嬉戲，就四處去向人請教機關、傀儡一類的奇淫巧術，即使他不熟悉，也想了解，才能指導弟子，就怕黃穗學歪了路。

巨大的木人和妖怪在海面僵持好一陣子，最後大怪振起魚尾，猛然一個衝擊，將木人擊倒至水中，黃穗也體力透支跪倒在地。但妖怪轉了向，捨棄海盜一伙，惡狠狠往岸上的黃穗游來，大概發現他也是能威脅它生存的白袍。

黃穗發呆似地從箱子裡翻出線香，點燃香火，瞄準後放手，咻地連三記飛向妖怪另一隻眼睛，炸出炫爛花火。

即使傷了大妖，魚鰭擺動的速度沒有絲毫減退，對白袍使出一貫的手段，露出血腥利牙。

但是黃穗一點也不想死在仇敵嘴裡。

他抱著箱子，點燃剩下的火藥，要與妖怪同歸於盡。

「師兄，黃穗無以爲報，下輩子，換我來擔你們的擔子……」

轟隆，一聲巨響，迸射出明亮黑夜的光芒，而後消逝，重歸於黑暗。

彩衣疾步而行。山林和海域從來井水不犯河水，這次卻明目張膽呑併領土，當眞以爲有點力量就能在這座島上稱王了嗎？

他不想理會沿海人類的死活。當初讓逃難而來的漢人定居，他們就把聚落四周的生靈全部趕盡殺絕，風水輪流轉，換成他們被奪去棲身之所也只是剛好而已。

可是他身邊的白袍一個個跑下山救人，就像養大他們的男人，無法置身事外。彩衣很生氣，很久沒感到如此憤怒。

他們做事不按常理，那麼弱小還去送死，他沒開口也不會問他一聲，雖然他也想要留在師父身邊多一些時候，但是照顧師父這種差事，白派眾弟子早就一致認定是白毛仔的責任，他又不是眞的走不開。

雖然他也知道自然不能干涉自然，但又不是眞不能破例。

自從他的師兄弟聽說某山山神收受漢人賄賂，趕走原本虔誠的子民，被九雷轟頂而死。先不論眞的有守護神祇這麼蠢，那群名爲「師兄」的傢伙只要一打雷就把他趕回道觀，以爲他也是被人所迷惑的笨蛋。

連師父也憂心忡忡，還把自己當成始作俑者，擔心百年之後，與人們生活過那麼長一段時間的他是否還能回歸山林。

可能外貌看來太年輕的關係，讓他們誤以為他和那隻小白毛一樣幼小，不諳世事，可是彩衣比任何人都要明瞭他的抉擇。

人的生命短暫，如白駒過隙，正因為如此，他才會暫時捨棄原本的身分，陪這群可憐的棄子扮家家酒。他不像他們沉溺其中，只是偶爾會當真罷了。

彩衣不由得感到悔恨，一開始就不該打神器的主意，到最後白白送給白毛仔，還做了一堆白工。他對人這種生物實在喜歡不了，造完孽、來了報應，才到白派大門呼天搶地。他願意跨出大門、伸手扶人一把，並不是真的憐憫凡人，只因他是白派六弟子，被小七搶了小師弟位子的老六。

他和另外六個白袍共有同一個師父，是個從表情看不出來，骨子底卻溫柔至極的男人，非常喜愛孩子。

彩衣知道計畫全盤最大的失誤就是喜歡上那個不幸的男人，像其他師兄弟，把他當作自己的父親，放在心頭最重的位置。

師父說的話，他都明白，但他會照著做，就是喜歡師父罷了。

後世的人或許會疑惑白派一門為什麼能一口氣培養出數個無私的大道者——他們成為白派弟子的過程，本就是因白掌門的無私。那個男人有資格沉浸於喪子的悲痛，卻把親生子的愛分給無血緣的他們，在自然眼中根本是不可思議。

而後又爲了一個新來的幼子，讓白派眾弟子領悟了什麼是奉獻。

小七的出現讓白掌門分出去六份的愛又集結在一塊合成一大份，他們毫無理由希望七師弟過得好，不要遭受任何他們經歷過的風雨，過得比任何人還好。

彩衣向山林之主求來黑色封印，把白毛仔神子的氣息遮得乾乾淨淨，這樣即使小白毛走在人世，別人頂多以爲是個頭毛比較白的修道者，就不會對小七的天賦眼紅，引來不必要的麻煩。

事後他被五個師兄拖到角落，逼問他用什麼代價換來神靈的恩賜。看他們擔心的表情，就讓彩衣覺得好笑，就像很久以前，他在天妃誕迷路走失，最後被五枝糖葫蘆哄回白派一樣。

既然是兄弟，何必說那麼多？

只不過從此自然遠離了他，他不是人，也不再是妖，形體死亡的時候，三界沒有他的歸屬。

爲什麼會把自己搞到這種地步，他也莫名其妙，就是沒辦法忍受那個人類幼子孤伶伶承受寂寞。小白毛以後的路還很長，比彩衣所擁有的時間還要漫長，要是能抱緊他多一點時候，多個幾年、幾天、幾個時辰也好，讓他的心能夠一直綿軟如雪，無須堅強。

彩衣不停抽吸鼻子，忍受不了迎面的血腥味，普通的血已經夠噁心了，還帶著朝夕相處那些傢伙的味道。

大妖側浮在水面上，魚嘴一張一闔，似乎受了相當程度的傷害，不停流出染污海水的體液，而靠近彩衣這塊水面，偏鮮紅的顏色，是黃穗與大妖同歸於盡流出的血。

「笨蛋。」彩衣低斥一聲，漢人重視死生之事，他們卻把自己弄到屍骨無存。

潮水仍然持續上漲，再這樣下去，白晝來臨前，平地的聚落會被全部淹沒，那群笨蛋的犧牲也就白費了。

彩衣走下水面，映在水面的身影逐漸膨脹起來，他放下前肢，露出獠牙，朝大妖咆哮怒吼，直達九霄。那妖怪轉動眼珠，看見水邊那頭憤怒的妖獸，不由得見獵心喜，維持原本衰弱的樣子，誘使對方靠近。

彩衣哪會猜不到它的意圖，他的地盤在陸地，而那是水棲的怪物。這片水有古怪，他的身體浸在水裡，明顯感到氣力流失，但漲潮的原因就出在怪物身上，他不能放任事態嚴重下去。

他往水中奔跑，濺起狂瀾，正中大妖所想。

彩衣大口咬住魚頭，就像它殘暴啃食他的師兄們，即使腥臭毒辣，他還是用前足按著魚身，用前齒刨下一塊又一塊的血肉。

大妖似乎不痛不癢，還有餘力轉動骨碌碌的眼珠，打著如意算盤。

「我可以治好那男人的病。」

它說，踩中彩衣心頭最大的祈願。

彩衣記得白掌門當初高大健壯的模樣，現在卻被病痛折磨成瘦弱老人，如果可以，他好想牽著師父的手，再走過數十個冬季。

純黑毛皮的妖獸發出嗤嗤的咬牙聲：「少開玩笑了，你已經傷害那男人端在心頭的笨蛋徒弟們，都是你害我們不能陪師父走完最後一程！」

終於遇上旗鼓相當的對手，妖魔不再隱藏力量誘使自以爲是的道士上前與它一決，一口氣洩出黑暗物質，把海水完全染成屬於它的顏色，不斷擴張成自己的領域。

即使彩衣持續把海水淨化成原本從山川匯集而成的純淨水源，還是不敵污染擴張的速度。

在海之妖侵犯到陸地前，水中生物已經被黑水溶化成可以快速從魚嘴吸收的小碎屑，一個都不留。這就是彩衣看不起外來妖怪的原因。島上有個不成文的規矩：在各自的領地，小妖當然要臣服於強大的妖怪，爲最上層的妖怪做牛做馬；而當眾妖的生存受到威脅時，領頭的妖必須挺身而出，才是這座島上所謂自然的公平性。

即使浸在水下的四足脫力，彩衣還是憑著意志，把大妖奮力往西邊海域推去，他只能勉強防衛不時從魚身竄出的長尖刺，讓傷勢不要太嚴重。

攻擊不了，至少要把髒東西趕得遠遠的，他要守住這塊土地。

彩衣身子一歪，踏不實地，他以爲是水變深了，想要挪動後足平衡，卻發現自己失去雙爪，再也支撐不了龐大身軀，跌進整片惡水裡。

他的前肢依然不死心推開外來的可惡妖孽，賭上最後一口氣，把身後的土地納爲己身的領土，直到指骨全都脫落，抵抗不了水讓物體上浮的能力，癱軟在水面，隨波逐流。

他昏迷又醒，感到有股與海水抗衡的力量把他帶向陸地，一會，他知道自己碰觸到土地，模模糊糊爬上岸。

彩衣喘息著，胸腹覆在泥濘的土地上，大膽請求「土地」額外的恩賜——請保護他們，保護他最珍貴的寶物。

還有一個時辰才天亮，已經沒有了抵抗大妖的野心。

彩衣疼痛欲死，意識模糊，恍惚間，他被抱進一個相當溫暖的懷抱，睜眼看，是那襲已經六個人穿過，縫縫補補，洗白的白色袍子。

「彩衣師兄……」那人軟音叫喚，帶著一絲顫動。

臭白毛，不是叫你好好陪在師父身邊嗎！

他氣得想大吼，卻只有吱叫的獸音。

小七把臉貼在他的毛皮上，輕輕磨蹭著，親密如故。彩衣淌出淚來，他比其他師兄弟的運氣好太多，能活著再見到小師弟一面。

「彩衣師兄……」小七又喚著，滿是眷戀不捨。彩衣知道就算他被打回原形，不能再與人言語溝通，這孩子還是會愛他愛得半死，至死也不會改變。

彩衣抽搐一陣，再也看不清眼前的人。

他勉強撐起身子，鼻尖回蹭了下他心愛的白毛仔，然後軟下緊繃的身體。

「彩衣師兄……」

小七抱緊血痕斑斑的白鼻心，無論他怎麼呼喚，再也沒有任何回應。

大妖長出兩隻健壯的獸足，離水走出，昂高魚首，長鬚微微抖動，志得意滿，以爲這座孱弱的島嶼再無它的對手。

然而，一名白髮白袍的少年卻舉起刀，在水邊低眉祝禱。

它張大嘴，發出語調怪異的人聲：「神子？」

少年抬起頭，睜開一深一淺的異色眼眸，對上大妖那雙混濁魚目，大妖頓時生起一種剛吃下腹，名叫「恐懼」的感覺。

「請你離開。」少年幾乎用盡全身所有氣力，才抖著聲音說出話來。

他的抖音與害怕無關，而是極度壓抑情感的表現，但大妖不是熟悉少年的人，誤判少年也不過是血肉做的人類，不可能贏過沒有弱點的它。

所以大妖放棄了神子寬恕它的機會。

小七呼出長息，白霧降臨在盛夏的夜裡，越加濃厚，幾乎要與他與生俱來的白混在一塊，純然的顏色。

大妖原本還滿意空氣充足的水氣，保持魚似地身體濕潤，但霧氣實在太乾淨了，就算它想染黑，也只得到更純淨的水露。

等它驚覺露水不是從天上降下，而是由它帶來的海水蒸發成水氣再點點凝結而成，急忙扭過猙獰的魚首，海岸線已經退到十里之外。

之前的白袍想要把它帶離地盤或是趕出陸地，這個年幼的白袍卻是直接拿走了它的領土。直到這一刻，大妖才眞正感到惶恐。

孰強孰弱都是比較而來，它明明殺了那麼多這塊土地最富盛名的白袍，不該是弱小的一方。可是當小七揮下大刀，大妖因殘殺累積而來的自負心，徹底被白派七弟子斬得乾淨俐落。它是積累四十多年，想要吞噬這座島的執念。以為偽裝成有形之怪就能魚目混珠，刀槍劍雨也傷不了它。不明白一旦面對所謂眞正的強者，沒有任何東西能存活在神子的刀下。

大妖開始瓦解，節肢長足脫落成污泥，魚鱗片片化作粉末，用物質堆疊起的虛假外殼被剝開，裸露出空無一物的實體。

小七提刀再砍，惡念破散開來，急欲找到另外寄生的對象，卻被四方法陣緊緊關在白袍少年所在的一隅之地。

這樣下去不行，它一定要想辦法找出白袍的弱點，鑽入他內心的晦暗，佔領他所擁有的力量。大妖很快便想起它蓄著的那張王牌，賭上最後一把，強行重生出另一隻活動的怪物。

小七無法不擔心山上的師父，才一走神，大妖便成功完成新的作品，直擊他心頭幾乎流乾血的傷處。

「小七，是師兄啊，來給『我們』抱抱……」

由吃下肚那些不同血塊所拼湊出來的「人」，步步走向悲傷欲絕的白派七弟子。小七認得出哪個部分是哪個師兄的手腳、頭顱，即使已經扭曲不成人形，他還是無法不愛。

怪物本來打算在白袍少年動搖心志的時候，使出致命一擊，挽回慘敗的局勢，卻在小七面前停下動作，僵硬抬起不知道是蒼穹還是碧海的右臂，撫摸那頭被血染污的白髮。

雖然只剩下一小部分，但他們各自的身體深深記憶著這是他們所愛的人，應該要寵著他，小心呵護才對。

不等小七出手，不受大妖控制的怪物從腳底開始，慢慢化成腐臭的泥水，然後一點一點被天上的雨沖刷不見，乾淨得像是這個夜什麼事都沒有發生。

小七跪下來，朝土地重重磕上一記響頭，膝上沾滿泥濘。

「師兄，對不起，小七來晚了。」

小七包著一抹土回到白派道觀，一刻也不敢休息，直奔師父的房間。

原本連吞嚥也無法的白掌門竟然獨自坐起身，等著哪個徒弟給他一個交代，見著了惶然失措的小七，還責備地瞪過一眼。

小七趕緊抹乾雙手，爲師父倒水。白掌門知道自己是怎麼回事，不再猶豫，伸手環抱住那顆白腦袋瓜。

「小白點，無論如何，都不能失了自己的本心。」

「師父的教誨，弟子銘記於心。」小七抓緊白掌門的手。到最後，他還是讓師父放不下心。

「那群孽徒呢？」白掌門又問，小七難掩悲痛，不知道該如何回答。

「師父……師兄他們……不在了……」

一時間，白掌門沒意會過來小七的意思，目光還在尋找混蛋弟子們的身影，而後明白了話裡的含意，身子一歪，喉頭腥甜，嘔出滿口血水。

「師父！」

白掌門想不到，膝下那群與他走過風風雨雨的徒弟們，竟然會比他一個重病老頭子走得還快。他回頭再看看扶著自己的七弟子，想哭又不敢哭，只是緊抱著他不放，又讓他更捨不得了。

「小七，你的師兄只是早走一步，萬物終有到盡頭的那天，要學著接受死亡，明白嗎？」

白掌門痛得心都碎了，卻還是平靜教導僅存的弟子，拉著他的手，指向修道者的正途。

「弟子明白。」小七難過地點點頭，反握緊白掌門的五指。

「寶寶，這些年來，好在有你在我身邊。」

「小七才要感謝師父的養育之恩，沒有師父，就沒有小七。」

「可是以後沒有師父，你也要繼續走下去，知道嗎？」

那孩子在床邊抽搐著，好一會才微聲答應。

「如果人世太泥濘，你就到天上去吧，那是一片至善至美的世界，雖然我和你師兄到不了，但那裡至少不會髒了你……」

「可是，我想和師父、師兄永遠在一起。」小弟子就是傻，明知不可能還是忍不住想著，傻得令人心疼。

「不要忘了你的大道。」白掌門還是一如往常地嚴厲。

他萬分不願他的孩子承受將至的苦痛，但他已經老了，快死了，再也不可能保護他，只能在生命的最後教他最後一課。

「小七，放手……」

七弟子用力搖首，把白掌門冰冷的手抓得更牢。

「放手！」

老人用盡最後一口氣大吼，他的小徒弟盡管悲傷欲絕，還是一點一點鬆開與他的連繫，一直以來，總是聽話又乖巧。

當兩人的手完全分離，白掌門衰弱的手支撐不住，頹然垂下，在七弟子的驚叫中，呼出未完的長息，溘然逝去。

陸楓梓拖著病弱的身軀，急奔上山。

他高燒十來天，小姪子都替他訂好棺材了，今日才有辦法睜開眼，立刻披著衣袍出門。一旦遮風蔽雨的屋瓦碎了，裡頭的寶玉哪有安好的道理？

遠遠望去，一抹白佇在林間一角，動也不動。那人闔著眼，久久無法面對美夢碎了的世間。

「七七！」陸楓梓勉強拉開嗓子喚道，年少的白袍才轉過身來。「陸家前來請教，敢問白派宗義？」

「是爲『無心』。」

「既然無心，那麼死生之事又有什麼好難過的？」

陸楓梓近乎無情問著站在七座新墳前的白派七弟子。白七仙煢然而立，天地之大，他卻困守在這隅墓園，哪兒也不去。

「弟子學道不精。」

「既然學不好，你就哭吧，盡情哭吧！」

「不能，師父說不可以爲他哭墳。」

「阿七，你永遠成不了神，因爲你就是個大傻瓜。」

七仙聽了，只是垂著眼，提出一個再尋常不過的問題。

「楓梓，你也會死嗎？」

陸楓梓踉蹌來到七仙身前，緊緊將他環進懷裡，按住他的後腦勺。

「哈哈，你動搖了吧？我終於『看見』把你留在人間的勝算了。」

雖然說話沒心沒肺，還在他師父墓前大笑，但七仙感覺到背後落下幾滴溫熱的水珠，那是自從師父離世之後，被他遺忘的東西。

「七七，你不能哭，我幫你哭。到下輩子，如果有下輩子，你的能力大半被天界禁錮後，當你想起昨夜種種，有人會揉著你的髮，傾聽你的傷悲，你再一口氣哭給她聽，盡量哭，因爲再更之後，你就沒有哭泣的機會了。」

「楓梓，你身體好燙，我先帶你去歇息。」

陸楓梓卻強壓著七仙的背，不給他起身，把他所見著的未來，含著血沫吐出。

「那是你最大的劫難，你深愛著她，完整了今世未成熟的心，幾乎要為她背棄你師父的教誨，她卻說：大道還是要繼續下去。」

# 終章

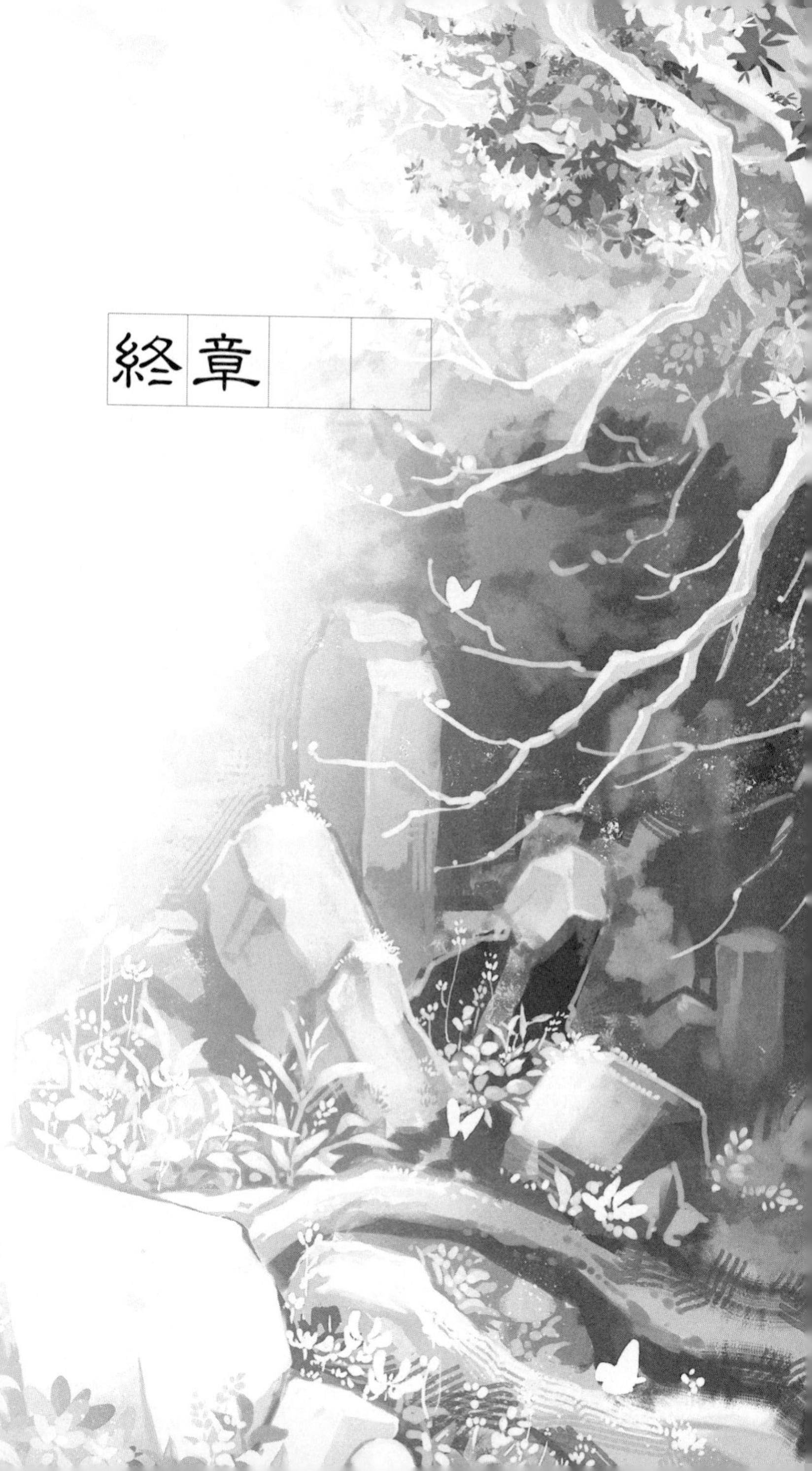

死亡，原來沒有他以為的黑暗。

看得見，只是少了光。那些在人間捉魂的鬼差不再是一抹徒有輪廓的陰影，而像被灰蒙上的人，會說「請」，偶爾皺起眉，彼此交談時也會笑出聲。這些冥世的公差們見了他，恭敬帶他到整潔的斗室安坐。

他道了謝，心裡有些過意不去。白派是神的道，很少仔細去看過鬼，明明也存在於三界，卻總是被忽視，抹上負面的黑。

他在斗室喝到傳聞中判官遞上的那杯茶，每個在世間認真過活的人都有機會嚐到這杯甘美的茶水來洗去黃泉路上的疲憊。

「大人，我的孩子們？尤其是那個一臉犯桃花，流裡流氣的臭小子……」

他忍不住冒犯，每個都放心不下。

「已有安排。」判官沒告訴他，白派眾弟子所做的決定。「走吧，你下輩子會有一個真正屬於你的和樂家庭，如你所願。」

他略垂下眼，身為修道之士，卻貪婪渴求世間的美滿，把他最幼小的徒弟拋到遙遠的天上。他隨判官邁出腳步，沒有注意到後頭六個藏匿的影子，強忍著別叫出聲，一路為他送行。

「大人，我想看殺人者的煉獄。」他突然抬首，向判官做了額外的請託。

數十年過去，女子還待在煉獄中燒清罪孽，沒辦法，即使身分不與一般，又有天帝老子當靠山，她實在殺了太多人，逃脫不了也過意不去。

王爺府一家五十三口，不管是死有餘辜的王爺和走狗們，還是無辜的小婢和僕役，全被她宰得乾淨俐落。

「唉，怎麼連小寶寶也砍，還剁成三塊，我眞是個禽獸……」女子在大火中捂著絕世容顏，深切反省自己爲報殺子之仇，失去理智所做出的暴行。「非人也，非人哉，這要我下輩子怎麼有臉去見他？」

才想著那人，她突然感覺不到火焰的熱度，一陣冰涼，灼燒的痛楚遠離了她，彷彿身旁降下雨露。

女子張開眼，看見她生前的夫君，容貌與她記憶中一模一樣，也像記憶中那般，有些笨拙而感情溢滿雙眸，緊擁著她。

「金盞，我來了。」

「阿雪，你怎麼……」女子驚呼，隨即驚覺到他要做什麼傻事。

他沒應聲，即使明白她的過錯，也不願她再受一絲傷害。

他以一縷輕魂代替女子承受加諸其身的獄火，很痛，但捨不得她痛。

「住手、住手，笨蛋！」

不要哭，他只是想履行生前的諾言——嫁給我，我會保護妳。

他一生爲人們做了許多，也盡心盡力教導頑劣的徒弟們，到最後，只想自私地爲心愛的人付出所有。

他沒有離開這片黑暗，選擇葬身女子身旁。他的魂魄相當乾淨純粹，燒盡那刻，地獄亮起微小的白光，而後暗下。

如同雪花。

《陰陽路》卷四完

下集預告

# 陰陽路 05

代收今夕的情書，自然也要代為檢查，
粉紅色的信箋裡附贈了一條有著心形裝飾的金鍊，
信裡說戴上這手鍊以後，可以讓兩人心意相通。
代為接收禮物、順手讀讀人心，
林之萍才發現，這禮物是連心鎖，
本是天上的神器，其實是副鐐銬；
而且，解不開……

《陰陽路》卷五，
充滿變數的未來，再度啓動——

國家圖書館出版品預行編目資料

陰陽路 / 林綠 著.——初版. ——台北市：
蓋亞文化，2012.03
面； 公分.（悅讀館；RE264）
ISBN978-986-6157-89-9（卷四；平裝）

857.7 100013682

悅讀館 RE264

陰陽路 04

作者 / 林綠
插畫 / AKRU
封面設計 / 克里斯
出版社 / 蓋亞文化有限公司
地址◎ 台北市103赤峰街41巷7號1樓
電話◎（02）25585438 傳眞◎（02）25585439
臉書◎ www.facebook.com/Gaeabooks
部落格◎ gaeabooks.pixnet.net/blog
電子信箱◎ gaea@gaeabooks.com.tw
投稿信箱◎ editor@gaeabooks.com.tw
郵撥帳號◎ 19769541 戶名：蓋亞文化有限公司
法律顧問 / 義正國際法律事務所
總經銷 / 聯合發行股份有限公司
地址◎ 新北市新店區寶橋路二三五巷六弄六號二樓
電話◎（02）29178022 傳眞◎（02）29156275
港澳地區 / 一代匯集
地址◎ 九龍旺角塘尾道64號龍駒企業大廈10樓B&D室
電話◎（852）2783-8102 傳眞◎（852）2396-0050
初版三刷 / 2015年07月
定價 / 新台幣 250 元
Printed in Taiwan

GAEA
ISBN / 978-986-6157-89-9

GAEA

Gaea